公元787年，唐封疆大吏马总集诸子精华，编著成《意林》一书6卷，流传至今
意林：始于公元787年，距今1200余年

一则故事　改变一生

你 将 来 想 成 为 谁， 取 决 于 你 此 刻 是 谁
十 八 而 志， 送 给 自 己 的 特 别 成 人 礼

── 十八岁，是决定我们一生命运的时刻 ──

　　　　　　十八而志，志在抵达，
　　　　　　　是生命中最重要的成人礼。
　　　　　　十八而志，志在立志，是知道你想要什么样的未来，
　　　　　　想成为怎样的人，想过上怎样的生活，并为之努力。
　　　　　　十八而志，志在独立，从今天开始学会生存，学会觅食。

十八而志

不懂得别人背后经历的辛酸和苦难，有什么资格去嫉妒别人的富有和名望？
——解亚坤

明星，胜出的不只是脸，还有面对世界的果敢。
——邓志娟

纷纷万事，直道而行。也许奋斗的道路是漫长而艰苦的，但爱你的人们会感到欣慰和骄傲。
——廉荣臻

如果你身边有一群志同道合的伙伴，那么恭喜你，一群人抱团儿行动更易成功；如果你是一个人，同样恭喜你，因为一个人的战斗更会让你体味成长的初衷。
——刘思瑶

从默默无闻的龙套到星光闪烁的大咖，一路走来都是不屈与坚持。感谢他们挺过那些漫长而艰辛的岁月，笑得风轻云淡出现在我们的视线里。偶像尚如此，我们有什么理由不去战斗？
——孟晓雯

在这个世界上，一个人可以躲避周遭的一切，但永远无法躲避内心的懦弱。心强则成，心弱则败，成败就在你的心里。
——许树平

光鲜背后，是不为人知的磨砺，光环都是自己打造的，我们或许不能成为明星，却可以将自己打造得更美好。
——许之贤

十八而志

在努力中完成蜕变与成长，明天，你也可以成为他人眼中的星。
——翟　爽

踏过荆棘，经历冬季，却从不曾放弃，就算世界千疮百孔，也要如新星般去奋斗！
——张阿娟

有苦战，有败仗。迎风而上，是一场，丢盔弃甲，也是一场。与其战战兢兢，不如若新星闪耀。
——赵添天

你身披星光，我如痴如狂。
你的言语你的思想，也时常教我神往。
我爱你功成名就时的风采，更敬你一文不名时的坚强。
在你的星际里，我不迷航。
——杨瑜婷

我曾经喜欢过一个明星，她光鲜时被万人捧，她犯错时被泼粪，她沉淀至今被称人生赢家。我想感谢她的坚持，让我觉得我经历的所有苦难都不值一提。
——蔡　燕

明星的光环往往是经历无数次战斗的洗礼才得来，要辉煌，你可以像明星一样战斗。
——黄　磊

那些被我们遗忘了的梦想，总被归咎为现实。既然渴望着聚光灯下的生活，那么，你敢不敢冲破现实的阻碍，像明星一样去战斗？
——董　腾

十八而至，从今天开始迈步抵达远方

十八而至，是告别青涩，即将成人的标志。

十八而至，一个开始为自己能力和行为负责任的分水岭。

十八而至，是审视自己即将走下去的人生，用坚韧执着去捍卫自己的梦想和志向的一刻。

十八而至，成长中第一个站立的定点，从这里眺望远方。

十八而至，一个坚定为自己一生和理想负责任的自白书。

像明星一样去战斗

XIANG MINGXING YIYANG QU ZHANDOU

《意林》编辑部 ▼ 主编

吉林摄影出版社
·长春·

像明星一样去战斗

图书在版编目（CIP）数据

像明星一样去战斗 /《意林》编辑部主编. -- 长春：
吉林摄影出版社，2016.5
（十八而志）
ISBN 978-7-5498-2561-5

Ⅰ. ①像… Ⅱ. ①意… Ⅲ. ①故事－作品集－中国－当代 Ⅳ. ①I247.8

中国版本图书馆CIP数据核字(2016)第089398号

像明星一样去战斗 XIANG MINGXING YIYANG QU ZHANDOU

项目出品	意林松果阅读
出版人	孙洪军
主　　编	顾　平　　杜普洲
责任编辑	施　岚
总策划	蔡　燕
丛书统筹	黄　磊
策划编辑	杨瑜婷　　黄　磊
特约编辑	董　腾
设计总监	资　源
封面设计	资　源
美术编辑	岳红波
开　　本	700mm×1000mm 1/16
字　　数	280千字
印　　张	17.25
版　　次	2016年5月第1版
印　　次	2016年5月第1次印刷

出　　版	吉林摄影出版社
发　　行	吉林摄影出版社
地　　址	长春市泰来街1825号
	邮　编：130062
电　　话	总编办　0431-86012616
	发行科　0431-86012602
网　　址	www.jlsycbs.net
经　　销	全国各地新华书店
印　　刷	北京嘉业印刷厂

书　　号　ISBN 978-7-5498-2561-5　　　定　价：29.80 元

启　事

本书编选时参阅了部分报刊和著作，我们未能与部分作品的文字作者、漫画作者以及插画作者取得联系，在此深表歉意。请各位作者见到本书后及时与我们联系，以便国家相关规定支付稿酬及赠送样书。

地址：北京市朝阳区南磨房路37号华腾北搪商务大厦1501室《意林》编辑部（100022）
电话：010-51908602

版权所有　翻印必究

（如发现印装质量问题，请与承印厂联系退换）

像 明 星 一 样 去 战 斗 ｜目录

第一章 星逆袭：光鲜背后的血泪

当你真心渴望某样东西时，整个宇宙都会赶来帮你

手心不要永远向上	刘述涛	002
萧煌奇：你们都是我的眼睛	猪然然	004
孙红雷：母亲靠捡垃圾把我养大	张俊以	007
吴奇隆：身不由己	孟 静	010
欧阳夏丹：站足3分钟	杨海亮	013
阮经天：影帝初成	蒯乐昊	016
"另类"成就央视名嘴	田 野	019
金秀贤与李敏镐：努力是男神的共同标签		
	王潇潇 瑜婷	021
陈学冬："花瓶"变"暖男"	张 越	025
李晨：从真人秀突围	周 玲	028
为了不妥协你得先妥协很久	夜雨慕白	031
"孝星"井柏然	王新同	034
欧豪：你造星，我"造梦"	金 穗	039
黄轩：自由的鲸鱼	琦 惠	044
王凯：书店搬运工的演员梦	方 芳	047
"50亿帝"的坚持之路	犁 航	052
如何成为林志颖	黄佟佟	054
韩星的奋斗之路	范青刚	056

第二章 星主张：乐活是我的方式

永葆内心轻盈，是对这个世界最大的不妥协

段奕宏：玩出成功	陈平安	060
垃圾山上的"好莱坞先生"	沈　湘	064
普通女孩汤唯	袁　鸿	068
崔永元的长征	谢胜瑜	071
"仙女儿"张静初：做一个有品质的人	张麟唐忻	074
詹姆斯：人生目标是当亿万富翁	Kewell	077
谢依霖：不当女神当谐神	张自言	081
春萍，我做到了	韩　寒	084
李宇春：谁酷拍谁	叶　枫	087
艾玛·沃特森：游走在女神和女孩之间	王　璞	092
吴镇宇：害怕自己离开时，没人教 Feynman	沈　寅	096
安宰贤："星星弟弟"的个人秀	星星王子	098

第三章 星个性：够自我才独特

真正的成熟，应当是独特个性的形成

林依晨：身有负累，斗志昂扬	刘子凤	102
孟非：牢记刀锋一样的眼神	琴　台	104

高圆圆：一直想突破"清纯"头衔　　　　艾小鱼　106
"一菲姐"娄艺潇：坏脾气大势女　　　陈　俊　108
校花郭碧婷：美就够了　　　　　　　　简　洁　113
霍建华：被"颜"囚禁的男神　　　　　周小烦　117
火星少年的"反差萌"　　　　　　　　肖　佳　121
"凤梨罐头"陈伟霆：赏味人生，没有期限
　　　　　　　　　　　　　　　　　　紫堇轩　125
泰勒·斯威夫特：我要在暴风雨里起舞　李　悟　128
保罗·沃克：银幕下的故事　《意林》编辑部　132
靳东：男神慢半拍　　　　　　　　　ELLEN　136
赵丽颖：路人粉收割机　　　　　　虎妹端端　139
奔跑吧，苏炳添　　　　　　　　　　王举芳　141
冯绍峰：从"富二代"到"富一代"　　李　唐　144
从黄渤到廖凡，沉默是一种底气　　　葛怡然　147
"折腾帝"彭于晏："不装"才是我的标签
　　　　　　　　　　　　　　　　　　周小烦　150
陈都灵，你是我从天而降的小耳朵　　饶雪漫　155
"大哥"是怎样炼成的　　　　　　　刘珏欣　160
绕到背后去看NO　　　　　　《意林》编辑部　162
难搞的价值　　　　　　　　　　　　小飞刀　164
金宇彬：特立独行的技术者　　　　　舞若夕　166

第四章 星讲堂：终于赢得表达的权利

拼搏到无能为力，坚持到感动自己

当我50岁，仍愿意重新出发	刘玉翠	170
贾斯汀·比伯：12岁懂得自己的优势		
［美］贾斯汀·比伯 编译/曾桂娥		173
不要跳着拿东西	罗志祥	176
"苏珊大妈"的梦想自白		
［英］苏珊·博伊尔 编译/张 悦		178
胖亦能立	张 越	182
《新闻联播》男主播这样炼成	康 辉	184
我	葛 优	186
烂人生没什么，我跟你拼了	罗志祥	188
万般滋味，独自感受	金世佳	190
总在雪中送炭，不敢锦上添花	何 炅	194
我是一个必须后天努力的木头	黄晓明	196
站在山顶，感受那些曾经的恶意	金 星	199
你是答案	刘 同	201
明星脸	朱 丹	204
我的三观都是赛车教的	林志颖	206
那些有颜的年轻人	何 炅	208
我用12年改变命运	汤 唯	213
用柔软的力量去改变	林志玲	217
想一日三餐都能吃得起肯德基	乐 嘉	219

差点儿死在魔术里　　　　　　　　　华　少　221

第五章 星梦缘：你的名字我的青春
为什么喜欢一个遥远的人？因为他会发光啊

唐嫣，嫣然一笑很倾城　　　　　　梓　淇　226
吴莫愁：流行易逝，风格永存　　　佚　名　229
周笔畅：逆反的背后　　　　　　　紫菫轩　232
李易峰：甘于平淡，保持浪漫　　　乙未子　236
吴亦凡：活在光里的冷峻少年　　　伊凡cc　240
陌上人如玉，公子世无双　　　　　谭以牧　242
我的张英雄　　　　　　　　　　　小　鸥　247
喜欢他，请叫他林夕　　　　　　　慕容莲生　249
鹿晗：你值得被爱　　　　　　　　琦　惠　251
邓紫棋：你把我们灌醉　　　　　　晨　阳　256
女生就是要外表像芭比娃娃，内心像变形金刚
　　　　　　　　　　　　　　　　陶妍妍　259
怀念神仙姐姐　　　　　　　　　　梁　盼　262

第一章

星逆袭：
光鲜背后的血泪

> 我在尝试一种可能性，一个人到底能做多少事情，一个人到底能发挥多大力量。不管能不能成功，我想去尝试，否则永远也不会知道。我愿意用自己的努力换取不受限制的梦想。
>
> ——吴奇隆

手心永远不要向上

◎ 刘述涛

同一届上山下乡的同学都走了,只留下巍子一人,在黄河边上的杨家寨中过着面朝黄土背朝天的生活。多少人都劝巍子走走关系,求求人,也早日离开这个地方回城,可是巍子就是不肯求人。

终于迎来一次改变命运的机会,巍子成为宁夏话剧团的一名演员,却只能够跑跑龙套,别人跑龙套还可以露张全脸,巍子跑龙套只能够露半张脸。当时看过巍子演戏的好友,都劝巍子,就算为了能够露张全脸,也应该求一求团长,让他给一些机会,但巍子却笑着说,露半张脸挺好的,化装都省事。这时候在巍子的内心有更远大的目标,他想到北京去。正好中央戏剧学院要招一个班,巍子抓住了这次机会,可是,这个班却是个委培班,哪里来的回哪里去。巍子就问自己的老师,能有什么办法留在北京,老师说:"除非你获得国家级大奖,让北京的所有剧团都看中了你。"

从此,在中央戏剧学院,要找巍子,不是在排练厅,就是在图书馆。他的生活除了吃饭,就是把所有的精力都花在演戏这一件事情上。有付出就会有收获,在中戏的第一届小品大赛中,巍子收获了三个一等奖。紧接着又是排毕业大戏《桑树坪纪事》,在《桑树坪纪事》中,巍子扮演的是一个农民疯子,巍子却把这个农民疯子发挥到极致。后来正是凭借《桑树坪纪事》中"疯子"一角,巍子获得了第六届"梅花奖"。成了中戏历史上在校生获得"梅花奖"的第一人,以至于当时的文化部副部长英若诚在看完戏之后,直接问巍子愿不愿意到北京人艺去。

到了北京人艺,巍子却感觉很不开心,因为自己适应不了北京人艺不紧不慢的节奏。虽然北京人艺给了巍子百分之百的关照,不但解决了他老婆的工作,而且分了房子给他。但巍子还是决定辞职。可惜辞完职没几天,家庭又发生矛盾,巍子和前妻的缘分也走到头了。

离了婚,走出家门,巍子掏尽自己四个口袋,才发现只剩下不到600块钱。这600块钱不要说租房子,就是吃饭都成问题。为了在接到戏之前有地方吃饭,有地方睡,巍子只能给自己中戏的同学打电话,问同学可不可以借他家的沙发渡过难关。

看到巍子走到这样的境地,许多好友和同学都看不下去,他们劝巍子放下身段,回到人艺或者回到前妻的身边,但性格执拗的巍子却不同意。好在没过多久,就有导演请巍子去拍戏。

那段时间,巍子什么戏都拍,什么角色都演,目的就是多赚钱,给自己,给儿子一个稳定的生活。只可惜当时儿子却不理解巍子,不但没有按照巍子的想法生活,还屡屡惹巍子生气。

所以在巍子的心里,他最放心不下的就是自己的儿子,最觉得亏欠的也就是自己的儿子。当巍子在《超级访问》节目中,听到儿子说出已经理解他,也愿意像他一样,靠自己的努力去拥有一切的时候,巍子落泪了,他对儿子说:"一个人的手心永远不要向上,你可以侧着手友好地跟别人握手,你可以施舍,你可以去给予,但永远不要手心向上去要东西。"

这句话看起来是巍子在说给他儿子听的,其实也在说给我们大家听,因为巍子能够从一个不懂得一点儿演技的农民,到今天塑造大量角色,并且成为国家最年轻的一级演员,中国戏剧梅花奖的得主。这一切,都是因为他的心里始终明白,自己的手心永远不要向上,而应该凭着自己的努力,有尊严地活着!

像明星一样去战斗

萧煌奇：
你们都是我的眼睛

◎猪然然

  他患有先天白内障，四岁手术后能看到白色的世界，十五岁再度失明，经历了从看不见到看见又再度失明，可在同年，他拿到了三项冠军——两个柔道，一个唱歌。1995年读高三的他组建了名为"全方位"的视障乐团，给盲校和监狱送去音乐；1999年他获得台湾十大杰出青年奖；2002年以一首《你是我的眼》成为KTV（歌唱娱乐厅）排行榜常胜将军；他为黄小琥创作的《没那么简单》再次席卷KTV排行榜；他是每年金曲奖的常客，他看不到这个世界，却给了这世界最诚实的声音。

1. 上帝在我眼前拉上了帘，忘了掀开

  1976年萧煌奇带着先天性的白内障出生，他来到这个世界却不知这个世界的模样。四岁的时候他接受了眼部手术，开始可以朦胧地看见大千世界，他可以和启明学校的弱视同学一起打篮球，如正常人一样生活。

  可上帝似乎很喜欢开玩笑，高一的一个下午，他和同学在专用篮球场玩着篮球，他跳起来抢篮板时却发现原本很大的篮球变成了小黑点，世界变得昏暗，他伸出手却再也接不到任何球。

  幸好他读的是盲校，因为他经常走路撞东西，老师发现了他的不对劲，老师努力地开导他："其实你可以透过看不见的生活来学习怎样生活、怎

样找到属于看不见的信心和力量,眼睛无处不在。"

他用一年的时间来让自己沉淀,学习盲人该学习的一切,当明白所有的悲惨都已成定局的时候,他开始接受命运的安排,而不管他处在什么样的情绪里,始终陪着他的是吉他和那些饱含情绪的音乐。

老师和同学鼓励他参加歌唱比赛,就在这一年,他获得第八届残障人金鼎奖歌唱比赛第一名。他忽然明白自己抓住了老师所说的,那无处不在的眼睛。

2002年,他把所有的心思都写在一首名为《你是我的眼》的歌曲里。那一年,《你是我的眼》荣登金曲榜,一跃成为KTV排行榜的冠军,刚出道的萧煌奇入围了金曲奖"最佳男演唱人"与"最佳作词奖",音乐成了他的眼睛。是的,他否定过上帝,他的颜色只存在于记忆里,可是他终于还是寻找到了那无处不在的眼睛,让他看见了世界的光明。

2. 有些人是他的眼,让他看见这世界就在他的眼前

2010年,一首由黄小琥演唱的《没那么简单》在KTV里感动了许多人,也唱哭了许多人,而这首《没那么简单》便是萧煌奇为黄小琥量身创作的,这首歌也为黄小琥迎来了事业的第二春。

萧煌奇和黄小琥相交已经很多年。多年前,萧煌奇的爸爸为黄小琥家做装修工程,他把爱唱歌却无处施展才华的儿子介绍给黄小琥。听过萧煌奇的歌后,黄小琥非常欣赏,带着他去很多酒吧驻唱,说服那里的老板,让他有了工作机会。

在那段时间,小琥会鼓励安慰他,他们常常在一起,她会开车载他去自然风光美丽的风景区,去人比较少的地方找一些美食。小琥会告诉他这里的山是什么样的,他吃的蛋糕是什么颜色什么形状的,会告诉他这里的风景多么美丽,她用她的眼让他的世界绚烂起来。

他和黄小琥私交很好,自然知道黄小琥的内心:她也渴望一段真感情。

可是时间的磨砺又让她时常发出"男人是不可靠的,一个人生活着也挺好"的感慨,这是一个"熟女"的心情,于是萧煌奇以这样一种心情为黄小琥写了这首《没那么简单》,真实地写出了黄小琥的心态,也写出了将近三十岁的女人的心情,这是一首很贴近女人心情的歌曲。

正如萧煌奇所料的那样,这首歌在黄小琥真性情的演绎之下,席卷了华语歌坛。

她是他的另一双眼睛,因为这样的关系,《没那么简单》便简单地把他们送上了事业的高峰。

3. 他看见了许多双眼睛

萧煌奇从不介意别人叫他盲人创作歌手,他的眼睛虽然看不见,可是心里很坚强很清晰,他是用耳用心去感受别人的感情,所以他是一个说故事的人。从小到大,从家人到社会的每一个角落,有许许多多的人都给了他无私的爱,他把这些感激化成歌声回报给所有的人,他用他最擅长的创作与声音,给大家述诉说着许多的感人故事。

从出道开始,萧煌奇凭借他充满真情的音乐年年入选金曲奖,2008年、2010年分别夺得金曲奖"最佳男演唱人"。而他创作的专辑《真情歌》获得了最佳专辑奖。拿奖的那一天,他身体不是很好,并没有专心听主持人说话,直到主持人念道:"接下来要颁发闽南语的金曲奖项,得奖的是……"就在这个时候,他听到全场的人,包括其他明星的歌迷,全部叫着他的名字,接着主持人真的就念出了"萧煌奇"三个字,这时他的脑子一片空白,却看见了无数双支持他的眼睛,这一刻世界就在他的眼前。

他始终记得老师所说的那句话:你要找到那看不见的自信和力量,这些便是你的眼睛。现在他终于可以掌握自己的世界了,因为有许多双眼睛支持着他。

也许上天对萧煌奇有些不公平,可贵的是他从未放弃音乐,也许上天是要他把盲人这个角色扮演得让大家刮目相看才如此。

孙红雷：母亲靠捡垃圾把我养大

◎张俊以

小学四年级时，孙红雷得知，家里要推迟两个小时吃晚饭，因为母亲下班后，要去捡破烂儿贴补家用。一天，母亲轻言细语地对他说："三郎，你放了学也和妈一起去捡好吗？""不，我要做作业。"他飞快地答道，不敢看母亲的眼睛。这以后，孙红雷开始变得孤僻、沉默。

有一天，孙红雷放学回来，走到二楼楼梯口时，看到母亲正背对着他站在走廊里。"请问，家里有人吗？"孙红雷听到母亲讷讷的声音，几秒钟后那家的门"嘎吱"开了，却很快又"哐当"一声关上了，伴随着没好气的一声："又来借钱？我们没有钱！"孙红雷鼻子一阵发酸……

"走，妈，今天我陪您一起去捡破烂儿。"一个周末，13岁的孙红雷主动牵起了母亲的手，那天，母子俩直到天色发黑才回家。第一次随着母亲外出做事，孙红雷深深体会到了其中的艰辛。为了捡一个漂在臭水沟里的塑料瓶子，母亲不惜脱了鞋走进发黑的脏水里；在一家书店前见到几张破牛皮纸，他刚捡起来就被老板呵斥："滚！叫花子。"

然而，母亲对此种种却习以为常，脸上始终保持着淡然的微笑。中午，当母子俩坐在河堤边的石头上休息时，母亲竟从口袋里掏出一个橙子，剥开，反复挤压几下，然后掏出一面小镜子，对着它把那些橙汁一点点细致地涂在脸上，看着儿子诧异的眼神，她一边涂一边笑道："橙汁可以美容

呢。人家看不起我们不要紧，自己要看得起自己，要爱自己，要让自己快乐。""妈……"那一刻孙红雷震惊了，他目不转睛地看着母亲，无比敬佩。

1995年5月底，孙红雷揣着8000元钱和一部手机，来到北京报考中戏。700多人参加考试，孙红雷成了唯一的幸运儿。

母亲杨淑英特地来到北京看望儿子。同学们吵着要老人家请客，她高兴地答应了，将孩子们带到学校附近的一家餐馆。由于这些上中戏的孩子家境都比较好，满不在乎地点了不少菜，结果七个人一顿竟吃掉了800多元。母亲临走时，孙红雷发现母亲居然没有买卧铺。"这么远的路，您省这点儿钱干吗？"孙红雷急了。母亲像做错事的孩子低下头说："三郎，实话给你说，妈没钱了。""我给……"话一出口，孙红雷突然意识到，自己手上也只有几十元了，那8000元，吃住加上学杂费，已所剩无几。"对不起，妈。"孙红雷哽咽了。母亲抬起头，苍老的脸却笑成了一朵花："别这样，你这么有出息，妈不知道多高兴，妈就是一步步走回去也愿意。"孙红雷紧紧攥着母亲的手，眼泪蓄满了眼眶。

孙红雷跻身一线演员行列后，2004年8月，他特地把父母接到北京，然后将一把钥匙放到了母亲手心："妈，以后您二老就在这里养老吧，这套房子就算我送给妈的礼物。"杨淑英像孩子般咧开嘴笑了，笑得那么沉醉……这是一个母亲最幸福的时刻。

2008年春节，大年初七那天，因为高血压、冠心病等并发症越来越严重，母亲在孙红雷怀里永远地睡着了。

生活还要继续，只是很多人发现，经历了丧母之痛的孙红雷，在演技上有了微妙的改变。以前他扮演的角色都是一味地剑拔弩张、冷硬入骨，而现在，他开始在角色里注入一些崭新的东西。比如《梅兰芳》中邱如白"阅尽天下爱恨"的孤单与收敛，比如《潜伏》中余则成"泰山压顶而不改色"的执着与沉静……孙红雷更成熟了，也更有担当了。2010年9月21日，在第八届中国金鹰电视艺术节上，孙红雷连夺"最佳表演艺术奖""最佳人气奖""观众喜爱的男演员奖"三项大奖,成为最大赢家。在万众瞩目下举起奖杯时,孙红雷含泪说了一句发自肺腑的话:"感谢我那天堂里的母亲。"

那一刻,喧哗的现场一片寂静,只有轻轻的唏嘘和哽咽声。在晶莹的泪光中,孙红雷仿佛又看到了母亲,她在不远处对他温暖地微笑,就像握着从未曾熄灭的爱和希望……

吴奇隆：身不由己

◎孟 静

吴奇隆人生的前40年完全可以拍一部狗血虐心苦情大戏，这戏在第40集的高潮处蓦然奇峰迭起，遍体鳞伤的男主角突然迎来事业第二春，且这一拨来得那么突然，那么迅猛。

20年前的"小虎队"，仅仅存在了3年，就创造了华人音乐史上无法超越的组合奇迹。进入"小虎队"后，他的父亲生意失败，在20世纪80年代末背负上2000万元的高利贷，上有兄、下有弟的吴奇隆是唯一的还债主力。为了还债，他什么烂戏都得接，创下过七天七夜没睡觉的纪录，这种日子持续了12年。

一部穿越剧《步步惊心》，吴奇隆扮演面冷心热的雍正，重尝"小虎队"鼎盛时期的味道，片场上百人齐喊他的名字，必须动用保安拉起警戒线才能正常工作。

对于这样的大翻盘，吴奇隆没有表现出开心，他很少笑，声音里缺少起伏，总是有点儿愁眉不展的感觉。他看问题的角度也较为悲观，"走红"会使大多数男人轻松，但他想到的是忧患，首先是选择上的困难。"很多人在这部戏（《步步惊心》）之后，对你有很高的期望，因为他们喜欢你，他们觉得你这部戏很好，就希望你以后的戏都要很好，可是我去哪里找每一部都很好的戏？"

另一个患得患失来自"红"的持久性。

"你红是因为所有人在帮你，公司在帮你做包装，公司在帮你做宣传，还有媒体在帮你。'小虎队'是个团体，可是在'小虎队'背后是一个很大的团队。如果你把自己摆在大牌、明星的位置上，你把大家惹毛了之后，就没人帮你了。"

债务对他来说不只是需要用拼命工作偿还，还包括对未来的惶恐与不确定，更多的是自尊上的伤害。"我明白向朋友开口借钱有多难，我明白。"他一字一顿地说。

在服兵役期间，对他来说最糟糕的是没有收入，他卖掉了在台北的房子，折合200万元人民币，给家里供这两年的花销。赚钱是他后来到香港发展的重要原因，他承认，起初他很不喜欢艺人这份工作，因为工作带给他肉体上太大的疲倦与压力。"赚得多，你有命花吗？"他说，宁愿去做柔道教练，那才是他的理想。

"我现在明白我在这一行要待多长时间，所以一定要在这个环境里找到好玩儿的东西，而现在对我来说，我会觉得到拍戏现场像去迪士尼乐园一样。你必须喜欢才能做得久，而且它已经在你的生活里占了80％的分量，必须在工作里找乐趣。"

他说，拿到《步步惊心》剧本的时候，周遭的人都反对，一是因为要保持半年左右的光头。他没有拍过清装戏，有一些广告合约对头发有要求。二是雍正很难诠释，前面十几集台词不多，也不让做表情。每次出来一大堆人，要在那一群青春挺拔的阿哥里深沉忧郁兼闪亮，是项艰难的任务。可是他喜欢"四爷"，理解他的"身不由己"。"很多人不理解，他当了皇上就杀兄弟，怎么能这么残忍？但是我认为我能够理解，今天如果你把我换到那个年代，换到那个位置上，我可能做的事情跟他差不多。你就会明白在那里他为什么一定要想办法当皇上。当不了皇上，他就没有任何选择的余地。"

"你的老婆都不能你自己选,不是说'哎,漂亮,皇阿玛,这个我要',或者'皇阿玛,这个不错,我要',皇阿玛会说'这个留给我'。真的,我不骗你。都是今天哪个族的公主来了,皇阿玛会说'哎,咱们家里面哪个儿子最近还没结婚?哦,你来,你来'。他们的婚姻都是跟政治有关的,都不会幸福的。"

所以吴奇隆颇理解雍正的心情,怀疑下属不忠,感叹皇阿玛不慈,最后只好赌气投入工作。

欧阳夏丹：站足3分钟

◎杨海亮

小时候的欧阳夏丹是个疯狂的"电视迷"，只要是对着荧屏，哪怕不吃不喝也不在意。渐渐地，小女孩心里有了属于自己的秘密——上电视，当主持。为此，家人都不在时，她还常常翻箱倒柜偷偷穿上妈妈的碎花连衣裙假扮报幕员。

16岁那年，欧阳夏丹正在上高二。不幸的是，爸爸因为患癌症住进了医院。那时候，家里经济十分困难，爸爸住院花了大量的医药费，可妈妈和姐姐还是顶着一切压力，坚持不影响她的学业。有时，欧阳夏丹去医院探望爸爸，发现妈妈竟把一个面包当一餐饭。尽管最后，爸爸还是离开了自己，但妈妈的坚强却深深感染了欧阳夏丹。

一年后，中国传媒大学史无前例地去桂林招生。她过五关斩六将，脱颖而出，成了广西地区几千名考生中唯一被录取的。

不过，还来不及享受幸运与成功的喜悦，欧阳夏丹又遭遇了一次特别的洗礼。那天，播音系照例举行迎新晚会，这样的活动，当然是喜庆的。谁知，当欧阳夏丹和别的新生迈进大礼堂时，头顶上的灯在瞬间全部熄灭了，更奇怪的是，漆黑一片却四周寂静，简直让人毛骨悚然。紧接着，所有的灯又全部亮起，白晃晃地照着。很快，到处是欢笑声，叫嚣声，锣鼓声，乱七八糟的。如此一惊一乍，欧阳夏丹不明所以，心有余悸，有的新

生还呜呜直哭。这时,有人上台来"安抚"人心:"我们并不是有意刁难你们,而是想让你们知道,就算进了北广也没什么了不起。大学四年,还有很多东西要去学习。而想做主持人,就更要明白,反对的声音随时随地都有,能够在对立的环境中站足3分钟,以后在任何时候、任何地方才不会怯场!"

这个特别的夜晚,这次意外的整蛊,让欧阳夏丹不由得想起了早逝的爸爸,想起了家里的遭遇。虽然幸运地上了大学,可自己不也是从"对立的环境"中熬过来的吗?夜深人静时,她暗暗告诉自己:将来的观众远比眼前的师哥师姐刁钻、挑剔,各方面都做好准备才是硬道理。

以后的日子里,欧阳夏丹时刻不忘训练自己。为了解放天性,从动物园回来后,她当着众人的面,模仿老虎、狮子的叫声和动作,把性格中拘谨的成分一点点剔除;为了练普通话,每个清晨,她早早地跑去校园里的核桃林大声朗诵,不分寒暑,"桃、佻、叨、盗"一个字一个音地咬准、吐清;而为了练习形象和表情,一有时间,她就坐在电视机前,揣摩、学习那些"名嘴"的风格。此外,她还广泛地阅读名人传记,涉猎各种学科,不断充实自己。

一晃四年过去,毕业时,总分排名第一的欧阳夏丹有两个不错的选择:要么回家乡电视台,要么保送读研究生。为了发展,她同意和学校签订继续攻研的协议,但就在这时,命运之神又给她设了另一盘棋——上海电视台相中了她,并有意招贤。后来,欧阳夏丹向学院交了违约金,去了大上海。

如果说人生是一个竞技场,那么,放在欧阳夏丹台面上的似乎多数是好牌。只是,再好的牌,在翻开之前,人心都是悬着的。虽说有了一个高起点的平台,欧阳夏丹却未能马上在台上亮相。当时,上海电视台的新闻部、文艺部、专题部,都不缺主持人,欧阳夏丹被"发配"到了行政办公室。"既然不缺人,又把我招进来,这是什么意思啊?"欧阳夏丹心生怨气,可想到"对立的环境无处不在",她又坦然了。那时,她主要的任务是管理人事档案，工作不累却很繁杂，每天朝九晚五，把员工的档案抱出来，一份份、一页页地检查，核对后把填错的、填漏的，填满或改正。因为对档案表格的长宽有严格的要求，欧阳夏丹还要拿着剪刀、尺子、糨糊，把一摞一摞的档案弄得整整齐齐。

没想到，机会很快来了。一天，文艺中心的负责人问欧阳夏丹："全球华人的新秀歌唱大赛缺一个女主持，你来试试吧。""好啊，我也挺喜欢做文艺！"欧阳夏丹一听，不假思索地答应了。说这话的她，梳着两个小辫儿、穿着T恤衫，一副小女生模样。可大赛那天，她化好妆，穿上礼服，准备走向舞台时，晚会的负责人还在东张西望，导演竟然问旁人："咦，怎么换人了都不跟我说一声？"

之后的经历就很简单了：从上海到北京，从APEC（亚洲太平洋经济合作组织）上海年会到国庆阅兵庆典，从《上海早晨》到《共同关注》，欧阳夏丹的主持生涯不知不觉中过了十余年。在经历了岁月的种种磨砺后，她终于成了荧屏上一朵绚烂的花，一个人见人爱的名主持。

在一次访谈中，欧阳夏丹笑着说："人生就是一场自己面对的纷争，如果你只关注对立的一面、潦倒的一面，你就很容易被它击败。相反，如果你不这样想，你能在对立的环境中站足'3分钟'，一切都会好起来！"她的笑，依然那么灿烂，还是像那个大一新生。是啊，站足"3分钟"，就没什么大不了！

阮经天：影帝初成

◎蒯乐昊

一个曾经穷到没钱吃饭、被停电停水的小子，红了，但他没有一丝新人的嚣张与骄傲。

28岁，金马奖最佳男演员，以9票的绝对多数，击败了王学圻、倪大红等资深戏骨。阮经天自认不帅，他说自己不过是个"长得怪怪的家伙"，从偶像到实力，有时候，分水岭就是一匹"小金马"。

拔拳曾是他的语言

生活中的阮经天比镜头上要帅得多，有一种低调的讲究，黑色棒球帽，灰色T恤衫，光脚穿帆布鞋，见人鞠躬、握手、微笑、搬凳子，态度谦和。但他曾经是个叛逆少年，脾气火暴，常常打架，一旦惹恼了他，拔拳就是他的语言。

他曾经是个好学生，成绩很优秀，考上了全台湾数一数二的台中一中。"初中时候一直是填鸭式的教育，到了高中突然没人管了，逃课直接从门口走出去就好了，老师不会管你的，作业不交也没关系，你考试来考就行。结果第一年，糟糕，旷课太多，退学。"他一路沉沦下去，就像其主演的电影《艋舺》里那些暴戾而茫然的少年。最低落的日子，他给家里打电话，眼泪怎么忍都忍不住："妈妈，我想回来，我一定好好念书。"

角色附体的快感

17岁，因生计出道，陪朋友去台北试镜，摄影师问阮经天："你要不要顺便拍一张？"他懵懵懂懂，还问拍照要不要钱，因为不要钱，所以拍了一张。

机会很快来了，戴佩妮的《爱过》MV（音乐电视）里需要一张新面孔，模特公司把电话打给他朋友，结果朋友已经服兵役去了，于是阮经天替补。

他根本不懂怎么拍MV，对演戏和表演完全没有概念，听说工钱可以现领，拍完当天就可以拿到5000新台币，冲着这一点，他去了。

出道后很长一段时间，他每天的生活都重复着相似的内容：去片场，被导演骂，拍很多遍才过一条……就这样演着演着，他突然开窍了："有时候突然有种浑身起鸡皮疙瘩的感觉，头顶麻了，脚也麻了，讲什么台词都特别有感觉，偶尔有一场戏有这样的体验，哇，好爽！那一刻，连光线打在空气里的灰尘都看得一清二楚，好漂亮，人好像进入了一个微观世界，全身的感官都被打开了。"这种角色附体的感觉不是随时都有，但就凭那一瞬间，他爱上了演戏。

没有水的家，是废墟

一直不红，他熬过最艰难的日子，当时他在垦丁拍《我在垦丁天气晴》，5个月的拍摄时间，他只回过台北一次，家中因为几个月没有钱交费，已经被停水、停电了。

"没有电没什么了不起，没有水，那个家就不是家，是废墟。因为那个家会发臭，马桶没办法冲，水龙头打开也没有水，我只好逃回垦丁，虽然我在那部戏里演一个很沉闷的角色，可我在剧组里面什么都有，美术师和道具师帮我准备了很多东西，有便当吃，有朋友，有啤酒可以喝。一回台北，什么都没有，我又不好意思跟别人说自己现在混得这么惨，等太阳

一黑,家里一点儿光都没有的时候,真的很吓人。"

他在这个圈子里等待了7年,曾经萌生过退意,但灰溜溜地离场实在太糗,不适合好强的他。

在坎城影展遇到钮承泽的时候,阮经天连《艋舺》的剧本都没看过,钮后来连笑带骂:"你有种!连剧本都不看就敢接戏。"他们之间的交流一直是这种骂骂咧咧说狠话的方式,直到他捧到金马,钮的贺词是这样的:"还好你得奖了,不然我下部戏就找明道演了。"这种态度比赞美更叫他放心,"好在我身边有很多讲话很实在的朋友,到现在他们骂我还是骂得像狗一样。"

"另类"成就央视名嘴

◎田 野

阿丘生在广东,长在广西,毕业后被分配在广西南宁棉纺总厂工作。他的普通话说得不够标准,总是夹杂着一些广西口音,鼻音很浓,说话嘟嘟囔囔。那个时候,说他能成为央视名嘴儿,恐怕打死也没有人会相信!

1991年元旦,棉纺总厂要举行一场文艺会演。这份工作本来是总厂团委的事儿。阿丘毛遂自荐,主动承担了这场晚会的策划和小品创作。同事们笑他,说他是狗拿耗子多管闲事。他说:"我喜欢。"

文艺演出很成功,棉纺总厂的领导很欣赏这个热心而又富有才华的青年。1993年,南宁市工商界要举行一次大型文艺会演。市工商局的领导找到棉纺总厂的领导,总厂的领导又找到阿丘。领导对他说:"市工商局想让你担任这次会演的策划和节目编剧,但是,这项工作与你的工作不沾边儿。我不能命令你,你可以去,也可以说'不'。"阿丘一听,不假思索地说:"我去!"领导对他的回答似乎有些怀疑,说:"请你给我一个选择的理由。"阿丘说:"因为我喜欢!"

节目在当地电视台播出后,受到了观众的一致好评。阿丘又一次成功了,这次成功,引起了当地演艺界的高度关注。阿丘作为专业艺术人才,被调到南宁艺术剧院当专职编剧,原来的业余变成了专业,阿丘很高兴。

经过努力,阿丘的创作取得了丰硕的成果。他创作的《失物》《呼唤》

《我的哥哥在南沙》《张大嘴和李干部》等作品先后荣获"曹禺奖"和文化部的"政府奖"，同时，阿丘晋升为国家一级编剧。

可是，编剧是在幕后，阿丘有些不甘心。偶尔他也到台前，在自己创作的小品里露一把脸。但是，阿丘的说话方式给他的演出带来了很大的障碍。为了提高自己，阿丘选择到中央戏剧学院进修。

通过专业训练，阿丘克服了说话嘟嘟囔囔的缺点。但是，厚重的鼻音是改变不了的，经过专家指导，阿丘把这种缺点变成了一种风格。厚重的鼻音加上轻松幽默的表演，终于赢得了观众的认可。

这时候，阿丘异想天开，想当电视节目主持人。为了这个梦想，阿丘停薪留职，放弃了自己稳定的工作，到广西电视台打工。母亲含着泪问："儿呀，你这样瞎折腾，究竟是为啥？"他说："因为我喜欢。"

2001年，阿丘代表广西电视台进京参加中央电视台《南北笑星火辣辣》演出。央视节目组听说他是国家一级编剧，就邀请他留京给节目组帮忙。还是临时打工，阿丘在这里坚持了两年。

2003年年初，阿丘在看不到任何希望的情况下，产生了回家的念头。第二天，阿丘在去买机票的路上，接到了一个意外的电话。这个电话是中央电视台新闻评论部的制片人李伦打来的。李伦说，台里即将制作一档新栏目，名字叫《社会记录》，需要招聘一位节目主持人，希望他能来试试。谁知，试镜后他竟然成功了。

自此，央视新闻频道的《社会记录》栏目便出现了一位戴着眼镜、八字眉、厚嘴唇的年轻主持人。阿丘瞪着眼睛、双手指指点点，亦庄亦谐"说"新闻，深受观众喜爱。阿丘被称为央视的"另类"名嘴儿，还获得了年度电视新人奖。

从一个说话嘟嘟囔囔的工厂职工到央视名嘴儿，不能不算是一个奇迹。他的名言是：因为喜欢，所以成功！

金秀贤与李敏镐：努力是男神的共同标签

◎王潇潇 瑜婷

两个月前，人们花痴的对象还是《继承者们》里拥有逆天长腿的李敏镐。女观众们忙着感叹："你看他们的腿怎么可以那么细那么长！"仅仅两个月后，人们已经纷纷嘟囔着要吃"炸鸡和啤酒"，碎碎念"今天说的一切谎言都值得被原谅"了。所有这些都来自韩剧《来自星星的你》，其主演金秀贤那张刘海儿盖住眉毛、眼角上挑的典型的韩国面孔常常出现在社交网站上，被粉丝昵称为"我们家秀贤"。

一个是稳扎稳打，一个是厚积薄发

同是85后新生代演员，李敏镐和金秀贤的年纪相差不到一岁。外形，决定了他们不同的出道经历。

李敏镐无疑是韩国花样美男的集大成者，被粉丝形容为"周围的世界就是为了给他当相框才存在的"。

2003年，就读高二的李敏镐正式出道，出演电视剧《玉林成长日记》中一个没有存在感的美术生。此后三年，他一直在荧幕上跑龙套，片酬不到2000元。2008年《花样男子》剧组想找一个足球踢得不错又帅气的男演员饰演主角具俊表，李敏镐正好符合全部条件。于是，已经21岁"高龄"的他第八次扮演了高中生。次年，《花样男子》播出时掀起收视率狂潮，

一度达到惊人的35.5%,居同时段韩剧榜首,并在日本、中国等10多个国家热播,掀起了"具俊表风暴"。接下来的这一年,广告接踵而至,李敏镐赚得2000多万元,紧接着,《城市猎人》《继承者们》更是让李敏镐爆红,在接下来的一年中,光广告代言和片酬就赚到了5000多万元,并以350万多票数成为中国排名第一的韩国明星。

不同于李敏镐那种第一眼美男,金秀贤外形算不得完美,他对此也心中有数,"长得一般,但是长相不会妨碍表演"。

金秀贤得到了电视剧《圣诞节会下雪吗》男一号少年时期的角色。虽只有两集戏份儿,但这个拥有冷漠眼神的隐忍男孩给人留下深刻印象。这为他带来了参演电视剧《巨人》的机会,也让他赢得2010年SBS(首尔放送)演技大赏新人奖。颁奖典礼举行当晚,初出茅庐的金秀贤在获奖感言中很认真地表示:"请大家再关注我10年,我会成为一个好演员。"

"十年之约"仅过去一年,金秀贤就因出演了电视剧《Dream High》中的音乐天才和《拥抱太阳的月亮》中的朝鲜王李暄红到发紫。还在2012年出演《盗贼同盟》,并将银幕初吻献给了全智贤。这段他赤裸上身突然抱住女神强吻的戏,在韩国上映时引起了轰动。2013年,他就已经挑大梁担任电影《伟大的隐藏者》中的主角。这部电影上映后,票房连破十一项纪录。金秀贤本人也因此获得第一个颇具分量的奖项——韩国电影大钟奖最佳新人演员。

在《来自星星的你》中,全智贤扮演的国民女明星千颂伊曾指着一块广告牌,跟金秀贤扮演的都教授炫耀:"那是韩国最贵的广告位,一个月要一亿韩元。"在现实生活中,那个昂贵的广告位就属于金秀贤。而千颂伊夸耀自己绰号是"水龙头"——只要打开电视,随便一个台就有自己的广告——在现实世界中,这说的也是金秀贤。

努力是共同的标签

　　李敏镐在演出中的拼命程度有目共睹。即使很危险的动作，他也坚持不用替身，亲自上阵。在李敏镐刚确认出演《城市猎人》时，遭到了许多韩国网民的反对，网民认为他无法演绎好这部韩国男性心中的经典大作。李敏镐则用实际行动赢得了赞誉。为了更好地变成"城市猎人"，他在泰国和射击高手一起练了很长时间，回国后一有时间就会去射击场地进行实弹练习。一般在扣响扳机时，人都会本能地被子弹的巨大声响吓到，或者急于躲开乱飞的弹皮。但李敏镐却完全沉着冷静，眼睛都不眨一下，大胆地继续射击。90%的动作场面亲自上阵，拍摄过程中被爆炸碎片划伤，赶戏过程中再次遭遇车祸，但仍然继续回到剧组进行拍摄。"受伤"貌似成了他每一部作品的附加品，但这却丝毫没有阻挡他对表演的追求，反而成了他不断前进的动力。成功本就没有什么捷径可走，机遇更是留给有准备的人的。李敏镐，欲戴王冠必承其重。

　　而作为"当红炸子鸡"的金秀贤更是努力的代名词。

　　金秀贤是个左撇子，他在粉丝签名会中为粉丝们签名的时候习惯性地用左手，但是在此前的电视剧《父亲的家》《圣诞节会下雪吗》，甚至在《来自星星的你》中，金秀贤都是用右手吃饭、写字、发短信。金秀贤从一个左撇子到能够在表演中熟练地使用右手，令人赞叹。为演好外星人的复杂性格，金秀贤甚至选修了"宇宙理解"和"韩国历史"等课程。剧里那段朝鲜王朝风貌，是他学习三个月光海君时代风俗的结果。

　　拍摄《拥抱太阳的月亮》的时候，韩佳人因为太冷贴了很多暖宝宝，结果把皮肤烫伤了。而金秀贤拍摄第六集王站在雪中思念烟雨的那场戏时，没有做保暖工作，冻着拍完了整场戏。拍《伟大的隐藏者》时，金秀贤穿着那套绿色的运动服、踩着一双拖鞋拍了一个冬天，冻伤、受伤更是家常便饭！其中有一场非常搞笑的戏大家一定记得，就是元流焕穿着女人的内衣和豹纹短裤，脑袋上戴了一个垃圾袋，被人误认为是变态的那场戏，

像明星一样去战斗

那场戏是在寒冷的平安夜拍的。大冬天要往身上淋水，金秀贤说过因为寒冷所以有些退缩，可是看着一同合作的演员这么努力，自己也不能不振作！

　　金秀贤的努力征服了编剧和导演。《伟大的隐藏者》导演张哲秀透露：看金秀贤在镜头前表演的场面时，有一种"啊，这就是天生的演员"的感觉。而事实上，金秀贤做了很多观众看不到的努力，最令人惊叹的是他一丝不苟的准备工作，如果你看他的关于角色分析的笔记的话，可以发现他把一个角色细化为几十种，细心摸索每一个人物的表现，哪怕是与自己没有关系的角色都会彻夜研究、认真练习。正如HUN（漫画作者）说，金秀贤看起来像运气好才成为巨星，而事实上他是注定会成为巨星的人。

陈学冬:"花瓶"变"暖男"

◎张 越

《一年级》是芒果台继《爸爸去哪儿》后又一档以萌娃为主角的真人秀节目,不同的是,这次为纯原创节目,萌娃全部来自普通家庭。节目中的36名学童是导演组在200多个一年级新生中挑选出来的,其中小女神、小公主、乖乖女、暖男、熊孩子、小霸王……各种类型应有尽有。两位明星实习老师陈学冬和小宋佳亲力亲为地陪伴他们度过人生的第一个转折点——"幼升小",跟孩子们共同成长。

在此之前,80后、90后只知道陈学冬是《小时代》中的"美男作家"周崇光,60后、70后则没多少人认识这个"小鲜肉";但看完《一年级》,这个24岁的巨蟹座大男孩以其温暖和细腻征服了众多观众,微博粉丝数飙升至千万级!从《小时代》中的"花瓶"到有血有肉、人见人爱的"陈老师",陈学冬的经历堪称真人秀明星逆袭模板。

灰历史:履历很单薄,只有《小时代》

温州青年陈学冬出道不久,拍摄《小时代》系列是他在演艺圈的唯一履历。在此之前,他是上海音乐学院音乐剧系本科生、韩国CUBE Entertainment(流行音乐)娱乐公司的练习生。虽然被郭敬明选入《小时代》剧组,但比起柯震东、凤小岳,陈学冬并未在片中抢到多少风头。

应该说,加盟《一年级》之前,陈学冬给人的印象就是"一个跟小四关系不一般的花瓶"。

大翻身: "暖男"不靠演,情商很重要

真人秀的精髓在于"真人"二字,但欠缺真人秀经验的中国明星能将真性情和戏剧感把握好的并不多。在这一点上,陈学冬的初次亮相就显得诚意满满,他在初次报到时带来一大箱玩具、糖果、学习用品、急救药品。由此可见,他是真把实习老师的角色当一回事,私下做了不少功课。

陈学冬在《小时代》里的角色设置是"暖男",但到了《一年级》,观众们才知道,这家伙不是靠演的。无论是新生报到、校园大冒险,还是食堂吃饭、浴室洗澡,陈老师都温柔细心地对待每一位学生;看到生活老师宋小花手忙脚乱、不得要领,他还时不时去搭把手;面对 36 个熊孩子全天候无停歇的打闹,他也从不发火,顶多大吼两声以示威严;萌娃们的"十万个为什么"千奇百怪,但开启"话痨模式"的陈老师总能有问必答;为了跟学生无障碍交流,颇有语言天分的他还迅速练就一口标准的"长沙普通话"。

真正让陈学冬登上微博热门话题榜的是他实习生涯的一次滑铁卢。因为跟家长沟通学生打人情况时言语过于直接,学生妈妈追到学校投诉他。陈学冬没有争辩,而是先鞠躬道歉,然后一把鼻涕一把泪地痛陈自己对学生的希望。说到激动处,陈学冬鼻血都流出来了(他鼻骨小时候受过伤,比较脆弱),他还以为是鼻涕,抹完鼻血又去抹眼泪,这一幕真是好笑又心酸。

可能因为从小在单亲家庭长大,一直缺少父爱的缘故,陈学冬对有着同样遭遇的小朋友陈思诚格外照顾。在给陈思诚做周末代理爸爸时,陈学冬又是洗鞋子、做早饭,又是玩惊喜、聊心事,生生把真人秀演成了偶像剧。陈学冬还发微博:"经历过伤痛以后不想让别人再经历,哪怕是平素

不相识的人,让他(陈思诚)幸福,感觉我的童年也变得美好了。看完了,挺想做爸爸的。"好多网友在下面留言:"陈老师肯定会是个好爸爸。"

吐心声:我不是花瓶,我有血有肉

最初接拍《一年级》时,陈学冬心里也没底:"我也不知道真人秀是什么样的,心里挺纠结的。为什么让我带孩子?我没什么经验啊,我朋友的孩子也没这么大,所以我去找心理医生、儿科医生、老师,学习如何与小朋友交流。"

陈学冬笑称,拍《一年级》让他学到了"操控"孩子的技术:"印象中,孩子都比较可爱,特别天真,特别好玩儿,但来了之后才发现电视里都是骗人的。现实中的老师和家长能看到孩子们特别多的缺点和要改进的地方,这才算真真切切地了解孩子。孩子都有调皮捣蛋的时候,但你需要采取不同的方式和他沟通,有时你得严肃,有时你得温柔,有时你得用其他事情分散他的注意力……每个孩子都不一样。很多人以为我是花瓶,但看了《一年级》后路人转粉,因为我有血有肉。"

《一年级》节目监制夏青也对陈学冬的表现赞不绝口:"我们在挑老师时有两个标准:第一,心理学有个观点,一年级刚入校的小朋友们倾向于喜欢年轻、漂亮、帅气的老师,在学生中间要没有距离感,非常正面阳光;第二,作为明星,要零负面,有爱心和责任心。陈学冬完全契合这两点。"

李晨:从真人秀突围

◎周 玲

在娱乐圈,李晨属于言辞不多、存在感不强的一类人,直到参加了极度考验表现力的真人秀《奔跑吧兄弟》,之前并不是很了解他的观众收获了惊喜,纷纷由路人转粉。

《奔跑吧兄弟》中,李晨对应的角色是韩版"能力者"金钟国。这一角色,不仅对身材和体力要求极高,还非常考验头脑。节目中,李晨虽然没有邓超逗趣,也没有陈赫会卖萌,但他也有绝招——露肌肉、秀智商,大大刷新了存在感,成为团队核心人物。

在第一期节目中,李晨就展现出他体力超群的一面。他身背胖阿姨狂奔时,"穿衣显瘦,脱衣有肉"的样子给观众留下了深刻印象。随后,李晨挑战韩国原版"能力者"金钟国,更是一战成名。除了体力过人,李晨还展现出"技术控"特性,其表现出的逻辑分析能力和动手能力也令人折服。真人秀中的李晨,和之前人们印象中的好人李晨大相径庭。习惯了荧屏中老实的形象,当第一期节目的最后,他一把扯掉"能力者"金钟国的名牌,撕衣怒吼庆祝时,大家才发现,原来李晨爆发起来是这样的。

在真人秀中爆发之前的李晨,是一个演了很多角色但话题性不强的演员。19岁,李晨考入艺术学院,还没有开始系统地学习表演,便在数千人的竞争中脱颖而出,出演《十七岁不哭》的男主角简宁,接着又出演电影《花季雨季》中的运动男孩王笑天，这两部电影在一代人的青春记忆中曾占据着重要位置。

不过，李晨真正走红还是在2006年红遍全国的电视剧《士兵突击》中，他塑造了高学历、高智商、高情商的年轻少校吴哲。之后他开始进入主流视野，《生死线》中枪不离手的龙文章、《唐山大地震》中的方达、《建党伟业》中的张国焘、赵宝刚导演的《北京青年》中的经济学硕士何东……而后他又被陆川看中，拍摄电影《鬼吹灯》。

其实李晨最渴望从事的职业不是演员，而是车手。他是职业摩托车队中的一员，15岁就学会了骑摩托车，在学习表演前，他在北京摩托车队的训练班里练习赛车。2012年，李晨参加环塔拉力赛并为此暂停接戏做足准备，但还是在比赛中不慎颈椎受伤。他说："我曾经在成为赛车手和演员中做过艰难抉择，为此还郑重召开了家庭会议。赛车危险系数极高，轻则受伤，重则丧命，考虑到家人对我安全的担心，最终选择迈入演艺之路。"

在演艺道路上，李晨的认真和勤奋在圈子中是出了名的，2014年一年他拍了一百集电视剧，两部电影，一个真人秀。"毫不夸张地讲，他就是劳模。"为了"跑男"同样也是拼了命，提前准备了四个月。为了锻炼身形，特意找了个私人健身教练培训，每天吃5顿健身餐，20多个鸡蛋，增肥了10公斤，练出了满身肌肉。

他的友善同样是出了名的。朋友习惯叫李晨"大哥"，连带着身边的工作人员也都这么叫。人缘儿颇佳的他，有朋友有事相求，便会毫不犹豫地去帮忙。

外表沉稳的李晨，有股英武之气。李晨说，这是从骨子里带出来的。他出身于北京一个军人家庭，家教虽严，思想却十分开明，父母对于他的兴趣爱好从不横加干涉。李晨热爱摄影，曾经出版过影集《晨光倒影》；他喜爱阅读，曾在多部电视剧和电影中担任联合编剧；他也热衷表达，闲

暇时会在网上"码字"表达心情，文艺青年气十足；同时他又酷爱极限运动、赛车、滑雪、攀岩都玩得有模有样。

　　这些演戏之外的特质在真人秀节目中得以不断放大，真实的李晨被更多的观众接受和喜欢。从节目播出到现在，李晨的微博粉丝涨了上百万。得益于真人秀，李晨的形象终于鲜明了起来，不管是节目中奋力做游戏投入的样子，还是为完成任务不顾形象地吃、放肆地跑的样子，还是"大黑牛""数据控""肌肉男"等标签，都让观众重新认识了"好人"李晨。

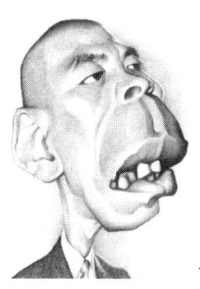

为了不妥协你得先妥协很久

◎夜雨慕白

1

千等万等,《老炮儿》上映了。虽然圣诞夜单日票房只有《恶棍天使》的一半,但豆瓣评分却达到了国产片少有的高峰:8.7。

冯小刚对这个场景并不陌生:他"拿过往20年来赌"竭力拍摄的影片《一九四二》票房惨败。为了"还债"而投大众所好的《私人订制》评分5.6,却在一片"烂片"的骂声中收获7.2亿票房。

没办法,这就是中国电影市场。

还好冯导已经不在乎这个了,他在微博里写:"如果我三十岁我可以妥协,退而求其次,因为来日方长;但我已经快六十岁了,借社会新闻里经常使用的一句形容——'一个年过半百的老人',我就不愿意妥协了,因为时间无多。赚钱的目的是拍自己喜欢的电影。"

冯小刚终于不妥协了,仿佛一切又回到20年前,他拍第一部电影那样。

2

1994年,小有名气的冯导和声名大噪的王朔成立一家公司,叫好梦,有点像《甲方乙方》里的"好梦一日游"。

他们一起合作冯导的电影处女作——《永失我爱》。

《永失我爱》如泥牛入海,在电影市场上没有翻起涟漪,但这之后,他们仍坚持走文艺批判路线,"向社会抽鞭子"。

他们要"走钢索",初生牛犊不怕虎,不撞南墙不回头。

现实的南墙当即给他们重击。

1996年,《过着狼狈不堪的日子》开机不久便被停,有关部门给出的理由是:"剧本暴露丑恶而不鞭挞丑恶……有违社会公认道德标准的价值观念,错误引导大众审美。"同年年底,电视剧《月亮背后》杀青后遭禁,数百万投资打了水漂。

好梦,成了一场噩梦。

冯导逐渐意识到,在两个对象面前,你不得不妥协:一是审查者,二是观众。他们,都是命运的仲裁者。

于是,他开始学着妥协。

1997年,他带着王朔的剧本《你不是一个俗人》再次归来。这次他学乖了,喜剧题材,又安全,又接地气。最初,电影的名字叫《比火还热的心》,为了更加符合观众的口味,在经过与院线代表和编剧十多次的修改后,它以《甲方乙方》的名字呈现在大家面前。

3300万,《甲方乙方》创造了当年中国电影票房的神话。在此之后,《不见不散》《没完没了》如法炮制,同样票房大热,国内电影市场出现了"贺岁档"这个概念,冯小刚被称为"贺岁档之父"。

成功意味着代价。在与观众妥协之外,他还不得不向很多人妥协:审片人、投资人等等。

他不得不做一个妥协的人,为了能保留部分"不妥协"的权利。

就像他为了还《一九四二》的债去拍了《私人订制》,在《集结号》之后拍了满足投资人的《非诚勿扰》,在《没完没了》三部曲后,转身回去拍现实主义题材的《一声叹息》;就像他在赞助商面前摔了杯子,掀了桌子,最后还得把植入广告放进电影《非诚勿扰》里。

冯小刚得影帝后，有人调侃道，不想当影帝的演员不是好导演。但现实中，想当个好导演，可能要先当个"好演员"：擦掉冯小刚，演好一位听话、懂事、接地气、能挣钱的商业片导演。

先演好了别人，才有机会做自己。

3

如今的冯小刚，终于不必为钱折腰了。看着都爽。

但走过的路，只有自己知道。《老炮儿》的末尾有场重头戏，六爷在结冰的湖面上往前冲，独自"迎战"吴亦凡饰演的"富二代"带来的一群人，准备赴死。

在暮冬时节，他穿上长长的军大衣，拎着一把军刀，在薄薄的冰面上往前冲，冰面很滑，但他必须做到"奋不顾身"。天气已经开始转暖，每走一步都能听到脚下的冰在咔咔作响。一旦碎了，估计人会像秤砣坠底。导演管虎时时刻刻都在担心："冰都化了，挺吓人的，感觉都快出人命了。"

99%的观众都不会知道这些背景，我们看到的，是六爷拎着军刀起身后再次在冰面狂奔，是老炮儿彻底的、壮烈的、不计后果的释放。

这就是人生。我们曾多少次羡慕赞叹他人的坚守自我、潇洒从容，曾多少次期盼自己决不妥协、无所顾忌，但我们看不见背后的小心翼翼、如履薄冰、如临深渊甚至命悬一线。

在不妥协之前，你要学会妥协，并且妥协很久。

大部分人死在了妥协，像罗曼·罗兰说的，"在20岁或者30岁就死了，以后不过是一天天地重复"；小部分人死在了不妥协；只有很少的人挺过了那薄薄的冰面，摸到了理想的对岸。

但愿殊途同归，对岸相见。

像明星一样去战斗

"孝星"井柏然

◎王新同

父母离异,和奶奶撑起飘摇之家

1989年4月19日,井柏然出生在沈阳市一个贫困家庭。后来父母离婚,他被判给父亲抚养。但父亲并没有承担起对儿子应尽的责任。井柏然跟着奶奶长大,生命中最亲近的人也是爷爷奶奶。

奶奶家的经济条件很差,爷爷、奶奶加上柏然和父亲,一家四口住在一个40多平方米的小房子里。井柏然从小就特别懂事,从来不乱花钱。

井柏然16岁那年,奶奶不慎从楼梯上摔了下来,造成小腿骨折。老人急需做手术,但需要花费一两万元,家里根本拿不出那么多钱。

父亲可以不管奶奶,井柏然却不能不管。万般无奈之中,他想到了妈妈。7岁时,妈妈回来认了他。犹如坠入凡间的天使,小柏然不懂得恨,从7岁那年第一次见到生身母亲,他就很自然地跟她亲近起来。现在,自己走投无路,除了妈妈,谁会帮他呢?

妈妈一直感激奶奶抚养柏然,听了儿子的叙述,答应尽力帮他。小柏然站在妈妈的门外等候着,却听到妈妈和男友在为钱的事吵架。男人说:"我可以替你养孩子,但是不能再替你养前夫的妈……"

小柏然听了,一声不吭地离开了妈妈家。妈妈好不容易找到幸福,他不忍心因为自己家的事让她难做。后来,他只得向大伯和姑姑求助,两家人很快凑齐了奶奶的手术费用,将老人送到医院接骨。

看着躺在病床上一脸痛苦的奶奶,井柏然想到了打工挣钱,为奶奶赚些医药费,以减轻大伯和姑姑家的经济负担。

偶遇"星探",18岁苦孩子夺冠《好男儿》

于是,16岁的井柏然谎称自己18岁,找到了一份送水的工作。放学后和休息日,瘦弱的他扛着一桶桶纯净水穿街过巷,汗流浃背。有时把水扛到七八楼,却因为买主没在家空跑一趟。

一个烈日炎炎的日子,井柏然扛着一大桶纯净水往一个小区送时,迎面碰上了父亲。两个人擦肩而过之后,父亲才转过身来叫住他,用不敢相信的口吻问:"柏然?"井柏然停了下来,自豪地说:"爸,我能挣钱养活奶奶了。"眼前这个满脸汗渍的瘦弱送水工,竟真是自己的儿子!父亲一把接过他肩上几十斤重的水桶,眼眶红红地说:"你歇歇吧,告诉我哪一家,我去送。"

也许被孩子的懂事深深打动,也许是受到了良心的谴责,第二天父亲回到家里,他告诉井柏然:"从今以后,爸爸再不喝酒打麻将了,你安心上学吧。"苦难面前,井柏然很少掉泪,但父亲的这句话,却让他泪如雨下。

2006年,18岁的井柏然凭借歌唱特长考进了沈阳一所艺术学校,主修声乐。因艺术院校学费高昂,家人为此负了债。

踏进艺校的第一天,井柏然就为自己定下了人生目标:好好学习,让爷爷奶奶过上衣食无忧的生活!

2007年初夏的一天,同学请井柏然去吃烤肉。柏然刚走进烤肉店,就发现有两个人坐在角落里,一直盯着自己看,还指指点点地评头论足,让他很生气。不料,那两个人继而走了过来,问他会不会唱歌。

原来,他们是《加油!好男儿》沈阳赛区节目组导演,当时也在烤肉店吃饭。井柏然一进来,两位导演就被他清新的外形所吸引,于是饭吃到

一半,他们就走过去和井柏然聊了起来,双方一拍即合。

导演对井柏然各方面都颇为满意,只是觉得"你的脸稍微胖了点儿,上镜恐怕不好看"。于是为了上这档收视率很高的选秀节目,短短10天内,井柏然硬是让自己瘦了6斤!

成功闯入沈阳赛区六强后,导演组通知井柏然等选手前往上海集合,并通知他们携带电脑,以便更新个人博客。

奶奶听说此事后,第二天就强拉着他去买笔记本电脑,老人倔强地说:"笔记本电脑是干正事用的,我给你买!"奶奶布满老茧的手异常粗糙,井柏然深知老人每天辛苦工作十多个小时才能赚二三十元,一部笔记本电脑的钱,奶奶要劳累好几个月才能攒够。于是他坚决不肯买。祖孙俩僵持不下,最后只得各退一步——井柏然花1000元钱,到电脑城淘了一部二手货。即便如此,他心里也产生了很强的负疚感。

奶奶深沉的爱,仿佛为井柏然注射了一针强心剂。

凭借清新的形象,动人的歌声,这个拥有让人无法抗拒笑颜的18岁男孩,终于在《加油!好男儿》节目中一战成名,在当年夏天夺得了全国总冠军!此后,"井柏然热潮"席卷全国,这个阳光男孩所到之处,无不充满粉丝的尖叫。

这个励志男孩满怀孝义

随后,井柏然和华谊签约,并加入偶像歌手组合BOBO,推出了专辑……未来似乎一片光明。此后,他奔波于各种通告、巡回演唱会、电视剧拍摄中,连回家乡一趟都成了奢望。但很快,严峻的事实让他突然清醒过来,一次试镜,打了井柏然一记响亮的耳光——导演看完他的表演直言不讳:"长得太帅,看上去太单纯,有些花瓶。"

为了撕掉"花瓶偶像派"的标签,井柏然开始尝试着向大银幕转型。通过一次次试镜和被拒绝,2009年,不言放弃的他终于有了银幕处女作

《全城热恋》，在影片中扮演那个青涩懵懂、为爱执着的70年代青年小方，并演绎得十分到位。

2010年，井柏然凭《全城热恋》获得第17届北京大学生电影节"最佳新人"奖，并获得第30届香港电影金像奖的提名！

出道以来，井柏然一直忙于工作，几乎没有时间休假，随着他在影视圈声名鹊起，每天最多只睡5小时。但即便如此，无论身处何方，他每周都不忘给奶奶打一通电话……

为奶奶写一首歌，是井柏然进入歌坛最初的梦想。直到2011年7月4日，新专辑《井柏然》中的主打曲《小小的我》才得以亮相，这首歌是井柏然专门为奶奶唱的：躺在屋顶上的我，偷偷忧愁地度过。每晚临睡前的我，习惯搂着你胳膊……歌迷们为他的孝心感动，看着MV上那位满头银丝的奶奶扯着小孙子买冰棍儿的画面，许多人在井柏然的演唱会上潸然泪下。

两个月后，井柏然拿出自己的积蓄，在家乡沈阳为奶奶买了一套110平方米的房子。22岁的他，此时已成为家庭的顶梁柱，不仅让爷爷奶奶过上了幸福的晚年生活，也向父母亲友频施援手。

2012年奶奶过生日那天，井柏然特意在沈阳安排了一场演出。当他搀扶着老人走上灯光绚丽的舞台，带领成千上万的歌迷、影迷大喊"祝奶奶生日快乐"时，奶奶激动得老泪纵横，并为孙子能取得今天的成就而感到欣喜和自豪！

凭借敬业精神和阳光形象，井柏然朝着电影梦一路高歌猛进。

难能可贵的是，即使早已成为一线当红小生，井柏然依旧只重剧本不重排名。2014年5月，他跟着刘德华走进了打拐影片《失孤》剧组，继续当绿叶。即使是小角色，他也十分重视。

为了诠释剧中农村青年、修车师傅曾帅这个角色，井柏然不但练习骑摩托车，还学习了很长时间的摩托车修理，只为了出场10秒钟的修理镜

头。在重庆拍摄时,他不慎摔倒,被摩托车气缸烫伤了腿,医生建议他住院。但为了拍摄进度,井柏然只是去医院输了液预防感染,就匆匆赶回片场,强忍着疼痛正常拍戏。每当导演喊"卡",他才龇牙咧嘴地坐下来,卷起裤脚查看伤情。换药时,当刘德华看到井柏然血肉模糊的腿,不由心疼得泪光隐现,他动容地对导演说:"有这种拼命的精神,这孩子怎么可能不火呀!"

2015年是井柏然的井喷年,3月20日《失孤》在全国首映,前三天斩获票房1.1亿元,刷新了华语文艺片首周票房纪录。与此同时,他与郑爽领衔主演的湖南卫视热播剧《相爱穿梭千年》,也广受好评。

回首成名路,26岁的井柏然说,他最感激奶奶20多年来为他付出的无声大爱。"她让我体会到了亲情的力量,也懂得了一个男人的责任与担当,感恩与奉献!"

欧豪：
你造星，我"造梦"

◎金 穗

2015年4月底，由苏有朋导演的青春电影《左耳》风靡全国。与之同样红爆的是该电影中男一号张漾的扮演者欧豪——这个2013年从《快乐男声》走出来的90后"小鲜肉"，仅用一年多时间，就凭借自己独树一帜的硬派男生形象，以及超乎寻常的唱功与演技，荣获"最受欢迎新人""内地最佳新人""音乐盛典人气王"等歌坛影坛大奖，现已成为名副其实的娱乐圈新生代偶像。

然而，很少有人知道，被人误以为是富二代的欧豪，过去其实是一个非常普通的农村娃！

梦想不分贫富！留守少年考上广州艺校

欧豪的家里其实一点也不"土豪"，他也根本不是什么"富二代"。1992年9月，他出生时，家里很穷，父母正是渴望他长大后能成为英豪、富豪，才取了这个名字，以至于曾惹来邻居的嘲笑。

小时候的欧豪，在福建省福州市平潭县流水镇三对排村长大。他和父母、姐姐，住在一间用石头堆砌而成的老房子里，面积只有十几平方米，只能放一张床，而且连一扇窗户都没有，黑暗一片。

欧豪清晰地记得，由于房间狭窄，家里的衣柜对面就是一个老式柴火

灶台，衣柜上的镜子每天都布满了黑色的烟灰，他儿时经常和姐姐抢着用手指在上面"画画"。

懂事后欧豪才感触到，他和姐姐这种因贫寒家境而建立起来的嬉闹感情，特别深刻、珍贵。

然而，2004年年底的一天，欧豪父母回老家过年时，一家人正在灶台边吃饭团聚，突然有两个男子凶神恶煞地进来讨债。原来，那几年，他父母在广州做服装买卖，因为生意失败，欠了不少货款，本想借春节回乡躲一阵子，没想到债主竟追到了他老家。当时，12岁的欧豪几乎蒙了，他亲眼看见父亲坐在灶台口默默流泪。那一刻，他暗暗在心里发誓："我一定要努力，让全家人过上好日子！"

从此，欧豪发奋苦读，因为只有这样，他才能对得起家人、兑现自己心底的诺言。而且，他的骨子里，就像他的名字一样，拥有一种天生的豪气、豪情，家境越艰难，命运越曲折，他越充满了拼劲。

父母开始并不同意欧豪搞音乐，只希望他好好读书考名牌大学。但是他无法放弃自己的音乐梦想，为此与父母曾有过几次争吵。不过，姐姐一直在暗地里支持他，鼓励他既要唱好歌，也要把学习成绩搞好。

一个外省农村娃，在广州读书的花费很大，那几年，无论是父母，还是姐姐，都用辛勤的劳动在默默供欧豪读书。而家人的付出，也让他迅速成熟起来，上初三后，已长到一米七多的他，俨然成了一个男子汉。2008年，他不负众望，顺利考上了广州艺术学校音乐专业！

青春放心去飞！热血男孩初当乐坛新人

上中专的第一学期，要交1万多元学费，他的父母东借西凑才弄到这笔钱，之后每学期还要五六千元，他真担心自己会连累家里人，便给自己定了一个目标：边读书边打工，不轻易向家里要钱。

2009年春，欧豪找到了一个商机——卖演出服装，专门向高校推销演出服装。由于他可以通过父母的生意渠道进到款式新潮而又价格实惠的货，加上他头脑灵活眼光独特，很快积累了一大批校园艺术圈的学生客户，所以他每月完全可以解决自己的生活费。

欧豪虽然出身农村，但他性格开朗，上台时一点儿也不怯场，和很多城市90后一样，从初中开始就喜欢滑板、嘻哈音乐以及篮球、室内健身等。2010年，18岁的他身高已达1.79米，广州一家广告公司发现他具有演艺天赋、良好的外形等条件，便雇他做兼职平面模特。

2011年年初，即将毕业的欧豪，被广州一家演艺公司请去参加了几次商务促销活动，老板见他能唱能演，还有很多艺校学生资源，便雇他做公司的兼职经纪人，先后为该公司推出了几十名校园演艺人才。当别人愁就业时，他已成了"大忙人"。

正是这些努力，使得欧豪不仅从中专第二学期开始就没有向家里要过一分钱，解决了自己所有的学费和生活费，甚至有了一笔小积蓄。这些经历，让19岁的他迅速变得心态成熟、见识丰富。

2012年年初，已经有了一些积蓄的欧豪，决定在音乐方面表现一下自己，便和几个搞音乐的朋友各出几千元钱，找制作公司每人出了几首单曲和MV，然后传到网上。他原本只想自娱自乐，没想到效果还不错，很多90后网友成为他的粉丝。

在网上有一定人气后，很多热心的粉丝都鼓励欧豪去参加大型音乐比赛，他笑着问："我真的能行吗？那为什么没有造星公司来包装我呢？""肯定行，我们支持你！""别人不给你舞台，就自己去寻找！"粉丝的激励让他热血沸腾，他开始频繁参加各种音乐活动。

2012年12月11日，该年度华语金曲奖盛典在广州海心沙隆重举行。欧豪以独特帅气的个人形象魅力和演唱实力，在此次盛典中高歌了一曲《假动作》，并荣获华语金曲奖优秀新人奖！

这是欧豪做梦都没有想到的！他感觉自己太幸运了，盛典当晚，他兴

奋得彻夜失眠，凌晨4点还在发微博向粉丝们表达感激之情。

勇闯《快乐男声》！农村娃拼成新生代偶像

2013年5月，湖南卫视歌唱选秀节目《快乐男声》广州唱区正式启动，欧豪闻讯后踊跃报名，他的粉丝们也纷纷为其加油。6月30日，广州10强竞赛，他上台后大大方方地自我介绍道："评委老师好，我叫欧豪，今年21岁。首先，我想证明自己；其次，我想证明90后是有想法、有理想，也能做一些事情的。"

听了欧豪的介绍，评委尚雯婕首先发问："如果你能够晋级，你觉得是靠长得好呢，还是靠你的90后思想？"他爽快地答道："我不想只靠长得好，或是90后思想，我想各方面都能全面一点儿，希望自己能够做到。"随后，他清唱了原创歌曲《Hey，哥们儿》。

随后，欧豪勇往直前，一路闯关，并凭借独具风格的嘻哈音乐、阳光的笑容，深得观众的喜爱。少小就离家打拼的他，相对其他的草根选手，他的舞台经验更加丰富，也显得更自信。2013年8月，他成功晋级全国10强，用歌声再次证明了自己的努力和坚持没有白费。

2013年9月27日，《快乐男声》争夺冠军之夜，欧豪继续以嘻哈潮风格演唱了**Badboy**等歌曲，前三轮他都一路领先，第四轮比赛时，因大众评审分数略低，最后他获得了全国总决赛亚军。尽管与冠军失之交臂，但他觉得很满足，且以微笑回应，并透着一股硬汉派的邪气——正如评委李宇春说的，欧豪的笑容有一种"无公害的痞气"，而粉丝们称之为"雅痞"（即雅皮士，指前卫时尚又年轻能干的男孩）。

欧豪参加快男比赛期间，一度被人称作"高富帅"，甚至有网友怀疑他是"富二代"。但总决赛获奖当晚，现场播放了有关他成长经历的短片，当他看到自己老家的小房子以及过去的艰苦画面，得知父母、姐姐都来为他加油时，他心里特别难受，热泪盈眶。无数粉丝看到这一幕后，更加坚定地说："欧豪，真棒，你就是我们90后草根的榜样！"

一夜成名，让欧豪的人生发生了天翻地覆的变化。但他没有得意忘形，始终记得自己平凡的过去以及为他默默付出的家人。

"幸福来得太快了！"23岁的欧豪禁不住感慨。他从没学过表演，却在《左耳》中演得淋漓尽致。导演苏有朋评价说："他眼神里有很多对于苦的体验，我觉得那是我电影里面要的东西。他是一个内心有故事、挺有天分、挺有感受力的演员，对于一些青春的苦难，我认为他是有感受力的，所以他的演技里面常常很有情感。"

的确，拼搏就是欧豪青春的主题。他常用"早熟"形容自己，说如果不是过去家里穷，他就可能不会那么敢拼敢做。如今，他终于拼成了娱乐圈的新生代偶像，最想报答的就是家人，多么懂事、孝顺的孩子啊！

黄轩：自由的鲸鱼

◎琦 惠

黄轩喜欢做摘抄，他曾在本子上写下这么一段话："每当我抓紧一样东西不放时，我会提醒自己放下。对自己温柔一点儿，学会与未知相处。试着去体会没有努力的努力，没有选择的选择，没有动机的动机，努力不一定能达到目标。"

他以此话来警诫自己，也确实是在这么做。

因为，论起星途，好像真的没有几个艺人会比黄轩更倒霉。他一心以迈克尔·杰克逊为榜样，结果，不仅在读艺校时扭伤了腰，从而错过了全国性的舞蹈大赛，而且还未能成为歌手。好不容易，他在表演领域中寻到了新的乐趣，可每一次，都是差一点儿"走红"。

对，次次都是差一点儿。他在偶然之中被张艺谋看中，差一点儿就出演了《满城尽带黄金甲》中小王子一角，谁知编剧突然改了剧本，将王子的年龄改成了14岁。他因等待《满城尽带黄金甲》的角色通知，自动放弃了海岩所拍摄的《五星饭店》，差一点儿就在此剧中大放异彩；他曾拍摄了娄烨导演的《春风沉醉的夜晚》，却又在即将参加戛纳电影节时，被剪了戏，徒留一个背影；他还曾为筹备《海洋天堂》，亲自去了北京孤独症患者学校里体验生活，却又因长得不像李连杰，而被导演临时更换；包括之前早就拍好的《蓝色骨头》，也是迟映了四年才跟观众见面……

所有的迟到与错过，若是放在任何一个人身上，都会痴缠很久。但是，显然，黄轩很想得开，他感慨道："沉默的时光，使我这个生命体对很多周遭东西的认知力和感知能力又增强了，我的心灵得到了成长，也越加笃定。"

没错，沉默的时光，使黄轩成为深海里孤独游弋的鲸鱼。可他从不寂寞，他只是远离了喧嚣，去寻找了生命的真谛。

他常常利用自由时间，去全世界溜达，不会带助理，连经纪人都很少通知。往往就是参加完某个电影节，他便突然"落跑"了。他去的地方，都很小众，可能是去某个草原看羚羊；也可能只是去某个胡同的酒吧里，听流浪歌手唱歌。

对于那些具有标志性的建筑、城市，黄轩没什么兴趣。同样，除了拍戏，他对曝光度这种东西也是避而远之，更别说是充当"舆论集中营"。有时候，他低调得甚至会让人忘记他的存在。

但对当事人而言，这才是一种享受。他愿去流浪，去磨砺心性，去做一个内心不慌、脚步不乱、内敛沉静的人。或是在笔笔藏、笔笔收的书法中沉溺，或是随意地撩拨吉他，或是喝茶看花……在他的世界里，没有太多复杂的事情，半落的桃花，格陵兰夏季时整日的太阳，都是他的追求，他的快乐。

大抵，就是这股书生气息太过浓烈，所以才会有人将他框进"文艺片"的固定形象中。乃至，他突然拍摄《红高粱》《芈月传》与《翻译官》等多部电视剧，都会引来非议。有人说，他开始急功近利，走"偶像"路线；又有人说，他是江郎才尽，再也拍不了小清新的电影。

对此，黄轩从来没有刻意解释。他永远都是温和地笑笑，再谈及一下他的理想，"我心里的声音告诉我，我适合将来搬到一个宁静的地方住下来，贴近最质朴的生活，贴近自然。而且我觉得种菜、种花，看着一颗种子的发芽和成长，可以观照你自己的心境。我目前内心这样的愿望与日俱

增"。

是怯懦，还是逃避？

都不是吧。在这个世界上，总会有一种人，不愿去做鲨鱼。他们体态优雅、生存得体，并不善于进攻。他们不过是忠于自己的闲情逸趣，安于本分、听从天赋、发挥所长且苦乐坦然。

其实，无论做任何事，都不该大肆宣扬，受到攻击也不必激烈反抗。只要我们不去纠缠多余的情绪，不去妄想未知的声望，过往不念、当下不乱、未来不迎，也可像黄轩一样做一只在海中自由又有情怀的鲸鱼。

王凯：
书店搬运工的演员梦

◎方 芳

《北平无战事》《伪装者》《琅琊榜》优质作品三连发，很多人说，又一个新人走红了。其实1982年出生的王凯在2006年就出道了。"33岁还被叫小鲜肉，入行十年被觉得是新人，"王凯说，"我有一点点心酸，有一点点失落。"

事实上，多年前王凯就因为出演《丑女无敌》里的"家明"火了一把。只是人们很难把娘娘腔"家明"和英气逼人的"明诚""靖王"画等号，这跨度也确实让人的心脏有点儿受不了。

王凯曾明确地说过："只要我演的角色我都喜欢，除了《丑女无敌》。""家明"几乎成了王凯的"黑历史"，相当一段时间，他都很介意媒体重提旧事。

糟心的是，王凯大火后，"热心"网友偏偏把他在《丑女无敌》中的形象做成GIF图（图像互换格式）恶搞。王凯看了，头上冒出三条黑线，憋出一句："要挑就挑好看一点儿的照片嘛。"

"家明"对王凯的福兮祸兮也只有他自己能够体会。《丑女无敌》热播时，嗲嗲的家明也算轰动一时。就连王凯回到湖北老家，街坊邻居都来围观。可王凯隐隐感觉到一丝不对味，尤其是父母看上去欲言又止却忧心忡忡。终于有一天父亲忍不住问："你怎么演了一个那样的角色啊？"原

来父母总觉得人生如戏,怕生活中的儿子也和家明一样,甚至一度怀疑儿子的性取向。"当时特别失望,别人不理解就算了,父母也不理解我,我质问他们,生活中我是什么样的你们不知道吗?"

然而《丑女无敌》也的确让刚刚出道的王凯,完成了自己的一个人生目标:能留在北京,能有钱吃饭继续拍戏。而后,众多同类角色也向王凯伸出了橄榄枝。"人们不认识生活中的我,只能以戏中的性格来判断我,所以大家觉得我只能演这样的角色。"

那段时间,王凯思量很多:不能为了赚钱再去演"家明"了,大家觉得精彩的是家明,而不是自己。之后王凯执拗地把同类型角色都推掉,可是始终没有其他角色找过他。

有八个月时间,王凯根本无戏可拍,眼看山穷水尽。就在他以为自己的演艺道路要到头的时候,导演张建新大胆起用人们心中的"娘娘腔"去参演一部年代大戏《知青》,而此剧的制片人正是现在"山影"的大神级人物侯鸿亮。

在侯鸿亮眼里,王凯从来都不是什么偶像派。"他是个非常认真扎实的演员,很清楚地知道自己需要什么。我和他第一次合作是《知青》,那部戏在冰天雪地里拍摄了七个月,不少年轻演员没撑住,走了,但他坚持了下来。"为了这个难得的机会,王凯拼了。为制造暴风雪的效果,零下40摄氏度的天气里,王凯还让剧组搬了一台鼓风机对着头吹,一场戏拍下来,王凯的双手冻得没了知觉,刚躺在暴风雪中,脸上就立刻覆上了一层薄薄的冰雪。"不夸张地说,拍这部戏,除了地震,什么自然灾害都遇到过,我被晒伤过,也被冻伤过。"但是对于这部戏,王凯最为感恩。

2013年,王凯终于迎来了他的事业新高峰——《北平无战事》。面对陈宝国、倪大红等一群老戏骨,王凯毫不怯场,火力全开,演技大爆发。而这时候最得意的,莫过于早就对他刮目相看的制片人侯鸿亮。而在侯鸿亮之后的大戏《伪装者》中,王凯的戏份儿更重;再到《琅琊榜》,王凯已经是男二号了。有人告诉记者,老板侯鸿亮早就已经舍不得让王凯演配角了。

王凯说:"遇到侯鸿亮好像撞了大运。他不会告诉你怎样一夜走红,却能让你一部戏上一个台阶,他用特别专业的眼光和判断指点你,演员这条路该怎么走下去才会越走越稳。"

一直被人选择,十年后,王凯终于有了选择的权利。"之前没有人关心你想要什么,想说什么。所以演员不想红是假的,红了不仅收入会好,更多的是在创作上有了主动性和话语权,说白了只有你到了一定位置,有了一定实力,别人才会认真听你说话。"王凯说出了大实话。"但是在这个过程中需要磨炼,需要努力,也需要运气。假如没有张建新、侯鸿亮,我都不确定自己还能在这条路上坚持多久。"王凯把目光放远,若有所思,"命运就是这样的吧。"

有多踌躇满志,就有多失落绝望,觉得山穷水尽,却能柳暗花明。和很多误打误撞进入娱乐圈的人不一样,王凯当演员的心很坚定。他并非出身于演艺世家,无异于常人的父母对他的梦想既不了解,也不支持。

王凯的父亲是一个体育迷,他希望儿子完成他没有完成的愿望,所以5岁时王凯就开始踢足球。而当时王凯的老家湖北出了一批包括伏明霞在内的跳水冠军,父亲又打算让儿子去学跳水。可母亲还是觉得,安心读书考大学才是正途。当然这里面没有一条路是王凯想要的。在高中学业最紧的时候,王凯看课本上有《雷雨》,还"不务正业"地组织同学们排话剧,"那时候心气比谁都大,表现欲特别强,还演了周萍。"

然而湖北一隅的少年并不知道演员、明星到底是什么意思:"我以为演员、明星都是天生的,可能一生下来就是那样的。"王凯高三那年,《还珠格格》红遍大江南北,一度万人空巷。后来出现了很多有关赵薇的新闻报道,说她是北京电影学院的学生。那时候,王凯才知道还有专门教表演的学校。

就在这时，父亲单位突然告知可以"顶职"，就是让孩子去接替父亲的工作。为了谋得一个铁饭碗，全家人力劝王凯，先放弃学业，到新华书店上班。因为十多年前，那的确是令很多人羡慕的有保障的工作。

可是王凯不开心，工作稳定却无聊，女生负责站柜台，男生就负责搬书，好像一眼就看尽了二十年后的生活。而那个本来就缥缈的演员梦，似乎更遥不可及了。"可命运就是如此，无聊的工作给了我很多的私人空间，我不用像上学时再受父母管制，有更多时间受自己支配。"那段时间王凯参加了很多电视台的活动，终于有一天他有了一个去北京拍广告的机会。当时的广告导演看王凯形象不错，便问他是中戏的还是北电的。就是导演的这句无心之语，激发了王凯人生中全部的信心。

一个月后王凯瞒着父母，主动辞去了新华书店的工作，只身前往北京。"我不知道电影学院在哪儿，不知道戏剧学院在哪儿，只能打114查询，到处问有没有培训班。"最后他在中央戏剧学院找到了一个培训班，一共四个月课程，当时已经开课两个月。报名人员说可以来学，但是学费一分钱不能少。"一问学费一万多，2000年，一万多真是个大数目。"让王凯没想到的是，一直反对他当演员、因为他偷偷辞职盛怒中的父亲还是给他掏出了这笔钱。

考入中戏的王凯踌躇满志："读大学的时候，觉得自己外形不差，专业出色，相当自信。"果然，刚毕业，王凯就被当时最负盛名的经纪公司签约。同学艳羡，家人欣慰，王凯甚至把之后能拍什么样的角色，演什么样的戏，走什么样的路都欣欣然地规划好了，仿佛走红只是一夜之间。可是现实总是残忍得让人瞠目。签约公司名气大，艺人几乎每天都能参加大小晚会、走各式红毯。可是那些高额的置装费、化妆费都要王凯自己付。"走在红毯上笑脸盈盈，可是转念一想，兜比脸还干净呢。就是那种打肿脸充胖子的感觉，好像和我想当演员的本质越来越远。这应该是我人生的低谷期。"

现在回想，当时的窘迫很短暂，但是身在其中时就觉得漫长而无尽。每个人都会遇到低谷期，但不是每个人都能走出来。就像不是每个有明星梦的人都能成为明星。"很多人曾有过梦想，但大多数人不敢抛弃太多，不敢执着地为梦想努力，"王凯说，"我是一个敢于放弃很多东西的人。如果当初没有坚定地离开，我可能现在还是一个书店的搬运工。既然费了这么大劲儿才走上了这条路，我就要义无反顾地走下去。每一个坎坷都是收获。就像当年演的陈家明，我一直以为是黑历史，现在却发现它也是我的骄傲。"

像明星一样去战斗

"50亿帝"的坚持之路

◎犁 航

今年"十一"档演员的豪华阵容里,黄渤的面孔频繁闪现,他主演的《亲爱的》《心花路放》《痞子英雄2》《黄金时代》4部电影铺满节日档,开启电影界的"黄渤时代"。

黄渤的声名鹊起不是平地惊雷般地突如其来,而是由量变到质变的由来已久。

小成本电影《疯狂的石头》创下的利润奇迹让人们记住了黄渤。2009年,黄渤凭借在电影《斗牛》中的精湛演技获得第46届台湾电影金马奖"影帝"。

近10年来,黄渤一直在积累能量、提升能量、释放能量,他主演的电影票房总额近50亿元人民币,也因此再度被媒体加冕——"50亿帝",成为货真价实的"票房灵药"。

在凤凰卫视的访谈节目中,好友梁静说:"黄渤的坚持特别让人感动,因为他被很多人不看好。"黄渤坦然承认:"我一路走来其实就是个软坚持。包括我唱歌,包括拍戏,不是遇到难事儿就放弃了,我是一直冲着目的地往前走,刚跨进电影圈,有位前辈善意地提醒我:'黄渤,男怕入错行啊。其实你也不一定要演戏,做摄影,搞配音,其实也不错。'但我坚持下来了,我用坚持证明我入对了行。"

黄渤的父母是每个月靠薪水养家的机关干部,他们给不了黄渤想要的生活,甚至对黄渤痴迷的影视歌事业十分反对。

有人笑谈黄渤是"三无"男人:无美貌、无肌肉、无身高。黄渤确实长得有点儿"抱歉",有位副导演看不上他,曾当面对他说:"这不胡闹吗,这哪能行?"转身走出门还在责备,"怎么能乱找,这什么东西啊这是……"在靠脸吃饭的娱乐圈,黄渤的长相无疑是他成功最大的绊脚石,但黄渤用艰辛和汗水完成了别人眼中几乎是不可能的跨越。

历经挫折,黄渤仍不改初衷。他从事过很多职业:歌手、演员、配音、舞蹈教练、工厂小老板……这些职业的终极目标还是指向音乐。比如说当小老板,就是因为没有人给他出唱片,他下定决心自己挣了钱自己出!因为对音乐的坚持,黄渤与很多音乐界人士成为患难之交,为走上演艺道路创造了机缘。黄渤认识的第一个导演管虎就是音乐伙伴高虎推荐的,他梦想着成了影星就有更多的机会出唱片。他的演艺道路同样是一波三折,第一部电影《上车,走吧》受到业内人士的认可,赢得了观众的喜欢,让他信心满满。但紧接着他饰演电视剧《黑洞》里的汤文军却差强人意,为行家所诟病,毁掉了他曾经赢得的声誉,不是归零,而是为负。摸爬滚打在影视道路上,黄渤起起落落,执着前行。

黄渤不是含着金汤匙出生集万千宠爱于一身的人,这个连长相和身高都"打了折扣"的普通人,有太多的理由可以抱怨:没有背景,没有帅气的外表,没有挺拔的身姿,没有好的运气……但黄渤从不抱怨自己的孤立无援,不抱怨自己的长相,也不抱怨自己的遭际,始终充满了质朴的感恩。我们完全有理由相信黄渤经历过太多的曲折和艰辛,但网上几乎搜不到他自曝的心酸屈辱。

因为坚持,黄渤练就一身本事,成了杂家中的专家,专家中的杂家,他阅历丰富,储备丰厚,戏路很广,具备了走向成功的多种潜质。黄渤的老师徐燕教授感叹:"老天除了没有给黄渤一副伟岸的身材和俊俏的面容,其他的都给了。"网友也附和点赞:除了不帅,黄渤几乎是全能的。

像明星一样去战斗

如何成为林志颖
◎黄佟佟

　　一个单亲家庭的男孩，长得过分甜美、害羞、敏感，要命的是还不大会念书，将来会成为什么样的人？

　　没有成为宅男，也没有成为舞男，更没有成为失败者，他成了林志颖。

　　我还清楚地记得第一次见到林志颖的样子，在电视里，粉蓝色的花样美男，笑得甜如蜜糖，嗲嗲地唱《十七岁那年的雨季》……那时他17岁，外号"小旋风"，和同样嗲的伊能静相映成趣……那个时候最拉风的就是港台的明星，那个时候小伙子17岁姑娘才19岁——数一数年头，竟是20年前的事了。

　　一转眼，小姑娘结婚生娃转眼又离婚了，而小伙子呢？慢慢就失去了消息。他没有什么太让人记得起来的作品，除了最开始的那几首歌。后来去当了不靠谱儿的烧钱的赛车手，摔断了一条腿，再后来他就成了传说中这个世界上最完美的男人：依然有着20年前俊朗的长相，同龄的郭德纲和他比起来简直像他爸爸；不但是一位出色的职业赛车手，同时还是成功的企业家，他开了一家成功的科技公司，他的家族生意有多少亿，而与此同时，在真人秀节目《爸爸去哪儿》里，他还是最贴心最温柔的好爸爸。天生明亮的气质、乐天知命的柔软让他把一切命运的黑暗都变成了完美的基石，过分控制的爸爸让他成为懂规矩的乖孩子，收过很多情书成为他好人缘好偶像的前奏,不会读书让他专心去了华岗学演艺,而年少成名、多年沉寂的生涯又让他更懂得人世的艰辛,更懂得变通的道理。

我是不大相信完美的人,但林志颖的完美带着真诚、带着谦卑,是绝对的性格决定命运。不过说真的,还是有点儿嫉妒的,凭什么他那么好脾气、那么好运气?但当我听到采访他的记者回来汇报说他随身带了一背包的护肤品和保养品时,心里陡然产生了些许平衡,而当我听到他分享他的保养诀窍时油然生出的是敬佩。听说他的方法是"早上起来第一杯水很重要,一天要喝六杯水。要计算每天吃什么、摄取什么样的营养素,以及充足的睡眠、运动。每一项加起来,才能达到百分之百"。我忽然明白了要保持得像 20 年前一样年轻,就得过多么严格自控和了无生趣的生活。

你是懒的,人家是勤奋的,你是兴之所至的,人家是有纹有路的,自始至终,人生都是公平的——百分百的完美来自百分百的坚持,你做不到,就别怨自己运气不好。

韩星的奋斗之路

◎ 范青刚

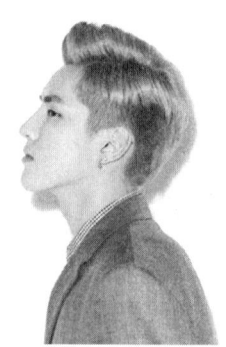

练习生千里挑一

周六下午三点，S.M 公司韩国总部依旧人满为患，因为这里有太多的励志故事：韩国乐坛领军级人物，韩国乐坛的奇迹组合 H.O.T 是很多年轻人的偶像；韩国最具有代表性的女子组合 S.E.S，受到韩国年青一代的喜爱；Shinhwa 男子组合华丽的舞蹈更令人目不暇接；BoA、Dana、M.I.L.K、Blackbeat、东方神起、天上智喜、Super Junior、张力尹等均耳熟能详。以前的他们都曾站在这条起跑线上，出道前他们也默默无闻，现如今都成功地站在了聚光灯的中央。

许多稚嫩的面孔都极度兴奋，他们正在等待练习生的海选。这些 12 到 16 岁的少男少女希望自己能够入围与 S.M 签约，踏上自己的成名征程。

练习生的选拔极为苛刻，据报道，韩国普通"练习生"的选拔已经达到了 800 选 1 的激烈程度，但练习生并不意味着成功，仅仅是开始。

经纪公司根据每个人自身的情况安排训练的时间，少则几个月，多则七八年。训练期间的练习生有可能因为唱歌不好或者长大后形体外貌走样而惨遭淘汰，而且淘汰率高达 50%。目前当红的 5 人组合东方神起和 13 人组合 Super Junior 基本属于同一时期参加培训的练习生，当时有大约 30 个练习生和他们一起培训，最终这 18 个人出道成名。此外，东方神起的队长郑允浩也曾当了 5 年伴舞。

　　整容几乎是每个练习生必经的一关，训练期间每个人都要按时接受"镜头测试"，也就是在舞台上让镜头拍摄自己前后左右各个角度，然后由专业人士给出评估，这个评估是练习生是否需要整容以及如何整容的重要依据，只有这样才能使他们从各个角度看起来更加完美。

集中营式的训练

　　练习生过着"压力巨大"的生活。他们不仅工作强度非常大，还要忍受公司的"压迫"，层层压力之下，每个韩国练习生都如履薄冰。

　　经纪公司对练习生的要求极为苛刻，很多成名的艺人回忆起以前的训练都难掩情绪的激动，他们的练习生生涯简直是在集中营中度过的。"艺人在受训时，一定会挨打。"韩国 MC 娱乐公司的副社长金成范说，"不过这也没那么可怕。能顶下来的，以后再遇到什么难题都不会打怵。顶不下来的，就证明不适合这行，早早退出重新定位自己，反而是好事。"神话组合里的成员 ANDY，据传就曾被经纪公司的社长殴打。

　　为了考查每位练习生是否用功，老师想出了一个变态的办法：为每人准备一个小桶，每天练习完要求大家将衣服拧干，汗水要装满半桶才能过关。"实在没有办法，我只能吐些口水或者倒点儿矿泉水蒙混过关。"

　　成都男孩马雪阳因为参加 2007 年的《快乐男声》踏进了娱乐圈，前往韩国进行了长达半年之久的学习，马雪阳这样描述自己在韩国的半年："每天早上九点到十点起床，吃过早餐后便前往健身中心，根据各自的特点，在健身教练的帮助下锻炼身体！"两个多小时的锻炼后大家各自回家吃午饭，稍微休息一下就要去教室学习声乐，直到傍晚 6 点，这还不算完，晚上 8 点到 12 点的舞蹈训练才是最难熬的。一天的训练终于结束了，回到住所他们筋疲力尽，连澡都不想洗，倒头便睡。

　　韩庚对于在韩国的练习生经历也记忆深刻："当练习生的时候，最多

每天要连续练习20个小时。"魔鬼般的练习让韩庚很辛苦，但是从不放弃的他一直很坚强，甚至连骨折了两个月自己都不知道。"当时确实也不知道哪里受伤了。有一天我做俯卧撑的时候觉得胳膊很痛，去医院拍了片子之后医生说，你这儿骨折了。我问什么时候骨折的，他说两个月前，已经长好了。"

苛刻的训练毕竟是为了自身的发展，很容易被练习生们接受。但经纪公司提供的偏低的生活费给练习生的生活带来了很大的困难。练习生的吃住都由经纪公司统一安排，费用由经纪公司支出。

经纪公司提供的生活费对于绝大部分练习生来说都不够用，诸多开支中，只有伙食费是练习生们能控制的，为了其他必要的开支，他们不得不一再地降低自己的伙食标准。东方神起的成员金在中在做练习生期间为了解决生活费问题甚至去献血，用献血钱买饼干；为了省下坐公交车的钱忍饥挨饿，最后以至于休克。

买衣服是练习生生活中能控制的第二大开销，为了节省开支，他们尽量不买衣服，相互之间经常乱穿。

节衣缩食可以，但是如果要回家，车票钱是无论如何也不能省的，这对于生活费不充裕的练习生来说是一笔很大的开销，东方神起的成员为了省下车票钱往往周末也不回家，一直待在公司里训练。离家近的李特、恩赫和俊秀，每次练习后经常一起回家。有一次，他们在车票钱不够的情况下，买了两张票，利用身材瘦小的"便利"躲过检票。

除此之外，练习生们的居住也由公司统一安排，练习同一类基本功的人住在一起，故而往往是很多人挤在一个狭小的房间。这还是条件比较好的，有的甚至会被安排在公司的阳台或者在办公室打地铺，这样的集体宿舍自然没有私密可言了。

韩星在舞台上的光芒四射就是在这样的严苛训练和艰难生活中打造出来的，而且，能够出道成名的，只是无数练习生中极少数的幸运儿。

第二章

星主张：
乐活是我的方式

　　这么多年以来，虽然有阅历、年龄的变化，但我骨子里的那个东西一直没变。可能是一种"倔强"，就是不妥协，要做我认为对的事。

——李宇春

段奕宏：玩出成功

◎陈平安

演艺圈里，要论精通玩的，段奕宏算一个。羽毛球、魔术、射击、散打、围棋、攀岩、滑翔等，他都玩得精。

鲜为人知的是，现今酷劲十足的段奕宏，当年却啥也不会玩，只能眼巴巴看着别人玩。回首往事，他说自己的成功是玩出来的，是和高手玩、和内行玩的过程，也是魅力扩散的过程。

遇到贵人

段奕宏很会读书，成绩一直是最好的。1998年，他以全优的成绩大学毕业，进入国家话剧院。这个高才生登台的机会很少。大多时候，段奕宏在后台做剧务，负责拉幕布，端茶送水，偶尔登台，也是只有一两句台词的龙套。

段奕宏正感绝望，奇迹发生了。国家羽毛球队总教练李永波经常来看话剧，很快就注意到段奕宏这张生面孔。看过几场他当配角的话剧后，热心的李永波来后台找他，发表意见："你在台上怎么都是绷着的，完全不放松。听说你是中戏的高才生，怎么看不出一点儿专业水准？"

一番话戳得段奕宏把这些年憋在心里的困惑全吐了出来。他问李永波自己到底该怎么做才能真正放松，融入舞台。

李永波留下自己的电话号码，说欢迎随时去国家羽毛球队找他。

段奕宏上了球场之后，李永波发现了问题——他不仅在舞台上放不开，在球场上也一样，紧张、拘谨，就像一根拉伸到了极限的弹簧。这不是表演上的问题，而是心理和生理的双重问题。

思想开窍

找到问题所在，李永波拟定了一套"以球入戏"的培训计划。

段奕宏起初在球场上的表现，跟电线杆子没什么区别。手是硬的，脚是僵的，移动起来拖泥带水，要求直臂击球，他绝对是弯着胳膊出手。

在李永波的言传身教下，段奕宏终于入门了。虽然球还是打得不太好，但动作全部到位。他在球场上前冲后跳、杀球救球，一板一眼，还真有点儿专业运动员的味道。他的动作越来越流畅，身体也越来越放松。一个月试练期满，段奕宏的动作如行云流水，再也没有一点儿紧绷的感觉。李永波让他带着这种感觉上舞台。

段奕宏表演时的短板就是不够放松，克服了这个弱点，再登台，他马上跟以前判若两人。这个曾经的龙套男实现三级跳，一年之后就获得了出演话剧《恋爱的犀牛》男一号的机会。

在话剧舞台上越来越到位的表现，吸引了众多在话剧圈找演员的导演的目光，段奕宏很快就接到了《刑警本色》剧组的邀请。

如此好的机会，段奕宏却没演好。演话剧和拍电视剧的区别太大了：话剧的表现偏重夸张，电视剧则更贴近生活。他用演话剧的心得去拍电视剧，自然大败而归。尤其是枪战的镜头，没有一个合格的，最后导演无奈地动用了替身，才蒙混过关。

灰头土脸地完成拍摄后，段奕宏倒开窍了：不就是不会打枪吗？这就去好好学学，还不信学不会。三天后，他就成了怀柔射击基地的会员，开始学习玩枪。从擦枪、拆枪、装枪练起，他每天举着空枪反复练习瞄准射

击的动作。开始时,手指不听使唤,胳膊也很别扭,但在对手枪结构烂熟于心、完全掌握瞄准射击的技巧后,他越来越上道了。起先,他双手握枪,上半身略微前倾,双腿分开站立,一副如临大敌的样子;而今,他单手举枪,左手很自然地揣在裤子口袋里,右眼与枪管保持直线,脚下站着丁字步。不管枪法如何,这姿势一看就是个高手。

段奕宏在电影《刑警张玉贵》里争取到机会。这次,他没让导演失望,所有的枪战镜头都表现得干净利落,全部一次通过。他凭借此片被评为新德里国际电影节最佳男主角。

至此,段奕宏才大彻大悟:先会玩,才会演!

玩得到位

段奕宏没有趁热打铁接戏。玩枪把他的瘾勾上来了,他决定先好好玩一阵,找到新的感觉后再投入工作。

在北京著名的798艺术区,段奕宏混了很长时间,画廊、艺术中心、餐厅酒吧、设计公司挨个儿进出。他先学了半个月的炭画,又在一个地下乐队打下手,专司沙锤。意犹未尽,他又到一家装裱行学会了全套的装裱工艺。

越有名,段奕宏就越不轻易接戏,因为忙,忙着玩。

这回,他又玩起了魔术。在一个朋友的介绍下,他成为天津国顺魔术团的学徒。虽说魔术是利用观众的视觉漏洞达到演出效果,但要能成功转移观众的视线,达到偷天换日的效果,比做演员更有难度,既要会打幌子做掩护,还得眼疾手快不露馅儿。段奕宏说,自打玩了魔术,不仅手指灵活了,而且眼珠子好用得简直可以去演孙悟空,口才好得都可以去做推销。

玩得越多越精,对戏路的拿捏就越准,几年杂七杂八的玩意儿玩下来,他的知名度越来越高,《士兵突击》中袁朗一角的惊艳亮相,更令无数女"粉丝"感叹"一见袁朗误终身"。

换个人，或许就该休息休息了，段奕宏不这么想。他觉得自己还有很多东西都没玩过，拍完《士兵突击》后，马上投入到新的玩乐计划中。

这次是一文一武：围棋和攀岩。这样安排有他自己的道理，围棋修心，可以提升气质；攀岩刺激，既锻炼身体，又接触大自然，修心养身，绝配！

玩了攀岩以后，段奕宏的胆子大了很多。很快，他觉得攀岩也不过瘾了，又买了辆山地自行车，开始玩坡地速降。沿着走路都会摔跤的山间小道风驰电掣往下冲，虽然有全套护具的保护，偶尔也会摔得伤痕累累，真正是痛并快乐着。

随着《我的团长我的团》在各大卫视热播，段奕宏被华谊兄弟签下，成为一线明星。知名度和待遇的变化，丝毫没有影响他这些年来形成的以玩为主的生活习惯。一拍完大片《风声》，他就休了个长假，玩起滑翔。如今，段奕宏已经从门外汉变成内行，背着滑翔伞从半山腰往下跳，可以在空中划出优美的弧线，再加上一连串的花式动作后轻巧触地。

对于玩的痴迷，段奕宏自嘲是不务正业，但他并无"改邪归正"的打算。他说，要不是当年无意中玩了一把羽毛球，恐怕如今还在话剧院拉大幕。很多人都觉得玩会荒废一个人，但他觉得，玩对了项目，玩出了心得，其效果跟看名著经典一样，能起到充电的奇效。寓教于乐，会让人更乐意参与并坚持下去，这是书本难以企及的。

只要玩得到位，就能玩出成就——这是演艺圈第一玩家段奕宏的心得。

垃圾山上的"好莱坞先生"

◎沈 湘

他曾是名震好莱坞的金牌发行人,其业绩有目共睹:他将《泰坦尼克号》《星球大战前传1》《X战警》等巨片行销全球,成功赚得大把钞票。这个名利场上的钻石王老五原本过着非常惬意的生活。然而,一次前往亚洲度假,在当地的所见所闻,却让他再也无法安于奢华的富豪生活。他将豪宅、跑车、高级游艇通通变卖,就此投身公益,创办了柬埔寨儿童基金会,人生来了个180度大转弯。他就是斯科特·尼森,改变了他后半生的,是在柬埔寨首都金边垃圾山拾荒的贫穷孩子们!

一次旅行彻底改变了他

风光的生活背后,尼森总感觉生活中似乎少了什么,他对一位非常亲密的好友说:"人这辈子,应该做出点儿比拍电影更具意义的事情。"2003年,尼森飞离美国,准备骑摩托车横跨亚洲。

走到金边时,尼森停下了,他原本只打算在这个贫穷萧条的城市待几天,但亲切善良的柬埔寨人感动了他。他索性取消了剩下的行程,开始探索这座城市。

有一天,他在路上遇到一个行乞的小男孩。知道这孩子的家一贫如洗后,他自愿资助救济,帮他们付房租、买冰箱,还出钱让小孩儿去上学。

两个星期后,他却发现这些东西全被小男孩的爸妈变卖,赌博喝酒去了。一个朋友建议他去金边市郊臭名昭著的上棉芷垃圾场看看。

看到这座垃圾山时,尼森忍不住流泪了:几百个人在有毒的垃圾中挑来拣去,寻找玻璃、五金和废纸,只求能换点儿钱活命。其中还有很多遭人遗弃的孩子,最小的只有2岁,生母再嫁,继父却拒绝养他。

他还看到一个瘦小的孩子,衣衫褴褛,通过翻译,他得知这个女孩叫瑞希,12岁,没上过学。这时,一个叫妮基的9岁女孩也走了过来听他说话。尼森问这两个女孩:"我明天想见见你们的妈妈,我会给她们每人10美元,可以吗?"第二天,在金边观光区一家河岸咖啡厅,瑞希、妮基和她们的妈妈如约来了,两个孩子干干净净,简直像换了个人。尼森答应每月给两个妈妈50美元,前提是要让孩子们上学,不能逼她们去垃圾山工作。

看着两个小女孩大口大口地吃着生平第一次吃到的冰激凌,他扪心自问:"要改变两个孩子的生活,难道就这么简单?"

当结束行程返回美国,飞机飞越金边上空时,尼森俯瞰这座城市,心想:"救助他人,原来并不难。我拥有的财富太多了,而他们拥有的物质却少得可怜。"那一刻,他做出个决定,既然经常要飞往国外谈生意,每个月不妨到金边停留几天。7个月后,他在金边租下一栋房屋,雇了几名员工,收容了12个无家可归的小孩儿,让他们不再捡拾垃圾、露宿街头。

尼森两边飞的生活并没有持续多久,一件事让他彻底结束了自己30年的电影事业。一天,尼森正在金边,早上收容所的几个孩子染上了伤寒,他焦急万分。电话突然响起,是某个明星的经纪人打来的,他们的欧洲宣传行程由尼森负责安排。"斯科特,不得了了!电影公司租的专机上没有我们指定的瓶装水和食物。问题不解决,我们就不上飞机。"那一刻,他已经意识到,好莱坞离他越来越远了。

不久,尼森提出辞职,并卖掉自己所有的资产,就此跟好莱坞彻底道别,也跟保时捷、游艇、摩托车和高薪永久作别。他移居金边,开始全心投入

帮助柬埔寨儿童的慈善事业。

需要帮助的孩子太多了

2004年,尼森出资10万美元成立柬埔寨儿童基金会,并租了一栋房子作为办公地点。为了省钱,他出门骑摩托车,晚上则睡在办公室的沙发上。但他要面对的远不只是经济问题,还有一些事情让他很受挫折。许多孩子的父母会把他们从住宿学校中偷偷接走,让他们继续在垃圾山拾荒或在街边乞讨。

在尼森的努力下,基金会的救助工作慢慢走上了正轨,成效日益显著。起初,尼森只计划收容45个孩子,一年后救助的孩子已接近100人,两年后增加到200人。至今,基金会已在柬埔寨成立4所住宿教育中心,救助了700多个孩子,为他们提供食宿、医疗、教育与职业训练。

最近,美国专栏作家罗伯特·基纳来到金边,并写下一篇长文,讲述了他亲眼目睹的尼森和孩子们在一起的情景。

还没看到垃圾山,一股恶臭先扑鼻而来,空气中混杂着硫黄、腐肉和粪便的味道。这座垃圾山高达30米,占地11公顷。尼森和基纳一起爬上垃圾山。

"小心!"尼森边说边指着一根废弃的针筒,"不小心踩到,可能就会感染肝炎或艾滋病。"走在垃圾山上,让人感觉仿佛一失足就可能陷进流沙般的有毒泥淖。基纳站在顶端,朦胧的浓烟之中,看见几十名拾荒者,多半是小孩儿。而他们很多都光着脚丫子。又是日晒,又是脏污,这些人看来全身黑乎乎的。垃圾车队轰隆隆地开过来,车上满载着垃圾,后面紧跟着鱼贯而来的拾荒者,都在等垃圾倾倒下来后抢些好货。"那些开垃圾车的人很多都不长眼睛,"尼森说,"经常会有拾荒者被垃圾车撞死。"

尼森在这里很出名,看到他,孩子们一拥而上,调皮地大叫:"我要读书,带我去学校!"但需要帮助的孩童太多了。"说起来就让我感到心痛,真希望能帮助这里所有的小孩儿。"尼森说,在柬埔寨,儿童失学、贫穷的问题触目惊心,他想让这些孩子有机会脱离乞讨、拾荒甚至偷窃的悲惨命运,有机会通过教育,在这块土地上埋下希望的种子,并用勇气改变自己的未来。

他一边说着,一边单腿跪地,一个小孩儿坐到了他腿上,天真无邪地冲着他笑……

普通女孩汤唯
◎袁 鸿

义工这些年：走得红毯，擦得地板

在很多人眼里，汤唯是女神。但从我 2001 年认识她直到今天，她在我眼里一直是那个素颜的义工女同学。现在她还是会随便穿件衣服、坐着公交车就来我的工作室喝茶；对我这儿的卫生看不过去了，她也会主动帮忙打扫；如果是一群朋友聚餐，吃完饭擦桌子洗碗的就是她。

那年赖声川来到中戏做客席讲座，排练《如梦之梦》，她是其中的"五号病人妻子 A"。也不知怎么有传言，说赖导走时托付我好好关照她，甚至这还上了汤唯的百科词条。我可以很负责任地说：这不属实，在我的记忆里，她只是 1999、2000 两级导演系参演的同学之一。真正让我记住的，反倒是那年大学生戏剧节，她来北剧场报名做义工。

当时出现在我面前的，是个走嘻哈风的滑板少女，特别干净利落，感觉像个男孩子。令我印象深刻的是她的眼神，简单、直接、真诚，从不会躲闪你的目光。我直言："这事没什么回报，别耽误你干别的。"她的回答也很直接："我只是觉得读导演系应该了解剧场，有事就大家一起做呗！"

正如我所说，做义工没啥回报，所以转年的大戏节，团队闹起了人荒。

结果人艺小剧场和北剧场两个场地的演出，这么多外地院校的剧社，汤唯同学一个人把从火车站接站到演完送站都包了。有的嘉宾当场赞许"这个同学真不错"，过了几年给我打电话："当年大戏节上负责接待那女同学，怎么那么像汤唯啊？啊，还真是啊！"《色·戒》拍摄前，她曾义务担任某中学戏剧社的老师，发烧也坚持去上课，到了第三天，实在病得爬不起来，才打电话让同班同学来替代她。

直到现在，汤唯成了国际明星，还是戏剧义工。凭《色·戒》一路走红后，排演话剧时间不允许了，但每次来我们剧场、排练厅都会主动帮忙收拾。记得我们的老排练厅是白地胶，有一次她挽起袖子跪在地上，把地胶全部擦回雪白。除了她，我们工作室都没第二个人能做到这一点。

从2008年地震义演到近两年的爱丁堡戏剧前沿剧展，只要有时间，每次她不仅为我们站台做宣传，还自掏腰包请当地的大学生爱好者看戏，甚至手把手教其他新手义工，怎么导引观众，怎么委婉提示大家调静音、别拍照，就像她大三大四时带学弟学妹一样。像2012年爱丁堡前沿剧展的杭州站，虽然都是低票价的优质好戏，但艺术剧目很难引人关注，她在众多工作中调出时间专门飞到杭州，做了许多宣传推广工作。

如果你以为这是因为我们是老朋友，我又算是看着她长起来的，她在我面前才没有架子，那就大错特错了。别的朋友说，某次援助西北贫困地区，汤唯坐火车硬座后还连着倒两次车，下了车就跟着搬物资；还有人记得，某次探访山西老区，别的明星都象征性地在镜头前挥下铲子，其他时候都交给两三个助理、保安，只有她亲力亲为和村民一起干活儿。最让人佩服的是，在记者都回去后，汤唯又坚持多待了一周，把学校盖完才离开。这无论如何都不能说是作秀了吧？

真人杜拉拉：成功"唯"有最简单

有人问我汤唯的成功秘诀，在我看来，如果非说有的话，那就是别人

都想太多,她比所有人都简单,所以反倒目标明确,在路上不易受其他干扰吧。我俩从没想过正式合作,却因为是投脾气的朋友,反而一起做了很多有意义的事;她自己从没想过一定要做明星,只是觉得做演员就要塑造好你接到的角色,做义工就要真正帮到你要帮的人。不忘初心,汤唯只是这样。

杨婷是汤唯的大师姐,2005年她导女版《切·格瓦拉》时,别人都怕耽误拍影视剧挣钱,汤唯却喜欢这戏,于是被我带去试戏。杨婷到现在还记得:"当时汤唯就穿着白衬衫,下面是牛仔裤,扎着马尾,刚好站在我面前的时候,下午的阳光打到她脸上,我当时就说:不用试戏了,就是她了。她身上很干净,有那种正气,特像革命女战士。"

在这部戏里,汤唯不光是女一号,还包了副导演、场记加剧务——她天天第一个来最后一个走,所有细节都盯过。剧组去韩国参加戏剧节,中途汤唯脚扭伤了,但她坚持把几场戏演完,还瘸着腿把其他剧目都看了。杨婷夸奖她:"年轻女演员如果在年轻的时候不豁出去,时光一流走,就很难出来了。汤唯身上确实有股狠劲儿。"

在顺境的情况下豁出去其实还不是最难的,汤唯遇到的挫折恐怕没几个演员能比。刚出道就凭《色·戒》迅速走红,又马上遭到封杀,汤同学只是轻描淡写地自嘲了一句:"我就像上证A股,疯狂地冲到了历史最高点后,然后稀里哗啦地崩了盘。"

那段蛰伏的时间里,她主要在香港、伦敦、北京三地奔忙。2009年我在伦敦见到她,发现她很自在,每天都去上课,当时她正在排一个莎士比亚的舞台剧,要用古英语演出,和她同台的都是一些英国演员,导演也是英国人,这些都让她必须在语言上花很大功夫。在英国的经历让她成长了许多。

如今,她做了新娘了。我知道不少人因为本国的女神外嫁而心酸,但是人家也不小啦,男大当婚女大当嫁,作为朋友只有一句话:祝福汤唯。

崔永元的长征

◎谢胜瑜

在《我的抗战》看片会上,小崔说:"那六年半,我和好人告别了,因为我变得越来越圆滑。天助我,我病了。"《实话实说》的主持人竟然会坦承因为适应不了节目之外的不真实而庆幸自己得病离职,这是小崔的真实,真实到令我错愕。

我想小崔当时心里不可能没有遗憾,不然,那段时间,小崔不会在我对他的"突然失踪"茫然不解的时候,长夜难眠,抑郁成疾。

是心理医生的话让小崔的理想得到了新生:"你喜欢什么就干点儿什么吧。"

小崔喜欢历史,喜欢电影。高考时他历史考了96分,但他并没有因为考了高分就迷信历史教科书,他对人说:"那些我能倒背如流的历史有很多是想当然的。我一定要知道什么才是真实的。"

小崔希望历史的真相能从活着的人的嘴里讲出来,口说为凭。于是,他从《电影传奇》开始,带领他的团队开始了电影史料的采集。

一开始,小崔问导演拍过哪些片子,问演员演过哪些电影,采访过程功利而又直截了当。但很快,小崔就感觉不对头,采访对象面对镜头常常滔滔不绝,讲的很多都是与采访提纲无关甚至与电影无关的事情。那些无关主题的口述比讨巧的问答不知要生动多少倍,总能让聆听者动容落泪而

不忍打断。历史在这些老人的唠叨中如长江水一样生动着、真实着……于是,小崔干脆让老人们敞开来讲,本来五分钟的采访,小崔的团队可能要用五个小时,甚至五天的时间来完成。这当然不是简单的需要耐心的问题,小崔说:"我们陷入了学习口述历史搜集方法的大坑,本来5元钱能完成的事,一下子变成了5000元钱才能做完。"

我最不能忘记崔永元讲的一个故事:哈尔滨一位现年90多岁的老人,参加东北抗日联军时被捕,本来定于1945年8月14日行刑,但行刑那天日本兵出去喝酒回来晚了,如果杀了他时间就不够,只得把他送回监狱准备第二天再杀。结果第二天日本投降了,他就活了下来。讲完故事,小崔说:"比起这些死里逃生的经历,生活中的委屈和不顺算个啥啊!"曾经看不开的,霎时间就看开了!也许,聆听和咀嚼历史是治愈小崔抑郁症的一味良药。

就这样,在口述历史这个"大坑"里,在这个大众目光所不及的地方,小崔把自己的全部身心埋了下去,而且一埋就是8年——他带着一帮人重走"长征"路,他一次又一次地回云贵高原"走亲戚",他远渡日本和美国花大笔的钱购买在国内从未见过的影像资料——从迷乱花哨的现实遁入到孤寂的历史暗巷,小崔辛苦而欣喜地在他的精神高地上进行着属于他的"长征"之旅。

在抢救历史真相的"长征"路上,小崔一直有一种跟时间赛跑的紧迫感。因为,口述历史的受访者平均年龄超过了85岁。2006年小崔的团队采访了103位老兵,到2009年再去回访时,有一大半的人都离开了人世。"我们动手晚了!"小崔感叹连连,"大家都知道淞沪会战中的'800壮士',我们采访到其中三位后才知道,'800壮士'实际不到400人,原因是那天进租界,守卫问有多少人,为壮声势就称有800人。现在'800壮士'中只剩下一位96岁的老人。如果再晚个几年,就没有人说得清'800壮士'的真实人数了。"

从2002年开始，小崔总共采访了3500多人，推出了《电影传奇》《我的长征》《我的祖国》《我的抗战》等专题纪录片，给未来留下了300多万张老照片，600多万分钟的历史素材，涉及战争、电影、音乐、美术、外交等众多领域，堪称中国"口述历史"博物馆。

8年难得一见（见也只是偶尔在电视上），小崔让我吃惊的还有另一组抹不掉的数据：为寻找历史的真实，小崔和他的团队花费已超过一亿两千万元，却没花国家一分钱。而一边玩命干活儿一边还得"不要脸"地筹钱的小崔的团队，已经有四五个月没有发工资了！

一亿两千万元！这个天文数字被小崔用来做了一件"功德无量"的大事。记得柴静曾跟小崔说："你干的都是搞研究的人来干的。"她的意思是，小崔他们是何苦来着？小崔这样回答："他们在评职称，还要做其他更重要、更实惠的事情。"多么天才的一针见血的冷幽默！

在我身边，人们对成功的定义太单调了，所以，大家过得不浪漫，活得累，生活也少有意义。但我没见过的小崔却是一个例外，他总是不掺私念地在做他觉得有意思的事情。据媒体报道，小崔的"口述历史"还将着眼于中医和民间手工艺，目前团队里几十号人正在搭建的是"民营企业博物馆"。小崔希望"再过几十年甚至几百年后，所有有兴趣的普通平民、学者、研究人员都能到这个博物馆，听今天的优秀的企业家们说话"。

就像我在胡润财富榜单上没见过小崔的名字一样，我今后想在电视里或在生活中见到小崔也会很难，尤其知道"口述历史"将成为小崔下半辈子最重要的事情后，我估计我见到小崔的概率非常小。

俗世红尘，所谓的成功、所谓的名人何其多啊，却是这个本可以名利双收却宁愿孤独地走在理想路上的小崔，那个我想见而从没见过的貌不惊人的小崔，让我喜欢到敬重到不能忘记他。

我没见过小崔。在我见不到他的时候，他正专注地走在他喜欢的路上。

"仙女儿"张静初：做一个有品质的人

◎张 麟 唐 忻

从2012年6月1日公映的《醉后一夜》倒数到上一部问世的《万有引力》，我们已有一年多时间没在银幕上见到张静初了。之前，她是个高产的演员，一年动辄三四部作品。过去的这一年多里，她放慢了脚步，给自己放了半年长假，到纽约游学充电。

她说，现在的状态是她喜欢的，外界赋予她的"女战士""励志姐"称号其实都不符合她的内心："我是个崇尚阿Q精神的人，不喜欢争不喜欢抢，老天给我什么我就做什么，随缘就好。"

不乘胜追击，"逃离"去纽约

2011年初，张静初一鼓作气去纽约游学。接下来的小半年里，她几乎从娱乐圈销声匿迹。

从决定出去到找房、选课直至拖着箱子登机，张静初只花了不到20天。"2011年1月初有这个想法，1月底我就到纽约了。之前一直想想想，但没付诸行动，忽然觉得如果不抬腿就走，你就永远实现不了。"

张静初在纽约的半年非常惬意，像度假，像游学，又像生活。她早上6点多就起床，做早饭，打扫卫生，去公园跑步。下午有时上课，没课时就去看展览，晚上几乎都消耗在看戏和看电影上。

在之前的很长一段时间里，凭借《孔雀》红了的张静初像个女战士一样不歇不停——跟冯小刚、尔冬升、许鞍华、林超贤、陈木胜等众多导演有过合作，文艺片和商业片双管齐下，4次获得香港金像奖最佳女主角及女配角。于是，她被大家认为是个企图心强的女星。

电影行业发展迅速，同业竞争日趋严峻。人们不止一次问张静初："哪来勇气消失半年？""我觉得自己不是一个特别适合待在风口浪尖的人，我只想找到自己的节奏。我会有计划地逃离，但同时也会保持理智的节奏。当然我不能完全消失，不然这个行业就会把我忘记，现实这么残酷，必须学会面对，找到一个平衡点。"

不接地气，反而有"仙气"

张静初常常被身边人叫作"仙女儿"——别以为这是对她相貌气质的正面评价，其实这是熟人对她思维及生活方式的一种调侃。她和谢霆锋合作《证人》时，闲来无事两个人找话题聊，张静初问谢霆锋："你的女儿最近怎么样？"谢霆锋惊诧："是儿子！"张静初只能连声说"对不起"，场面一度尴尬。

而她所关心的事情还真充满"仙气"。"我一直在寻找自己在芸芸众生中的位置。"她把这种让人一听就开起小差、打起小盹儿的爱好归咎于星座。"可能水瓶座的人想得比较多，关于生死的课题，别人要到半百才开始思考，但水瓶座二十多岁就已经萦绕脑海。我承认我活得比较抽象，别人觉得累，我觉得挺梦幻的，那种飘啊飘的感觉我很喜欢！"多亏了这股自得其乐的"仙气"撑腰，尽管演过瘾君子、受虐妇人、智障者等"很难出戏"的角色，但她在演戏时几乎没有走火入魔过。与尔冬升合作《门徒》时，她饰演一个吸毒女，其中有场高潮戏，她毒瘾犯了要抽搐到没气。尔冬升一喊完"cut（停）"就非常焦急地跑到她身边，关切地询问她的状况，没想到张静初一个大笑作答"我没事啊"！她笑："有的演员可能太敏感

了,所以很难跳出来。我是个慢热型的人,入戏比较难。我会慢慢预热,让自己相信角色,然后进入。进入以后我会小心地保持让自己相信的部分,让那个小世界不被干扰。等到拍完,一切就结束了!"

不呕血励志,无规划发展

不少人会把张静初与"励志姐"扯上关系,某些介绍里说,她从小家境清贫,寒窗苦读成就了一番事业,用当下流行的话形容就是"逆袭为白富美"。张静初叫屈:"完全不是这样的!我没觉得自己家境不好,我自认我们家算是小康之家,父母都是工薪阶层,而且妈妈是教师。"

张静初是被父母"疼"出来的。"爸爸认为女孩子口袋里一定要有钱,所以我从小就没为钱发过愁,没有想买又买不了的东西。我觉得这样挺好的,不会让女孩子有缺钱的概念。一切都够。"

因此即便进入这个圈子,这种自认"够了就行"的个性也没有让她特别去争取过什么角色,"除了《孔雀》,之后的戏都是主动找上我的。"

最终张静初把自己的演艺事业定义为"无规划":"如果有规划的话,我应该比现在发展得更好、更有条理吧。"

看似随心所欲,其实张静初一直在反复提醒自己别忘了最初的梦想:"我要求自己做一个有品质的人。拍好电影,跟有意思的人合作,做有意思的作品,那么我在这个过程中就能得到满足了。"

詹姆斯：
人生目标是当亿万富翁

◎ Kewell

在晨练和媒体群访结束后，勒布朗·詹姆斯回到更衣室进行冰敷。随后球队抽样尿检抽到了他，一系列琐事搞得他很疲惫。他家里有个私人厨师，始终放着Jay-Z和图派克的音乐，一排排的衣服和鞋子十分闪亮。他爱这些东西，时尚就是他的蜜糖。摄影师给他拍完照他都会要回来，因为想发到推特上。

但现在他很累，厨师递给他鸡肉和辣酱，在享用之前，他还跟着音乐唱了起来，他身边的人似乎很习惯这样了，没人为此停顿。他爱唱歌，他拒绝摄入任何咖啡因，唱歌就是他的咖啡因了。在照相机前他又随着音乐起舞，就像高中时候一样，让每个无聊的人都快活起来。

他说自己还想做个喜剧演员。他正在拍摄第一部电影，《球员》***Ballers***。"我想做个歌手，但我的声音太糟糕。我还想做画家，像毕加索一样。"他还希望成为亿万富翁。"如果能做到，将会是我最大的成就。我想将商业利益最大化，如果能成为一个亿万富翁运动员，哇哦，我的天，我会非常兴奋的。"

他已经有了10年的职业生涯，也许还会再有10年。所以现在路已经走了一半，是时候停下来想想了。"成为史上最伟大的球员的目标是很高的。"他说。

他现在拥有的一切都棒极了。迈阿密的别墅、美丽的妻子和两个儿子、跑车、无数的美元、上帝之子。过去5年他拿了4个MVP（最有价值球员），他的右臂和直升机翅膀一样有力，如果愿意，他每晚都能拿到三双（得分、篮板、助攻、抢断、盖帽中有三项技术统计达到两位数）。

责任伴随能力，不管在场上还是场外都是如此。他身边的所有人都希望他能得到更多分。他们花钱来看一个超级英雄，超级英雄就该投篮，创造历史。"如果我愿意，我可以场均得到35分。"他说，"但那就不是我了。我的本能是看到队友处于空位就想传球。就算我的心态调整到出手得分，但我的本能——你知道的。"

他喜欢思考。"我能闭着眼睛，绑着手打球。我的思想可以让我回到球场……就像在午夜不开灯一样。"他很烦别人说他"改变了"，他一直没有，他仍记得自己的本能，阿克伦就像一袋水泥一样压在他的心里。

"胜利就是我的药。胜利就是我的冰激凌。像我的孩子一样，他们总希望要更多。"

实际上，6岁的布莱斯正在家附近的一家店里瞪着快要融化的冰激凌。"怎么了？"勒布朗坐到儿子对面问。

大家都知道，爸爸在工作，接受采访，谈论一场又一场的比赛，传球还是扣篮，留在这里还是去别的地方。

"你不喜欢你的冰激凌？"勒布朗问他的儿子。布莱斯看着冰激凌，又看看老爸，说道："不喜欢。"

"那就买别的试试！别抱怨！"勒布朗说。他说做父亲和体育运动很像："做家长、队长都是一样的。你能感受到身边的人的沮丧——也许是因为没有参与足够的进攻，作为领袖，你就要问他需要怎样的帮助。因为我们最终还是有一样的目标——变得伟大。"

赢家，伟大，就是人生的意义，不是吗？但勒布朗说胜利是团队而不是个人的。他的文身写着天命之子，这是一个标准的美式寓言。一个没有父亲的穷孩子天天在家盼着母亲回来——但始终没能见到。

而现在他飞黄腾达。他高三的时候场均得到31.6分，9.6个篮板，4.6个助攻，3.4个抢断，在后来他妈妈租下的22美元一个月的房子里，他的队友们经常来玩。勒布朗说他们来是因为喜欢他的妈妈，而他们则说是因为他。

后来，17岁的他登上了《体育画报》封面，拿到了球鞋商的赞助合同，成了2003年的"状元"，加盟克利夫兰骑士。"我的身价从10美元飙升到了1亿。那时候我还是个高中生。就是这样。"他说。

他身体往前倾了一些："作为非裔美国人，我们从小就听别人说'你变了'这样的话。就因为我想变得更好，并获得了成功，你就不再是曾经的你了。我当然不是，我想变成更好的人，改变不是坏事。我觉得这确实是作为非裔美国人的一个坏处。"

当他还在骑士效力的时候，他把家乡的邮编330文在了身上。

他现在仍然很感谢自己的父亲。"就好像，'爸爸，你知道吗，我虽然不认识你，但你是我能有今天的原因之一'。这是激励自己的话——你不在我身边，我才能成为今天的自己。假如我有美满的家庭，也许我就没有帮助身边的人成长的能力。看看马弗里克·卡特，我的生意臂膀。里克·保罗，我的经纪人。兰迪·米姆斯，我的好朋友，也是一位经纪人。"

改变，也让勒布朗成了最让人讨厌的篮球运动员。2010年，他离开骑士加盟热火，超过1300万人观看了他的"决定"。

人们在街上放火烧他的球衣，用刀刺他的小人。骑士老板丹·吉尔伯特用一封信火上浇油："国王会带着我们的诅咒加盟热火……"这些愤怒是强烈而幼稚的，最终，人们还是清醒过来向前看了。

勒布朗所做的决定是"最好的选择"，他说："我需要这么做，这让我成长为一个男人。我一辈子都在阿克伦生活，整个生涯都在骑士，一切都那么舒适。我需要不那么舒适的环境。"

在上赛季东部决赛第二场,勒布朗和保罗·乔治针锋相对。乔治完成一次扣篮,勒布朗就投进一记三分。比赛结束后,勒布朗跟在乔治身后,对他说:"我会支持你的,年轻人。"随后他们击了掌,敌人还是有爱。从那之后,乔治便打出了爆发的表现,大家都说是不是勒布朗施了什么法。

"我擅长识人吧。"他说,"我知道他会变得非常非常好,我和他聊过几次。我愿意为每个人都这么做,如果有人向我寻求建议,我会给他们的。但我不会告诉你,这是我的秘密。"

他热衷伟大。"我一直关注其他运动员。我爱汤姆·布拉迪,也爱拿他和乔·蒙塔纳比较。我爱梅威瑟,也爱拿他与阿里对比。哦,梅威瑟能成史上最伟大拳王吗?就那样的对比。有时候,我甚至会关注连续几场打破命中三分纪录的科沃尔。我会看体育中心,看其他媒体的社交网络。有时候我是看了那些才知道,哦,我已经连续500场得分上双?我和乔丹、贾巴尔并列?天哪,这成就好像挺棒的。"

当他在2013年赢下总冠军后,他多了一个新文身:阿克伦。

勒布朗起身,看到了他的小腿。右边文着"见证",左边文着"历史"。

谢依霖：
不当女神当谐神

◎张自言

只是想赚五百块吃饭

谢依霖生于1990年，算是个九零后。从"一秒变格格"到成为电影女主角，她花了三年时间，运气比同龄人好太多。"因为我是很有福报的人嘛，一路上遇到很多贵人帮助我。"她这样说。

但她确实和其他女艺人不一样。谢依霖就读于台湾文化大学。她所就读的戏剧学系教的是编剧和表演。

"Hold住fashion（跟得上潮流）"那个表演是谢依霖自己早就设计好、在学校迎新晚会上表演过的。2011年有一期《大学生了没》闹起了节目荒，录制前一天节目组打电话到文化大学找有现成节目能表演的人。于是谢依霖把原来的表演再改改就上了电视："他们说上节目你可以拿五百块台币，那天我没事就去了。当时就想拿到钱可以吃饭。"

但是节目效果出乎意料地好，她一路走红，让大陆网友把"hold住"挂在嘴边。谢依霖进入了金星娱乐，身份不是编剧而是艺人。没过多久，郭敬明看了谢依霖在《康熙来了》里的表现，找上门来让她演《小时代》四女主之一的唐宛如。谢依霖对演出确实足够认真，郭敬明对她很满意。唐宛如的角色主要是搞笑，又要有"浑然天成的良好的自我感觉和粉红少女心"，其实并不好演，但谢依霖能把这许多性格层次都演出来。郭敬明

评价她说:"很难想到有第二个人可以演得这么出神入化。"

选择这条路就要放弃成为林志玲

郭敬明选择谢依霖的时候说了一句话:"小旦易求,女丑难求。"在外貌协会大行其道的现在,能主动担任"女谐星"角色的年轻女孩并不多见。

"女谐星是条不归路。"谢依霖说,"当你选择这条路的时候,你就要放弃成为……林志玲。"

小时候谢依霖也想当女神,做过公主梦,希望自己时刻都美美的:"直到我认识了世界上有样东西叫镜子。"很早就放弃公主梦也许是一种罕见的睿智,大多数女生认识了镜子后依然觉得自己可以当女神。

曾经以脚本编剧为职业理想的谢依霖比其他艺人多了一点儿策划和思考能力,刚参加综艺节目时就全靠自己设计新的喜剧段落,如今她在表演和应对媒体上也常有神来之笔。《小时代》第一部的发布会上,面对杨幂、郭采洁、郭碧婷三位美女,谢依霖大方地调侃"自己最美",又说"我比杨幂人气高",说完后忙向杨幂下跪请罪,给发布会增加不少笑料,也顺利上了头条和网站焦点图。

郭敬明也欣赏谢依霖那种"天生的喜感":"她给人的那种欢乐是发自内心的。"

"其实当男神女神也好辛苦,他们永远要维持形象,就不能像我这样很放松地做自己。"谢依霖说。

演"女神经"没有粉丝的万千宠爱,但是另有一种成就感。谢依霖收到过一个粉丝来信,说她原来没有自信,因为既不漂亮又不骨瘦如柴,但她看到唐宛如之后被感染,觉得自己只要乐观就可以活得很开心。谢依霖喜欢一个网友对《小时代》角色的评价:"十个女生里只有一个顾里,两个南湘,三个林萧,却有十个唐宛如,唐宛如更贴近真实的人。"

东方社会的传统审美并不太欣赏谢依霖或者唐宛如这种大条的性格,

更何况她们没有特别"仙女"的外表。谢依霖却完全不担心受不受男生欢迎的问题:"做我这样的女生,如果要恋爱,会有一个缺点和一个优点。缺点是很少有人想到你是女生,我想追你。但是一个很大的优点是,一旦有男生追你,他就会很爱你。因为他看到的已经是你真实的最美的一面,所以你不用担心大家熟了之后你在他心中的形象会幻灭,也不用担心别人比你漂亮。"

春萍，我做到了

◎ 韩 寒

其实在比赛的第一年，我的财力就难以坚持下去了。2004赛季尤其艰苦，朋友的私人车队退出了，没有人要我，我只能自己修车。在米其林轮胎工作的一个哥们儿见我如此热爱赛车，也小有名气，决定赞助我六只轮胎。

虽然只是六只轮胎，我也激动难抑，毕竟是国际大厂商。这六只轮胎价值一万元左右，我又自己掏了几千元，单独做了巨大的贴纸，把整辆赛车都贴成了米其林花。

比赛一开始，在米其林工作的哥们儿就跑过来，面露难色道："兄弟，我们只是帮助你，不需要你这么回报的。"

我说："没事，滴水之恩，涌泉相报。"

朋友欲言又止，走了。

后来有人来传话，问我能不能把这贴纸撕了，因为几个轮胎公司总部的老外来了，突然看见有辆贴满自己商标不知道从哪冒出来的赛车，非常不悦。米其林有非常严格的赞助规定，一般只赞助能获胜的赛车手。米其林对您的帮助不求回报。但您贴着一车米其林，容易让外界产生误解。

我愣了几秒，说："现在没时间了，等第一天比赛完再撕吧。"结果一进赛段，因为赛车老旧，年久失修，没开几公里避震器就断了。我是一名对机械几乎一无所知的车手，只知道抛锚了要打开引擎盖假装看看，显得专业。那时我连续好几场因为车坏而退赛了，此刻又逢其他车手开着全新的赛车掠过，我恨不得让它卷起的土把我给埋了。手机同时响了，是朋友打来的。他问我："听说你又退赛了，别灰心，哦，对了，贴纸撕了没？"

那是我第一次为拉力赛默默流泪。要知道如果你是一个充满争议的人物，一旦你做不好一件事情，人们对你的嘲笑很可能打击到你。我偷偷把车拖回了汽修店，无颜再去赛事维修区。

和励志电影情节不一样的是，接下来的比赛，我并没有逆袭。在第一个赛段，赛车爆缸了，活塞把缸体打了一个大洞，引擎室烧了起来。当时的我再也买不起一个发动机，但在火光映照下，我再没有感觉心酸。要知道坚固的事物都要经过烈火的锤炼，这火光既不能温暖我身，也不能焚毁我心。从那天起，这件事情，我下定决心必须做到。打死也不能放弃，穷死也不能叹气，要让笑话我的人成为笑话。

发动机被烧了以后，我回到老家。邻居发小韩春萍对我说："你骑自行车还不错，但是赛车还是很难赢全国比赛名次，但我们承认你在亭东村还是最快的。"我说："你等着看吧。"

后来的故事就俗套了。2012年，这是我参加拉力赛的第十年，在第一次退出比赛的县城，我捧起了自己第三个年度车手总冠军的奖杯。我高兴的是，我终于可以向春萍说我做到了，因为一次可能是侥幸，两次可能是运气，但三次说明我还可以。

我也明白了很多事。他人笑你，是应该的，无论主观还是客观，你当时都没有做好，没有做到，你有什么资格豁免被他人嘲笑？他人鼓励你，那是你助燃的汽油；他人笑话你，也许是你汽油里的添加剂。后来，我并没有和那些当年嘲笑过我的记者们反目，反而现在都是很好的朋友。虽然现在，我的赛车上已经被各种赞助商贴满，但我还记得当年的那六只轮胎。那时我觉得我要争气，要让他们见识我的实力，现在我觉得我应该纯粹地

感谢他们,并不是因为他们给了我斗志,而是他们的确做得很好,既帮到有潜力的车手,又要确保自己的商业原则。

如果没做到,我也不会黯然抑郁。至少我童年的幻想不是赢得冠军,而是纯粹绑在拉力赛车里,像我的偶像们一样把赛车开成那样。总有这样的人,说起赛车只知道F1,说起足球只认识贝利。在他们嘴里,世界上只有一个叫比尔·盖茨的人在做生意,你做到了A,他们会说你为什么没有做到B;你做到了B,他们会问你为什么没有做到C。对于这样的人,无须证明自己,无须多说一句,你只需要无视和继续。做事是你的原则,碎嘴是他人的权利,历史只记得你的作品和荣誉,历史不会留下一事无成者的闲言碎语。

世界上再多人企图抹黑你,甚至这世界再黑,你只需笑,咧开嘴,你的牙齿永远是白的。

李宇春：谁酷拍谁

◎叶 枫

李宇春的本职是歌手，偶尔会拍拍戏，按说，这两项业务已经可以占据她绝大部分的精力了。可是，她有一大半的时间和精力搁在一件与从艺毫不相关的个人爱好上——摄影。

不是玩自拍，而是正儿八经地玩器材摄影，而且拍得小有成就——在非洲的摄影作品被世界自然基金会选用，作为动物保护宣传照。只是，李宇春说，这是意外之喜，她其实只是把摄影作为一种结交好人缘儿的交友方式……

时刻准备抓拍

李宇春是那种比较内向的性格，话不多，也不大善于跟人交流，遇上饭局、聚会之类的活动，她总觉得没办法加入别人的话题。所以结果最后多半是一堆人聊得火热，她找个角落坐着，看起来很酷。

后来跟朋友抱怨这事儿，朋友给她支着儿——你加入不了别人，可以让别人加入你呀！说起来简单，圈中的朋友哪一个不比自己见多识广，自己何德何能能吸引一帮人围着自己找话题？结果一次无意中获得了灵感。一个朋友的生日聚会，大伙儿都玩得热火朝天，然后纷纷掏出手机玩自拍记录这热闹场面。只是，胳膊长度有限，自拍起来很容易顾此失彼，有时

拍上好几张,也拍不出皆大欢喜的满意效果。

李宇春灵机一动,自己虽然不爱自拍,但可以去帮人家拍啊。她趁大家玩得开心的时候举起手机默默记录。

拍了上百张,其中不乏拍模糊没法儿看的。把这些不合格的照片统统删除后,再经过仔细比较,有二十来张是效果比较不错的。把这些精挑细选的照片分别发给照片上的主人公后,她的电话顿时就响个不停了。凡是收到照片的朋友都第一时间打来电话,夸她这照片抓拍得好,比自己自拍出来的效果好多了——人嘛,哪有不自恋的,自己在愉快玩耍,身边还有个朋友不动声色地抓拍自己的美丽或帅气瞬间,这种感觉太好了。

李宇春初战告捷,大受鼓舞,她也开始觉得朋友聚会不再是那么无聊的一件事了。虽然还是不大善于交流,但是别人开心别人的,自己拍摄自己的,不仅能有效打发时间,还能在事后获得朋友们的感谢与夸奖,也很不错!

从那之后,再有聚会之类的场合,李宇春就拿着自己的手机,四面八方打量,见谁笑得灿烂马上"咔嚓"一声,见谁做了糗事立刻"咔嚓"一声,遇上寿星被抹得满脸奶油时更是咔嚓不断。

只不过,因为属于抓拍性质,照片质量不怎么高,虽然拍得多,拿得出手的却少。前期拍摄不到位,那就后期加工来补充好了。李宇春饶有兴致地下载了美图软件,把她觉得尚可挽救的照片一一修片,该模糊的模糊,该锐化的锐化,对比度、色调、曝光这么一处理,有些原本只能删掉的照片便起死回生了。

把这些精心美化后的照片再发给当事人,好些照片都被朋友们迫不及待发在了自己的微博和微信朋友圈,还清一色地在照片后用文字注明这照片出自春春之手,对她的摄影表示赞誉和感谢。

一来二去,李宇春会拍照这个事儿就传开了。她就这样成了朋友圈聚会时最众望所归的大忙人,大家伙儿在一块儿活动时,都忍不住会一眼眼瞧她，看她是否在观察自己准备开拍。活动结束后，有些性急的朋友还会主动给她打电话问有没有自己的美图诞生——凡是有她在场的聚会，大伙儿都不会第一时间发自拍，而是耐心等待李宇春的抓拍照片传来。

跟成龙玩航拍

李宇春于是觉得，再这样拿个手机抓拍似乎不大能满足朋友们的高标准严要求了。她开始进步，添置了单反，配备了好几款镜头，朝着玩器材的道路发展。

玩器材是没有终点的，对器材了解越多，便越觉得自己的设备不足，先后购置了三盏灯、三个脚架、柔光箱、数码单反、胶卷单反、120底片扫描仪……成了个比较专业的摄影班子。真正接触这个圈子后，她才发现，在自己身边原来有那么多高手可以交流学习。

在拍摄《十月围城》时，她就心悦诚服地成了任达华的徒弟。在此之前，她只知道任达华是个好演员、好商人，一次在拍片之余拿出相机摆弄时，任达华瞧见了，过来随口指点了她几句。经过交谈她才知道，任达华是一个能将哈苏单反玩得出神入化的高手。哈苏相机与VOLVO（沃尔沃）汽车被并称为瑞典哥德堡市的骄傲，那张"个人一小步，人类一大步"的首次登月照片，就是由哈苏相机拍摄的。

任达华是哈苏相机的忠实粉丝，手里一部3900万像素的相机玩得出神入化。他个人偏爱拍摄花卉，为了这个爱好，他甚至专门自建了一个2000平方米的农场，亲自种花拍摄。农场里诞生的摄影作品《五季》在中国平遥国际摄影大展上轰动一时，他也因此受邀到国内多所大学美术系讲学。

在这个师父的介绍和推荐下，李宇春的交友圈骤然扩大，结交了一批有共同爱好的同行……

她认识了郑中基，这个曾用马甲名"Tinyeyes"发布了大量作品，被誉为与日本莱卡摄影大师 Tommy Oshiba 齐名的摄影大神。李宇春曾应邀去香港郑中基家里做客,在郑中基的专用摄影棚里,她觉得自己的眼睛都不够用了,仅仅一台 Leica M9 钛合金限量版相机就价值 27 万,更别提一长溜价格高昂的镜头、各种型号的菲林和冲洗工具了。

郑中基善拍建筑和人文,李宇春跟着他学到了他别具一格的虚化技术。

她还与成龙大哥成了摄友。成龙喜欢航拍,乘坐私人飞机时,就是他忙得不亦乐乎的时候。山脉、云海都是他最爱的作品。熟了之后,李宇春经常去蹭成龙大哥的飞机坐,两个人各守一侧舷窗,抓着相机拍个没完。

江一燕也跟她成了好闺蜜。虽然是演员,但江一燕从小就随哈苏摄影大师董建成学习摄影,打下的良好童子功使得她成了演艺圈不可多得的摄影高手。李宇春跟着江一燕开始接触哈苏相机,在专业的路上越走越顺畅……

谁酷拍谁

让李宇春最为仰慕的,是做过超级摄影师的李若彤。这位经典的小龙女上山下海、上天入地,拍摄了无数与野生动物超级近距离的经典大片。

她觉得李若彤活得很帅,也想效仿一番。趁着空闲的时候,背着自己的相机去非洲、北澳大利亚、加拿大采风。有收获,比如她在非洲肯尼亚内罗毕国家公园拍摄的犀牛、大象母子就被世界自然基金会选作呼吁动物保护、抵制动物制品的宣传大片。

但更多的时候,则是铩羽而归。玩极限摄影,可不是光有满腔热情就足够的,有时要在 50 多摄氏度的高温下静静埋伏数小时,有时又必须在零下 30 多摄氏度的雪地里悄悄守候,而且必须时刻保持注意力,因为摄影的时机只有那么一瞬,稍纵即逝。李宇春尝试了几次,没有哪次是健健康康回来的,不是罹患热带病就是不幸重度感冒。迎难而上虽然值得夸奖,但知难不退也不见得就是明智。兜兜转转一大圈后,她发觉自己也许还是更适合玩人物摄影，一来可沟通感情结交朋友，二来也不那么危机四伏。

在选准了自己的奋斗方向后，李宇春的摄影事业就进展得一帆风顺了。拍《龙门飞甲》与周迅成了朋友后，她提出了给周迅拍一组写真的要求。

周迅本以为只是随意拍摄，没想到李宇春一点儿不马虎，不仅租到了顶尖的专业摄影棚，还带来了包括化妆师、灯光师在内的摄影团队。周迅在浴缸跳舞的时候，不小心摔倒了，大家都吓了一跳，周迅若无其事地起身，甩掉头发上的香槟泡沫，这个镜头被李宇春瞬间抓到，酷到极点。

拍完周迅后，李宇春给自己定下了关于摄影的主题——谁酷拍谁。她决定拍10位演艺圈大腕，呈现出这些大腕酷的风格。

周迅之后是张亚东，两个人一边喝咖啡聊天儿一边拍摄。张亚东就这么坐在沙发里，面对镜头，轻轻吐出一口烟。这一瞬间被定格下来，看过样片后，连张亚东本人都承认：挺好！挺酷！

再之后是朴树，李宇春带着相机去他家，然后告诉朴树该干吗干吗。最后拍下了朴树抄写佛经的瞬间，连朴树本人都惊讶——怎么把我拍得这么顺眼了？

连续3个酷人的照片传开后，毛遂自荐的朋友们络绎不绝，按这发展趋势，最终拍摄的酷人或许能上百——当然了，不管人酷不酷，她拍的照片一定是很酷的。

艾玛·沃特森：
游走在女神和女孩之间

◎王　璞

好莱坞时尚圈最近被提到次数最多的女明星是谁？

艾玛·沃特森！她在《诺亚方舟》首映红毯上以白色礼服惊艳了全场甚至全世界，《哈利·波特》的小赫敏成功转型，完美地游走在女神和女孩之间，上周过完24岁生日的艾玛·沃特森已经红火了14年，她是目前好莱坞发展最完美的童星，打破了所有童星的魔咒——没有变成酗酒吸毒的问题青年，没有长残长胖一点点，没有放弃学业，更没有故步自封吃老本，而是正朝通往经典女演员的路上狂奔。

作为90后的代表女星，艾玛·沃特森逐渐成熟起来的形象，也在改变90后的审美。

学霸和女演员，谁说不能兼顾

出自霍格沃茨魔法学校格兰芬多学院的"赫敏"艾玛·沃特森又给母校长脸了——最近，艾玛出席新片《诺亚方舟》的首映式，红毯上的她魅力十足；而在参演了索菲亚·科波拉导演的《珠光宝气》后，她也向外界证实了其演技。艾玛正向她的偶像娜塔莉·波特曼（另一位学霸女演员）努力靠近中。

每个曾塑造过某一成功角色的演员，应该都不希望自己永远被固定在那个虚拟形象之上。艾玛不想别人永远称她为"乖乖女赫敏",在《哈利·波特》系列完结之后,她选择主演的《壁花少年》和《珠光宝气》两部影片,都是小制作文艺片,在《珠光宝气》中她更是大胆出演一个叛逆、虚荣的偷盗少女。她在影片中的出色表演获得许多赞誉,成功地让大家知道了她的能力以及转型的决心。

9岁走进霍格沃茨魔法学校的艾玛是早熟女孩的代表。实际上,艾玛出生在法国,却在英国长大,5岁时父母离婚,她和弟弟随母亲生活。做律师的母亲工作繁忙,艾玛要照顾弟弟。正因如此,艾玛从小就性格独立,像《哈利·波特》中的赫敏一样有主见,做什么都由自己决定。这样的性格也在日后"左右"着她的事业和生活,比如她选择到美国读大学,选择在《哈利·波特》之后以文艺片转型。"坦诚地说,我有足够的钱让我下辈子不用工作了,但是我不想这样,学习使我更有动力。"

即使《哈利·波特》拍了10年,她依然没有放弃求学,"11岁的时候我就立志考入剑桥大学,因为父母都是剑桥毕业生"。最终,艾玛选择了美国"常春藤名校"布朗大学攻读英国文学,开始全新的象牙塔生活。或许是想要把失去的正常生活补回来,艾玛就读布朗大学前曾说,"我衷心希望的是以英国来的艾玛·沃特森被大家认识,而不是那个主演电影《哈利·波特》的明星沃特森"。

即将拿到英国文学文凭的艾玛不只想要在演艺圈发展,还希望追随更多样化的兴趣,"喜欢一些完全跟电影事业无关的事情,我想要追寻其他的事让我的脑袋可以思考些不同的事"。艾玛对画画很有兴趣,最近还取得瑜伽教师证,热衷于结交和电影业无关的人。

衣柜里只要有8双鞋就足够

当24岁的艾玛·沃特森把聪明用在穿衣服上,那才是最具杀伤力的。

告别了一时间"小孩儿穿大人衣服"的尴尬之后,艾玛·沃特森几乎

能驾驭所有衣服，让个人灵魂驾驭在服装之上。她穿上仙女气质的礼服，就是仙女下凡；她上GQ(秀场)可以展现好身材，足以让人羡慕又嫉妒……总之，她在穿得好看这件事情上已经遥遥领先。

出席红地毯活动，艾玛坚持自己选衣服，除非实在太忙才会请造型师朋友帮忙，因为她喜欢与设计师们直接打交道："我很享受能跟设计师成为朋友，能直接跟他们交流简直太棒了。"

艾玛在生活中的打扮始终保持着适度的时髦，不会为了打扮而打扮。她喜欢运动，常常穿着颜色鲜明的运动夹克，也会穿代表美式风格的T恤衫、牛仔裤和系带长靴，最近她则更加喜欢帅气的打扮，合身的风衣、大气的格子围巾等，完美诠释了英国女孩独立、帅气的时装风格。

去年艾玛·沃特森在出演《珠光宝气》时透露："电影一部分场景是在帕丽斯·希尔顿小姐家里拍的，走进她的步入式衣柜，就跟逛百货商店似的。她永远穿不了这么多衣服，其中有一半还是新的，甚至连标签都没剪！我觉得她买衣服只是为了满足占有欲……我们都会冲动消费，但这完全不是一码事。"

"我顶多只有8双鞋，仅此而已。"艾玛坦言。其中一双Bebe品牌的鞋子，价格不超过100英镑。

做回普通人这事真是瞎扯，作为成功转型的童星，对她来说，影响很大的是已故"好莱坞常青树"伊丽莎白·泰勒的一席话。伊丽莎白曾表示，她的初吻就是角色需要，所以把初吻献给了银幕，而遗憾地没能留给现实生活中的自己。当时看到这段话的时候，艾玛很震惊，心想如果自己不留意，也许这样的事情也会发生在自己身上——扮演着戏里的角色，穿着戏中角色的衣服，把自己的初吻完全献给另外一个人。

她一直试图跟"名人"二字划清界限："我觉得，很多演员已经慢慢镀上了'名人'的光环，但'有名'并不说明你有实力……"她之前一直和男朋友威尔租房子住，甚至一起坐公交车出入——后来因为实在受不了一直被要求合影签名只能放弃。

"从9岁那年起,我就希望做个普通人,但往往事与愿违。听起来就是:(这想法)真是瞎扯啊!每次走红毯我都忐忑不安,你知道,一下车就有80个人尖叫着你的名字,这感觉并不舒服。所以我不得不多喊点儿朋友来压压惊。"

20岁生日的时候,艾玛在布朗大学搞了个派对,她没忘记18岁生日时经纪人给的忠告——"你听着,派对结束后你一定要仔细整理好自己的头发,把你的口红补好,千万别给狗仔队任何机会!""可是,根本不用我提醒,我的朋友们没有把任何一张照片传到脸谱网上。就是这时,我知道自己找到了一群真正可靠的朋友。"

像明星一样去战斗

吴镇宇：
害怕自己离开时，没人教 Feynman

◎沈 寅

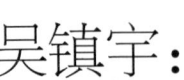

  吴镇宇不爱交际，圈中好友不多。和太太出门逛街，偶遇好友刘青云夫妇，互相就说了句："嗳！是你。"然后很默契地各走各路。他太太被朋友询问："为什么你先生这么酷？出来见面不说话。"他就对太太说："最好把你的朋友和我的朋友分开，我对交友本来就不热衷，因为你，我才应约。看！我在街上碰到青云也不过打打招呼而已，为什么要我装热情？"

  吴镇宇对于外部环境的敏感，来自他的成长经历。1961年12月21日，吴镇宇出生于香港黄大仙区。他说："你想象一下，将一栋30层楼打横，大约这么个长度，然后高度也有20层，里面住满了人，四通八达。"那是香港的老式居屋，是香港政府经由政府机构或非营利机构为低收入市民而兴建的公共房屋。

  用他的话来说，父母都是"草根"。父亲是厨师，本分而老实，他的一句"宁愿被人家占便宜，也不要占人家便宜"，成为吴镇宇对父亲最深刻的记忆。母亲是渔民，与父亲很不同，母亲"是用另外一种方法对待这个世界的"。

  小时候，吴镇宇的书被同学偷了，不敢告诉老师，而偷书的同学还写上了名字标记归属。妈妈得知后对他说："你把书拿回来，把有他名字的那页撕了，再写你的名字，不就行了嘛。"

全家能住上公屋，也是靠妈妈。当时申请公屋，几千人排队轮号，还要抽签。妈妈拉着吴镇宇到靠前的队伍中，叫他爬进去，自己转身走了。吴镇宇就蹲着，见妈妈转个圈回来，抱起他就往队伍里一站。后面人说："大婶儿，你怎么插队？"妈妈就说："没有，我去上厕所，我儿子在这里排队。"

在那个时代，吴镇宇的妈妈以发自本能的生存智慧，对抗着恶劣的外部世界。吴镇宇对此解释道："我们那个年代不是要生活，我们是要生存。"

为了生存，必须学会应对各种潜在危险。那时吴镇宇家附近，是当时香港最鱼龙混杂的地界：九龙城寨。他记得有一天睡梦中被小伙伴拉去房子外面上厕所，他迷迷糊糊到了那里，突然惊醒了。有一群人围堵另一些人，殴斗一触即发。那个小伙伴瞥了一眼，就默默走开了。"（他）是回去叫大人。那么小的孩子已经习惯了危险，会跑回家叫父母，多厉害啊，"吴镇宇说，"而现在很多人都是宅男，不知道什么是危险，也不懂得逃跑。"

这就能够理解吴镇宇对Feynman的教育方式了。他不像大多数"老来得子"的父亲那般溺爱孩子，而是让Feynman去体验危险，从而加深记忆，形成一种发自本能的"危机意识"。比如《爸爸去哪儿2》中Feynman不小心落水，吴镇宇听闻后淡定地抛出一句："他掉下去才知道危险。"随后他坐在石头上喝茶，远远地观察Feynman。许久才过去，碎碎念："你去玩，你继续去玩啊，为什么要这样？受伤了是不是要回家？要换衣服，不然会生病，你想什么时候回家？"

而在这种教育方式下，埋藏着吴镇宇深层的爱。他曾提到自己已53岁，而Feynman才5岁，他很怕自己离开世界时，没有人教Feynman，因此急切地希望他学会独立，快速成长。而Feynman在节目中，每每想哭，都会深吸一口气硬忍住，也是因为吴镇宇曾教他，男子汉有悲伤情绪时要深吸一口气，把悲伤都留在心底，留给别人一个挺直的背影。

像明星一样去战斗

安宰贤："星星弟弟"的个人秀

◎星星王子

"高冷神",顾名思义:高贵、冷艳、外加神经病特质。这个词语用来形容安宰贤在《来自星星的你》中对于千少爷的演绎应该是再贴切不过了。

论剧中角色设定,安宰贤的角色顶多算个男三号,却成了最受欢迎的配角。剧情前半部分,允才主打"姐姐守护者路线"。帅气的外貌被一众小姑娘疯狂追捧,冷酷的性格连亲妈亲姐都觉得难相处,就是这个高贵冷艳的男孩却在默默地用自己的力量守护姐姐,高贵冷艳气质男瞬间成了温暖牛奶男。

而后半部分,允才化身"姐夫崇拜者",初次见面就摆出一家之主的架势要与把姐姐骗走的"坏人"进行一场男人与男人的对话,不想却轻易被一盒牛奶所俘虏。而后由望远镜引发的崇拜之情就让他一口一个"敏俊哥"叫着。

剧集初放送之后,很多人沿着《继承者们》的热潮认为安宰贤在剧中的角色将使其成为第二个金宇彬,但"蛇(神)精病"特质在后半段播出后,人们开始重新认识这个独一无二的千允才了。虽然他的实际年龄比金秀贤还大一岁,却有着不输所有人的年轻外貌,星星的王子从此诞生。

曾经拥有很多梦想的安宰贤,去过料理学院、音乐学院、时尚学院,大学期间还读过经济系,但是一直没决定好具体的目标。23岁的时候他发生了交通事故,在医院躺着时思考了很多有关工作、家庭和未来的问题。"因为个子很高便想着当模特,好像这种程度的外貌也可以当模特,因为长得不好看,当演员可能很困难,好吧,那就当模特看看吧。"就这样,安宰贤开始朝着模特的道路前进。

2008年,安宰贤在模特学院结束学习后,很幸运地在三个月后站上了首尔时装周朴成哲设计师的XESSCOLLECTION(秀场)伸展台。2009年,他获得第四届亚洲模特大赛新人模特奖,并开始出道展开模特活动。2013年,获得第八届亚洲模特大赛时尚模特奖的他更是名气大增。出色的身体条件总能令他完美地消化各类时尚装扮,在T台上展示出的淡然硬朗形象深入人心。

某些人会说,只要是身高合格、长相不错的人都可以做模特,他们一般没有其他才艺,安宰贤以其真实经历和华丽丽的姿态反击了那些人。他自创品牌AA.Gban,也担任珠宝设计师。完美的手工银饰让人难以想象竟然出自一位年轻男士之手。从承载自己美好心愿的首饰设计到饰品的对外推广,安宰贤说起自创品牌时,一种掌控者的自豪感油然而生。

同为模特出身、现在转型做演员的李钟硕、金宇彬等都是通过出演电视剧在演艺圈占据了一席之地,而安宰贤能否也像他们一样成为一代新星,这个答案当然是肯定的。

2012年,他首次出演电视剧作品,就用成熟的演技在观众心目中留下印象,而以后的他将更多地通过电影、电视、综艺、广告等方面展现自身多种魅力。

不得不说,《M!Countdown》(音乐榜单)节目带给了粉丝诸多福利,霸道暖男金宇彬刚刚告别主持台,"星星弟弟"安宰贤就接过主持棒,两代大长腿的交替可是让以后想要主持这个节目的人压力巨大。除了音乐节目的固定主持,安宰贤现在还积极投入电影的拍摄中。由网络漫画改编的电影《时尚王》将成为安宰贤的首部大银幕作品。在剧中,他将扮演男

主角的竞争对手。在广告方面,时尚服饰品牌商家更是纷纷向他抛出橄榄枝,2014年,安宰贤先后与f(x)成员Krystal、朴信惠拍摄的广告已占领各大品牌最新画报的首页。

第三章

星个性：
够自我才独特

每个人都会发出不同的声音，每个人都在试图影响你，你应该怎么样就怎么样，不用在乎别人怎么想，你自己说了算。不要以为意见多就很有想法，很厉害。那是因为你底气不够，够底气的话，怎么着都行。

——霍建华

林依晨：
身有负累，斗志昂扬

◎刘子凤

　　看到明星好友许玮伦垂危的那一幕，让她了悟一个道理：就是"活在当下"。林依晨说："出道后，我很少跟外界谈到自己单亲家庭的背景。五岁那年，父亲就离开了家，母亲怕我们难过，总是骗我们说，爸爸到外地出差，所以一年才看得到几面。"

　　为了养活林依晨和弟弟，她母亲担任一名小会计，所赚的钱不够付房租、孩子的学费和日常开销，于是前后办了十张现金卡，以债养债，十几年下来负债滚到三百多万元（新台币，下同）。

　　当时，就读台湾政治大学韩文系二年级的林依晨浑然不知，直到主演偶像剧《十八岁的约定》一炮而红，酬劳大笔进账时，母亲才告诉她负债的惨况，她倒抽了一口气。

　　"我平静下来后，决定扛起责任来，让母亲松一口气。"

　　于是，林依晨成了演艺圈最"抠"的省钱专家，拍戏赚的钱严格分成十份，九份给母亲，剩下的一份再以"二比二比六"的方式，分成三个储蓄簿保管："六"是存了不能提领的钱，"二"是存进去非到必要才能提领的钱，另一个"二"才是自己的生活费。

　　从每集几千元到数万元的身价，林依晨始终只用最"低"的生活水平来对待自己。有的偶像团体请了三个助理，她一个人扛着大包小包的戏服，完全不管别人异样的眼光,戴上口罩坐公交车、搭地铁、看二轮电影。

庞大的债务一还就是三年,当她拿剪刀一张又一张地"剪"掉母亲的现金卡时,新的债务又来了。"我一直瞒着母亲,自己和父亲保持联络,希望修复一家人的关系。没想到,父亲做了十几年的汽车销售员,经济条件却越来越差,最后只剩下底薪一万元,根本不够租房子、吃饭,加上过去投资生意失败的一百多万元债务,成了生活上的大包袱。"

为了圆家人团聚的美梦,林依晨咬牙再度撑了三年。三年来,她严格要求自己把赚来的钱分成"一比六比三":十分之一是自用,另十分之六付房贷,余下的作为家用,2008年终于买下东区一栋价值两千万元的老屋,还偷偷从自己存款里挤出一百多万元,还清了父亲的债务。

也许是一家人的生计激励了林依晨的斗志,这些年,林依晨的脸庞"婴儿肥"依旧,却明显少了几许稚气,多了一丝坚毅。

谈起拍戏七年来的甘苦,林依晨坦率地说,回首来时路,她觉得人生苦中有甘,甘中有苦。许玮伦的死亡,让她更坚定要小心翼翼、勤劳不懈地活下去,她说:"人只要活着,再困难的处境都有克服的机会。"

所以,当她的母亲两年前脑卒中住院时,她就坚持要母亲辞去工作,生活费由她负责就好。父亲老了,需要一份安定的生活保障,她考虑了半年,决定请父亲担任自己的司机,由她每月支付三万元的薪资。"现在,我有两个超完美的助理,一个是我的母亲,她每天打生机饮食给我补充营养;一个是我的父亲,让他做我的司机,既安全又足以百分之百信任。"

买了足以栖身的"家",林依晨对自己不但没放松,反而更严格了。她说,不管拍戏再晚,每天早上八点一定起床看书,大量阅读书籍和看电影,增加自己的演技厚度,对她而言,"金钟影后"只是从事演艺工作的一小步,她期许未来自己做一名表演艺术家。

她始终相信,名气和财富仅是努力工作伴随而来的礼物,她凭着努力与一家人幸福团聚,才是她"活在当下"的快乐人生。

孟非：
牢记刀锋一样的眼神

◎琴 台

同一个出身草莽、业有小成的朋友聊天儿，提及他记忆最深的一件事情，竟然是多年前的一束目光。彼时，他还是一个保洁工。

那天，一直到处打零工的他，谈妥了一整栋写字楼的保洁工程。

夕阳西下时，他已经清扫干净了写字楼的天台，提着干净的拖布进了电梯准备回家。正是下班时间，电梯里，很多衣着光鲜的白领鱼贯而入，见到他，几乎所有人看他的目光都像一把立起来的刀子——戒备、嫌恶、鄙视、冷漠。虽然没有人指责，可是，那些刀子一样的眼神，还有自动同他屏蔽开的距离，都无声地表明了一个立场——这里，不是他应该出现的地方。到底，他承受不住这样的歧视，在电梯门再次打开的瞬间，仓皇地逃了出去。

那天，朋友一个人从20楼走到1楼，背上的汗水早就干了，可是，眼中的泪水，却一直在。

那栋写字楼的保洁工程，他一共干了两个月，两个月中，他再也没有坐过一次电梯。每晚，他一定要等到所有人都离开那座大楼，才一个人孤独地从高楼一级一级地向下走。

说到今天的成就，朋友有片刻的寂然："你知道干成一件事情有多难。这些年，我也会有灰心和绝望，可是，每到这样的时候，我总会记起电梯间那些刀子一样的眼神。一想到他们，我浑身就充满了莫名的力量。我不想一辈子都被他人锋利地鄙视，也相信，虽然我们的出身和教育环境不同，但有一天，我也可以凭借自己的力量，同他们活得一样充满尊严。"

朋友的铮铮铁言，让我深受触动，那个瞬间，我想起江苏卫视著名主持人孟非。

在成为主持人之前，孟非曾在一个印刷厂做工人。印刷厂设备落后，干半天工作，浑身就会沾染不少油墨。一天，孟非和同事们去别的单位食堂打饭。看到很多人熙熙攘攘地挤在一个窗口排队，孟非笑嘻嘻地同身后一个老工友讲："看咱们多幸运，这个队伍一点儿都不挤。"

老工人这时说了一句让孟非记了一辈子的话："那是人家嫌我们脏，所以宁肯在那边挤成一团，也不到这边来。"

孟非这才注意到，那些人偶尔瞥过来的眼神警惕得如一头兽，好像他们是让人厌恶的异类。

那天的午饭，孟非一口都没有吃下去。在压抑和愤怒中，他想：一定要活出个样子来，让这些鄙视冷漠他们的同类知道，这一队衣着污秽的工人，其实灵魂同他们一样干净，甚至心灵的花园比他们还要丰盈。

我们可以看到的幸运是，十几年之后，孟非终于实现了当初的宏愿。

我不知道，当初轻易将轻视和敌意变化为刀锋一样眼神的人们，如果知道昔日的麻雀已经变身为凤凰，想起自己当初的浅薄，会有怎样的心情。

色彩性格学创始人乐嘉对那些刀锋一样的眼神，有自己的解读。他说，这个世界，对他人的鄙视和厌弃，一般人只会有两种反应：一是内心嫉恨，通过恶的途径来报复敌意和轻视；一是奋发崛起，激励个人成就一番事业，最终令他人对自己刮目相看。

被轻视虽然可以激励成功，但是，我却希望，这个世界，浅薄的伪高贵，能少了再少。因为，纵然被激励的成功可以让人扬眉吐气，但是，那些受过伤害的心上，刀锋一样的眼神，却是一辈子都难以忘记的伤疤。

像明星一样去战斗

高圆圆：
一直想突破"清纯"头衔

◎艾小鱼

不像明星的演员

高圆圆按自己并不主流的节奏生活着，却用主流意义上的成功向我们展示了人生的另一种可能：随遇而安，幸运相伴。

《青红》《左右》《哨声嘹亮》，王小帅的电影在高圆圆身上深深刻下了"文艺"的烙印。

后来接拍电视剧《倚天屠龙记》，彼时的高圆圆以一种尚显稚嫩的演技，向我们展示了这个"初长成"的女孩难掩的气韵。在她的频频蹙眉间，周芷若眉心的那粒红点，不知成了多少观众心头久久萦绕的朱砂。

因为母亲生病而推掉电影《单身男女》，导演杜琪峰甚至愿意等她开拍。之后，杜导接连为她量身打造了三部电影——《高海拔之恋》《盲探》《单身男女2》，并在采访中毫不避讳地讲："内地的女演员，我只看得上高圆圆。"这些电影为高圆圆披上了一层"城市"的外衣，她的甜美也多了一丝凛冽。

就做漂漂亮亮的自己

接演《南京！南京！》，是高圆圆事业上的一次转折。

当导演陆川故意只夸赞秦岚、江一燕的表演，而高圆圆得到的基本上都是否定时，她的内心十分纠结。很想做好，却又怎么付出也做不好，得不到肯定，这让她感觉很失控。

这种不愉快的经历，让高圆圆最终意识到："我干吗非要跟自己拧着来呢？为什么非得把自己弄得灰头土脸的？现在我就漂漂亮亮地做我自己，那又怎么样呢？"

如今，演戏于她，渐渐变成了生活的调节剂。如果不喜欢，就不接。如果压力大了，也不接。国外不少时装周成为她征战的新领地，红毯照、街拍照里她妆容精致，衣着得体，34岁的高圆圆有了一种更为成熟和优雅的"御姐范儿"。

从来不是一个得意的人

尽管有美貌和运气，但很长一段时间，高圆圆却不是一个有自信的人。

从小到大，她的家人都没有夸她长得好看过。而她心底又觉得做明星是件不好意思的事，如果自己是个作家，会更开心。

和大多数明星比起来，高圆圆的生活有些特别——直到现在，她也仍和自己的父母住在一起，帮助爸爸照顾生病的妈妈，"妈妈睡了我才有自己的时间，她醒着我就陪着她"。即便已是大明星，但高圆圆陪母亲住过北京大大小小的医院，脱下走红毯穿的礼服，就睡在简易的行军床上，推掉了无数工作，只为了陪伴母亲。

这些生活的历练让高圆圆多了份担当和平和。

她的礼貌、好脾气也为人称道。她曾以路人装扮在某国际机场被两个中国女孩叫住，帮忙看行李，因为她们要去围观一个韩国歌手，结果高圆圆就真真儿在机场等了半个多小时。"用力过猛，并不值得，而保护你最珍视的那一部分，才会遇见最真实的自己，让人生恰到好处。"高圆圆说，这是她如今最喜欢的生活状态。

像明星一样去战斗

"一菲姐"娄艺潇：坏脾气大势女

◎陈 俊

如果一个女人有这样的背景：钢琴七级、声乐九级、国家运动员二级、上海戏剧学院毕业、电影电视剧话剧音乐剧全都搞得定……能用什么词形容她？最契合的只有一个词——霸道。

这就是娄艺潇，一个暴脾气、偏偏人缘儿好到无可挑剔的女孩。

小师妹，大姐大

在上戏读大一时，一次娄艺潇坐室友家的顺风车，下高架桥时跟别的车蹭了。室友的父亲性格好说话也客气，可对方态度不好，骂骂咧咧，不依不饶。娄艺潇的暴脾气就上来了，下车后眼一瞪："驾照行车证都带了吗？有没有在保内？是不是在年审有效期内？去看看你的车灯是不是全都亮着……"

不知道是不是老天有眼，对方车辆有个刹车灯不亮。娄艺潇端着胳膊教训人家："灯光标识不合格，除了赔我们修车的钱，你等着警察给你开罚单吧！"适才还不依不饶的车主，挤出笑容跟娄艺潇室友的父亲商量："你看也就蹭了个印子，连底漆都没伤到，找个洗车店抛个光的事儿，要不就私了吧？"

娄艺潇发飙的结果是，气势汹汹的对方车主满脸堆笑地赔了300块钱，逃难似的溜了。

娄艺潇霸气的表现让室友瞠目结舌:这女王范儿,太正了!回学校后,室友把这事儿当作八卦讲,一传十,十传百,娄艺潇就"恶名"在外了。

不久,《爱情公寓》选角,演员全都是上戏毕业或在读的,所有角色都定了,只剩下胡一菲这个有气势、野蛮奔放的大姐大空缺。

陈赫跟导演说学校有个挺有名的泼辣师妹,很会吵架。导演通知娄艺潇来试镜,安排的恰恰是一段吵架的戏。这可正对了娄艺潇的特长,她手舞足蹈地发了一通狠,导演当场拍板:"就是你了。"

于是,年龄最小才21岁的娄艺潇成了大姐大,跟她搭戏的全是她的师兄师姐,但全都恭恭敬敬叫她"一菲姐"。

戏拍完之后,大家挣了片酬都挺高兴,商量着一起出去玩一次散散心。最后决定去香港,因为都没啥经验,本着价廉物美的原则,最后挑了个团费报价最低的旅行社。

看上去价廉,但绝对不物美。一到香港,那些注明了的参观项目,参观时间被一压再压,硕大的会展中心竟然只给了半个小时。与此相反,一车人被带到一个位于22楼的珠宝专卖店,然后大门砰地关上——这里的购物时间是两个小时。

众多聒噪的推销员一拥而上,隐隐约约透露出不买就甭想走的意思。关键时候,还得看一菲姐的,她一招手,几个朋友就围过去把她挡得严严实实,然后她掏出手机毫不犹豫地按下了999。

按照她对警察的描述,她们是一帮守法的游客,如今被黑导游带到了黑店,她很怀疑自己的生命财产安全会受到侵害,所以只能向警方求助。

一个电话还不过瘾,打完999后,娄艺潇又拨打了25081234,这是香港旅游局热线。20分钟后,警察与旅游局官员同时赶到。

因为这事儿惊动了警方与香港旅游局,动静还挺大。回上海后,娄艺

潇带着朋友们前往旅行社讨说法，拿出警察与旅游局官员到场后拍摄的录像为证。最后，旅行社给他们每人退了1000块钱作为赔偿。没上购物的当，还获得赔偿金，大家都觉得娄艺潇是个人才。

大获全胜"吵架王"

也有朋友劝娄艺潇能不能别这么易燃易爆，一遇到纠纷之类的事情就冲锋在前，像打了鸡血似的兴奋，太不矜持了，就不能把那些扯皮拉筋的

事儿交给男人，自己躲在后边？

娄艺潇干脆利落地回答："那哪儿成啊？好不容易有吵架过瘾的机会，哪能让出去？"

因为有这爱好，所谓兴趣是最好的老师，娄艺潇经常为自己充充电。她有空就会翻翻各种法律法规书籍，她说在争吵时有法可依是一件非常有底气的事情。

一次陪一个半夜2点多发病的朋友去医院挂急诊，医生吩咐先让患者去验血，可等到验血结果出来后再去找医生时，医生竟然已经去休息室睡觉了，不过倒是把诊断结果和治疗方案交给了护士，让患者直接去交钱拿药。娄艺潇怒了，咣咣咣跑去砸休息室的门，质问医生："你连验血结果都没看怎么能确诊？"医生不以为然："不需要看验血结果我就能肯定她是胆结石。"

医生开的针剂压根儿没用，好不容易等到天亮后再做详细检查，结果是——胰腺炎。朋友入院的同时，娄艺潇挽起袖子就去了院长办公室。

从医疗法到医疗事故处理条例，到底是医疗技术事故还是医疗责任事故，她吵起来头头是道，文思严谨。最后在她不依不饶的坚持下，那个草率断症的夜班急诊医生被调离岗位。

尽管拍了不少戏，但娄艺潇始终秉承无公司、无包装、无经纪人、无宣传的特色。她觉得，目前还没有谁能比她本人更会为自己争取利益，既然自己亲自出马能谈到更好的结果，何必要让别人去过一道手呢？

娄艺潇也从不以公众人物自居，她说自己没火到那个份儿上，更不愿意火到家喻户晓的程度。真要是成了大明星，连跟人说话语气重一点儿都要考虑会不会有不良影响，届时只能别人骂自己却不能还嘴，那多没意思呀！

娄艺潇说，这些年来，她已经成了朋友圈里公认的"吵架王"，不管是谁，遇到需要理论扯皮的时候，一准会打电话求她出面帮忙，而她也绝

对会不负众望地大获全胜。

她说,李白写诗是下笔千言倚马可待,她吵架也是如此,基本上只要她一开口,引经据典这法规那条例地一罗列开来,就没有对方插嘴的机会了。

她说她从没考虑过转型,也不觉得暴脾气有啥不好。或许容易得罪人,也不容易交到朋友,但一旦交上了,就一定会是有含金量的朋友。想想看,遇到麻烦了只需打个电话,剩下的事情就不用自己操心了,这样的朋友谁不想要?何况,自己又不是一个只会吵架的女人。

娄艺潇对自己的评价是——出得了厅堂,入得了厨房,打得过流氓,骂得过瘪三——这样的女人,迟早会是抢手货!

校花郭碧婷：美就够了

◎简 洁

高中时的那个校花

"班上转来一个女生，叫徐青青。她不爱说话，总是独来独往。她常常被取笑是没有灵魂的洋娃娃。"2007年，郭碧婷第一部电影《沉睡的青春》，穿插的默片字幕，勾勒出女主角中学时期的模样。

这张素描，写的是徐青青，也未尝不是郭碧婷。

郭碧婷的出名，是因2013年参演郭敬明的电影《小时代》，长发美人，惊艳四方。众人惊讶，顶着这样一张脸，竟然就这样拍了十年的广告和MV。上一个印象，还是记忆中的益达女孩，向你回眸一笑。

这该是多不努力？但凡使劲一点儿都不至于如此。

剧组一起上《快乐大本营》，她不抢镜，不多话，还是把局促暴露无遗。和郭采洁一起猜词15个，她小声地躲在后面，竟然一个都没抢到。最后的斜坡游戏中，她被打发独自拿着两个马桶塞子坐在小板凳上保持平衡，旁边人在玩游戏，她在这边摔了一跤又一跤。观众有人鸣不平，马上有人堵回来：让郭碧婷去抢小黄鸭，她抢得到吗？顿时语塞。

在杨幂的坦然自黑和郭采洁的聪慧伶俐前，她的放不开格外显眼。但是又不得不承认，她接连不断跌倒的样子都是美的。

内向，羞涩，笨拙，木讷，放不开，单挑出一个来，都是女演员的致命伤。

节目过后，郭碧婷在微博写道："虽然我不会说话，也有些笨拙，大家依然这么照顾我。"

莫名地，我记起那个高中的校花，平日里戴着天蓝色美瞳，高冷异常，一次在去顶楼自习室的楼梯里错身而过，我和她打招呼，她突然露出又惊又喜的样子。

脑补的被艳羡的青春

校花的日子，好像都大同小异。21世纪初的台北市泰北高中，穿着白衬衣深蓝格子裙的郭碧婷，是男生们蜂拥追逐的对象。因为人数太多，好事的女同学建了一个登记簿，男生要见郭碧婷，须排队登记，才能送上零食和礼物，说一声我想和你做朋友。收到的零食，堪比一个小型福利社，女生们从她这里各取所需。受人追捧的样子，和想象中无异。

但若时间的进度条拉到更早的台北静修女中，中学部的郭碧婷却常常被冷落。她喜欢和别人说话，但一大堆话说下来没有中心、逻辑不清，少女间哪有这么多对彼此的忍耐，经常说到一半，别人就走掉了。长大后，郭碧婷自己定义那段时光："我有语言障碍，没有人听我说话。每次开口都要经历别人突然走掉的失望和忐忑，后来，也便不爱说话了。"

高中突然受欢迎的郭碧婷，并没有因此获得更多自信。戴着近视眼镜，微微驼背地走在学校里。因为她的内向安静，男生总在关注之后便失去兴趣，下一个学年新生入学，再迎来一次热潮。

记忆中的校花，无一例外，样貌清晰，性格模糊。大部分的人羡慕她们的美丽，但并不关心她们，自顾自脑补出一个令人艳羡的青春。关心她的那个女生，成为郭碧婷的闺蜜。帮她克服语言障碍，替她投大大小小的模特比赛简历，成为她作为模特出道的钥匙。

其实并没有太多选择，不是吗？高考落榜后，郭碧婷曾尝试找过其他工作，但屡次面试都以失败告终。提起对她最大的误解，她说："别人都觉得我家很有钱，高中时大家以为我住阳明山，其实我住三重。"

带着摩羯座的现实主义和理智，郭碧婷选择了当时已小有接触的模特工作。

演得最好的是孤独

谈起当时的选择，郭碧婷说："因为我是一个不喜欢被强迫的人，可是如果选择走这行，好像就算勉强，也必须去面对。"

但她的轨迹，还是在人们的意料之外。

早在2003年，她就是陈奕迅MV的女主角。接下来的五月天、王力宏、萧敬腾、方大同，没有一个不是当红的，但能找到的后续交集仅仅是阿信请她去参加了一场巡回演唱会。一起拍电影的杨佑宁在采访时说，早在合作前就曾打电话揶揄张孝全，对张孝全和郭碧婷拍戏表示羡慕。男明星对她的评价甚好，但她从未借机炒作过，除了美貌，似乎再无爆点。

与其说是被爱护，不如说是郭碧婷把自己保护得太好。她低调得让粉丝们连八卦都无从传起，更不要说在工作之外有什么可曝光的。

郭碧婷的私生活里，最清晰的一项是热衷于收养小动物。全盛时期，家里养了50只鸟、20只狗、9只猫。问起原因，她只说，它们给她带来安全感，和动物相处比和人相处要轻松。

她最大的梦想是买座大房子，充满阳光，房子外面全是树，让家人有舒适的生活。

不知是谁说过，梦想决定了野心。郭碧婷至今饰演的寥寥几个角色，和她自己的同质度都太高。她的电影处女作里，还是有一瞬间，被她的稚嫩演技打动。

害怕自己名字被遗忘的徐青青一个人走在石板路上，叫自己的名字，没有人回头。青绿沉闷的基调下，她眉眼间的孤僻倔强恰到好处。停下来的字幕打过：存在也许无法证明，灵魂的重量却可以被重新创造。

导演选了这个当时还有点儿驼背的女生当女主角,不是因为她貌美,而只是因为她独自靠墙站立的姿态,和别人不一样。

记得她是摩羯座

虽然没有金刚钻就不揽瓷器活儿也是一种智慧,但故事就到此为止未免太无趣。别忘了,郭碧婷可是摩羯座。这个外表沉闷内心疯狂的星座,总是把自己宏大和膨胀的理想掩藏起来,有时藏得太好连自己都没有发觉。

这个看上去柔弱的摩羯座姑娘,曾用4个小时一个人横渡日月潭。如果把自己比喻成一种动物,郭碧婷的选择是金刚鹦鹉。她个性上很刚硬、带刺,会武装自己,但又希望成为很不一般的人。

《小时代》里南湘这个角色,表面和她相似,实际却复杂阴沉,这未尝不透露了她自己想要做出的突破。而在所有角色里,她希望成为的却是顾里,精干聪慧,气场强大。

要是一点儿都不想红,其实也不会在这个圈子里待这么久。出名之后,郭碧婷的爸爸在微博说了一句:郭碧婷终于被这么多人喜欢。在之前的岁月里,她的安静积蓄了太多的力量。

她仍有让人意外的地方,近年的采访里,发现郭碧婷的好友有曾轶可和谢依霖。不管是不是工作上的原因,和这些不走寻常路的人表现得亲近,未尝不是她身体里有古怪跳跃的一面。有人诟病郭碧婷的安静内向让她大红的可能趋近渺茫,都不用辩驳,同样是摩羯座的曾轶可已经给出答案。娱乐圈的吸引人之处,难道不就在于它看似有一定之规,但又包容着千奇百怪的特立独行?

今年,郭碧婷刚好30岁。关于三十而立的表达有很多,但我印象最深刻的一种,不是"成熟",而是"新生"。这个夏天,打开电视半个小时,就能看到她三条不同的广告。不管之后,她在沉默之中有什么爆发,我都不会惊讶。

霍建华：
被"颜"囚禁的男神

◎周小烦

如今的娱乐圈流行"男神""女神"，好像头衔里没有"神"，就不好意思出来混。不过这其中，确实有些"神"实至名归，就像霍建华，被称为"古装男神"，估计没有人会有异议吧。以台湾偶像剧走红的他，进入大陆演艺圈整整10年，拍了数部有口皆碑的古装剧，《仙剑奇侠传3》中他是至情至性的徐长卿，《倾世皇妃》中是深情腹黑的刘连城，《笑傲江湖》中是豪放不羁的令狐冲……

古装剧里的霍建华多饰演外表清高冷傲、寡言少语的武林高手，内心却对女主角一往情深，甚至至死不渝。最近，霍建华走起了轻松幽默路线，他的个人工作室自制剧《金玉良缘》获得良好收视率，霍建华和搭档唐嫣饰演一对"逗趣夫妻"，轻松诙谐的桥段令人捧腹。

享受被"黑"的过程

这部由《步步惊心》的作者桐华策划的古装轻喜剧《金玉良缘》，是霍建华工作室出品的第一部电视剧。在荧屏"步步逼宫"的收视大战中，这部剧斩获好口碑，萌翻众人的"逗趣夫妇"霍建华、唐嫣立功不小，被誉为"史上最养眼的国民组合"。

谈起在剧中的角色，霍建华笑道："这次的金元宝就是个很低调的富

二代！"的确，在"逗趣夫妻欢乐多"的《金玉良缘》中，一向高冷的男神接上地气，成为挑剔加小心眼儿的傲娇公子，与"女汉子"唐嫣组成"一个有病，一个有药"组合。更为"不幸"的是，近期还被"截图党"抓包，发现其对白念到激动之处会产生"喷水（口水）"技能，因此又得一地气十足的外号"花洒哥"。

不过出道12年，霍建华越来越自如，越来越享受拍戏的过程，也越来越愿意和粉丝互动。这不，如今被黑得厉害的霍老板似乎很享受"接地气"这一评价，并不介意网友的恶搞和调侃："其实观众入戏也挺好的，表示观众喜欢。"

曾经，偶像是一个包袱

年少时，霍建华热爱唱歌，渴望出唱片当歌手。2002年，兵役结束后，为了得到演唱电视剧原声带的机会，他接下第一部电视剧《摘星》，从此踏入演艺圈。

2003年，《海豚湾恋人》播出后，霍建华凭借钟晓刚一角开始崭露头角。

虽然快速红了起来，打开电视哪个台都有他的剧，片约也接到手软，但霍建华的内心却非常惶恐。在一次接受大陆媒体的访谈时，霍建华谈起这段经历。当时的他非科班出身，基本功不好，虽然走红很快，但对拍戏和生活都非常迷惘，不知道偶像之路能走多久。

这时，刚好有大陆电视剧和电影找到了他，一拍即合，霍建华于是将工作重心转移到了大陆并坚持到现在。在最红的时候离开台湾到大陆，台湾娱乐圈对他的这一举动都表示不可思议，不过他却表示："我很感怀那一段光阴，但我并不眷恋，大陆更让我憧憬。"

"古装男神"的炼成

2004年，到大陆发展的第一年，霍建华接拍了和关之琳共同主演的电影《做头》以及古装武侠剧《天下第一》。大陆的观众和网友更熟悉《天下第一》中的"地字第一号"密探——归海一刀,他似乎奠定了霍建华此后一系列角色的基础:气质高冷、武功高强、痴情孤傲。

摆脱了偶像的包袱,霍建华积极尝试其他角色。《武十郎》是他的第一部喜剧作品。一改以往的荧屏形象,他颠覆性出演了无厘头的李亚寿一角,至今很多霍迷都对武十郎这一角色念念不忘。

到2009年《仙剑奇侠传3》的热播,霍建华迎来了进军大陆以来事业的第一个高峰。

之后,与林心如主演的《倾世皇妃》中的刘连城又刷新了高冷苦情男的新高度,2012年《笑傲江湖》的热播让他再次成为观众热议的焦点。

除了古装剧,霍建华还尝试过都市偶像剧、民国苦情剧、医疗励志剧、抗战剧等,这些作品,让他完成了当年闯进大陆时的愿望——创造不一样的角色。

有一个细节挺有意思的——别人说他是偶像时,其实他拍戏连妆都不化。现在没了偶像包袱,他反倒爱漂亮了一点儿,也会做一些皮肤护理,拍戏前会照下镜子。以前随身带镜子这种事根本不会发生在他身上。

被问及缘由,霍建华说:"我也不太清楚……可能是更爱自己也更尊重观众了吧。"

出品人是个劳神的活儿

之所以做《金玉良缘》的出品人,是因为霍建华想要演喜剧,但找上门的片方大都让他扮帅演爱情戏、悲情戏,他可不想再跌入偶像的牢笼,于是便有了自己操作《金玉良缘》的念头。

霍建华坦言,出品人是个很劳神的活儿:"与其说我是出品人,不如说其实是生活制片,负责管理大家的情绪。"

因为他自己是演员,所以很为演员着想。有时候,为了照顾其他演员,

他甚至要求把自己的戏份儿放到最后拍。

虽然做电视剧的过程很辛苦，但霍建华乐此不疲，甚至很兴奋。被问到做出品人最大的收获，他坦言是学会了换位思考："不再是演好自己的戏就行的演员思维，从各种历练中学会了去奉献、牺牲自己，这对我来说是蛮大的一个突破。"

放低自己，寻求突破，出道12年，霍建华终于摆脱了偶像的包袱，在演艺道路上越走越宽。因为做过小弟，做过明星助理，也帮人家买过盒饭，从很琐碎的事情做起，所以到现在霍建华还觉得自己是一个很平凡的人。他的生活还很简单，会跟大家一样去吃大排档，去街上走一走，会跟朋友打闹。很多人觉得进了娱乐圈会迷失自我，他却说："我从来没有迷失过，我可以吃一顿1000多块的牛排，也可以吃5块钱一碗的面。我觉得什么样的生活我都可以过。对，那取决于我自己的选择。"

除了工作，平日不喜应酬的霍建华有一大爱好，就是收集NBA（美国职业篮球联赛）明星球鞋，从乔丹到科比，他已经收集了上百双。如今的他已经过了和自己较劲、纠结的迷惘期，对工作和生活都能淡然处之，很难说演戏和家里那面巨大的"鞋墙"，哪个给他的满足更大。

星个性：够自我才独特

火星少年的"反差萌"

◎肖 佳

一直宣称自己"没什么理想""不是为音乐而活"的华晨宇，2014年9月6日到7日在北京万事达中心接连举行了两场个人演唱会，都爆满，而这个时候，他刚刚从武汉音乐学院正式毕业，出道也才一年。

作为90后明星的代表，华晨宇呈现出跟其他"靠脸吃饭"的小鲜肉偶像不同的特质，用粉丝的话来说，爱的就是他所表现出的"反差萌"。比如唱歌时"入神"和说话时"走神儿"的反差，镜头前的"呆"和私底下"随性"的反差。

他说对新歌《烟火里的尘埃》里那句"我是一个苍老的小孩儿"特别有共鸣——"苍老"和"小孩儿"，这也是反差。

真的呆吗

这一年多来，在媒体上出现的华晨宇通常都是两种形象交替出现，一种是在舞台上唱歌的时候，双眼微闭，一只手上扬，手指张开像在捧着什么，又或是在空气中抓挠着什么，抓着抓着就会伴着高音全身抽搐；另一种是在面对镜头说话的时候，反应总慢半拍，时不时就会发呆走神儿，或者"嘿嘿嘿"地憨笑。这两种形象综合到一起，再配合特别的唱腔，为他赢来了"火星弟弟"的名号。对此他坦然接受，这次开的演唱会，干脆就

取名为"火星来了"。

可是采访当天,他的呆、愣和走神儿等预期反应并没有出现,几乎可以说是对答如流。问他:"你和许晴的关系挺好的吧",他马上抢过话头:"我跟《花儿与少年》里的每个姐姐关系都很好。"在整个采访时间内,华晨宇标志性的呆愣表情只在最开头出现了一次——听说之前很少有歌手能出道时间这么短就开个人演唱会,他睁大了眼睛:"真的吗?嘿嘿,我不知道哎,我还以为谁都能开……"

采访间隙,他一个人跑到公司大门口的沙发上,低头玩手机。那天,他穿一件宽松的低领白T恤衫,下面是紧身黑裤子和高帮黑皮鞋,看起来比实际年龄还要成熟一点儿,更接近一个摇滚歌手的装扮。

他在《花儿与少年》里体现出的"自我中心"也没有出现,面对连轴转的媒体采访,他极其配合。看到有个湖南卫视的工作人员专门过来给他拍视频,他还上前主动打招呼。将近晚上八点的时候,他快活地跟助理嚷了一句:"就剩两家了吗?这么快呀!"此时,他还没来得及吃晚饭。

在很多观众和粉丝眼里,他就是一副自闭儿童的形象,不爱跟人交流,活在自己的世界里。他小时候父母离异,从高中开始就离开家乡十堰,来到武汉求学,之后与父母更是疏离。那些年,他一个人住在校外,课想上就上,不想上就回家睡觉。除了上课,他很少出门,不喜欢逛街,更是从来没有出去旅游过。

一个长期远离父母独自生活的孩子,自闭一点儿,呆气重一点儿,神经质一点儿,似乎都是很自然的事情。他的粉丝中也不乏从小父母离异,或是在孤独中长大的年轻人,在华晨宇身上,他们找到了想象中的自己。当华晨宇被人批评攻击的时候,这些粉丝会像自己受了气一样替他心疼。比如在旅游真人秀《花儿与少年》中,华晨宇因为总是脱离集体而被观众批评没有团队精神和不具责任心。"这个节目不适合他,因为这逼得他不得不去认识、接触别人",有粉丝这样为他抱不平。

可实际上，并没有人逼着他上这个节目，当初湖南卫视的导演找到他的时候，他很爽快就答应了。对于随着节目到来的争议，他也表现得无所谓。他甚至非常清楚，自己的某些方面被节目组通过剪辑刻意放大了，可他对此毫不抗拒，因为他觉得这也是他的一面，而且他也没有不喜欢这一面。

"其实在入行以来，我有做过一些一开始我不是特别想做的事情，但是既然要去做的话，我也会让自己很享受。"一个懒散的少年进入竞争残酷的娱乐圈，他依然把"随意""无所谓""这不重要"挂在嘴边，只不过，过去他是随意地远离一些事情，而现在则是随意地去接受一些事情。"我从不纠结。"他说。

不管是快男纪录电影《我就是我》的导演范立欣，还是华晨宇新专辑《卡西莫多的礼物》的制作人郑楠，谈到华晨宇，都用了同样的一句话来概括："看似呆萌，实际上他非常清楚自己想要的是什么。"

反差从何来

华晨宇最开始被人注意，是因为快男海选时唱的那首无字歌，只唱了几句，评委就惊呆了。蔡国庆当即喊停表示不适，尚雯婕说他是天才，观众们则乐见有怪咖出来搅场。可在这之后，华晨宇很快转变选曲风格，比赛的歌曲越来越主流大众。总决赛上的终极对决，他唱的是《海阔天空》。

既能以另类演唱方式把大家吸引过来，也能以大热金曲让人爱上他，这在华晨宇上大学时就已经体现得很明显了。歌迷可以很容易在网上搜到他大学时在武汉参加各种歌唱比赛和文艺表演时的视频。武汉音乐学院2011年的校歌赛上，他唱了一首 *I Will Always Love You*（《我会永远爱你》），从头到尾都规规矩矩地站在台上，手都没有离开过裤缝。而在2012年、2013年的武汉光谷音乐节上，他唱歌时那套独特的肢体动作已经初露端倪，音乐节上的评委已经给了他"呆萌"的评价。除了演唱

Poker Face（《扑克脸》）和 ***Rolling In The Deep***（《在黑暗中翻滚》），他还被要求唱了一首《最炫民族风》，当时他毫不犹豫拿起歌词单很配合地唱完了。

那些视频中作为校园歌手的华晨宇，和快男舞台上表情动作极其戏剧化的火星弟弟相比，明显还是有差距的。一夜成名后，就有自称是他大学同学的网友跳出来，说他台上的神经质和台下的呆萌都是装出来的。华晨宇对此熟练地回应："懂的人自然会懂，我不要求每一个人都能懂我。"

华晨宇在快男赛场上的诸多演唱曲目中，后来被提得最多的是那首《我》。华晨宇以张国荣式的唱腔和神情起始，在中段逆转为他自己标志性的"全身僵硬与抽搐式唱法"，一曲唱毕，范冰冰当场流下热泪，李宇春认为这是翻唱《我》的最好版本。

刚发表的首张专辑中，《烟火里的尘埃》请来了林夕填词，其中"烟火""沙漠""我就是我"等词句，都不免让人往《我》上面联想。不过华晨宇否定了这种联系，称和林夕沟通的时候完全没有提这个："林夕老师的这版词其实是用来表达我的，我自己唱起来很有共鸣，比如'我的心里住着一个苍老的小孩儿，如果世界听不明白，对影子表白'，这些东西其实是跟我很像的。"

不过歌迷都能感受到的是，"我就是我""苍老的小孩儿"这些意象总在关于华晨宇的各种宣传中反复出现，华晨宇也在采访中反复强调。就在刚刚结束的演唱会上，华晨宇再一次"抽搐"地唱完了《我》，作为压轴曲目。

星个性：够自我才独特

"凤梨罐头"陈伟霆：
赏味人生，没有期限

◎紫堇轩

我的运气真的有那么差吗

2003年，香港有一场"好声音"红遍全市，那是华人新秀歌唱大赛。俊朗多才的陈伟霆年少成名揽得金奖，很快成为舞王。被评委八卦学舞原因，少年陈伟霆红着脸说："中学时念男校，有次开派对，其他女校的女生来联谊，我上台一跳舞，那些女生就疯狂了，然后我发现原来跳舞可以这么帅。"

然而选秀就像一个凤梨罐头，终有赏味期限。靠性感舞步吃了三年饭，公司将他和张致恒、麦子豪组成男子团体。本以为咸鱼会翻身，结果出席活动被认错，参加娱乐节目被恶趣味的主持人整蛊出丑。

出镜率不低，就是人气低。

恰恰，港媒又以刻薄著称，对他从来都不客气，好不容易给出一个版面，还是挂着"Angelababy前男友"和"阿Sa男朋友"的名号，送外号"万年新人王"，死都红不起来的说法，就像机场为行李箱贴上一枚标签那样自然。

事业停滞不前，陈伟霆的心脏却像经历一场不停歇的流浪。他在干什么？做他最擅长的事——独处。

独处时，天蝎座所捆绑的特质才会冒头：征服感与掌控欲。这个11

月出生的男生告诉自己：一定要拼，不是赚钱，而是自己想做什么，理想是什么，一定要好好把握。当你到了一定年纪的时候，你没有这个体能，没有这个体力去做。年轻，是你手上唯一仅有的筹码。

那些年的时光，陈伟霆坚持用健身锻炼意志。无论多忙多累，每天抽出两个小时运动出汗，挥发坏心情，像一场回收站焚化垃圾的过程。他疯狂跑步，是因为不知道闲下来的自己能去哪里，像注定见不到第29次黎明的二月。

命运终于翻牌

是什么时候开始被命运翻牌的呢？解散组合单飞，还是转行拍戏？不，应该是从身体里萌发的那股名为倔强的力量开始。

2008年，公司要陈伟霆单飞。他拒绝后，一个人揣着兜里为数不多的存款，跑到美国学了三个月的舞蹈，甚至被当地的恶势力欺负都不肯求助，最后信心满满地回来，对经纪人说："好了，现在我可以答应你。"

转而拍戏，新人免不了试镜，陈伟霆每次都没有被选中，直到导演陈德森说出真相："我不喜欢用歌手做演员，尤其是偶像派的，放不下偶像包袱，太难拍。"

这句话让陈伟霆下定决心终结自己的花样美男旅程。他开始从不起眼儿的小角色接起，哪怕需要刻意丑化形象。所有男演员都期待接吻戏，他却说，不如演打戏吧！

最辛苦的，是在拍曾国祥的《恋人絮语》时，他五天四夜没有睡过觉，明明只是一个简单的镜头，陈伟霆已经累得手都在发抖，眼神始终没有焦点，拍了三个小时都被喊停。让人欲哭无泪的是，最后这个镜头播出时，还被剪掉了。他也不抱怨，一个人走到海边，在沙滩上狂奔，让海浪掏空羞耻。这种羞耻心，是内心有欲望的人才会海量产出的焦躁。

如果没有2014年的《古剑奇谭》，也许陈伟霆会像一列开往暗道的地铁，一路错过许多风景。大家注意到这个和邓紫棋有着兄妹脸孔的陵越师兄，热播后网友感叹：当初打游戏都没有这么浓的组合感，如今画面太美不敢看。

穿衣显瘦脱衣有肉的陈伟霆，是这个平庸夏日最大的惊喜，观众只留意到他的一夜爆红，很少有人透过光鲜看见他背后的往事。

毕竟，人生并没有多少个11年。

庆幸的是，身价三级跳后，他并没有迷失自己。感谢那些被狗吃掉的低迷青春，让陈伟霆身上没有年轻偶像那种包袱感，可以熬夜回复粉丝微博，也找不到有恃无恐的傲娇。唯一的bug（不足）是普通话不够标准，再不拿出点儿搞科研的精神钻研一下，恐怕要配一辈子的音了。如果只靠黄立行一样完美的身材和李敏镐一样耀眼的笑容放大招，在新人辈出的娱乐圈终究片甲不留。

当然，陈伟霆比谁都清楚自己的处境。这段时间他经常一个人坐在房间里看视频回放，留意一些问题重新问要怎么答，有哪些细节做得不够完善。

印象最深刻的是有一个记者说："你现在这么赶通告应该很累吧？"他摇摇头："我不累。其实你们更累，我累了有人会问我要不要休息，可没人问你们。"

我在心中为他点了一万个赞。

那么，就让我们祝福这位爱煲鸡汤的人生导师，天天有好底料，天天有好汤饮。

泰勒·斯威夫特：
我要在暴风雨里起舞

◎李 悟

对泰勒·斯威夫特来说，最恰当的形容词就是"红"。她演唱会最常用的是把大红色吉他，每天不离手的是一支大红色唇膏，甚至上张专辑就直接起了个名字叫作《红》。而放眼如今的欧美乐坛，她也完全配得上"红得发紫"这个词，连最近登上全美音乐奖的筷子兄弟也不忘在表演间隙给她送两个小苹果以求博得关注。这种"红"，连《时代》周刊都刮目相看——最新一期《时代》封面标题，就叫作《泰勒·斯威夫特的威力》。

一个邻家女孩的喜怒哀乐

2003年，14岁的斯威夫特还住在宾夕法尼亚州，一天，她跟自己搞金融的父母说："我的音乐才华让我不能住这里了。"于是他们举家搬到了位于田纳西州的乡村音乐圣地纳什维尔。

父母的这个决定不是盲目的，他们已经观察斯威夫特5年了。9岁时，斯威夫特开始对音乐感兴趣，不停地参加当地各种演出以及卡拉OK比赛，还经常跑去百老汇学习声乐和表演。11岁时，斯威夫特获得了当地一个唱歌比赛的奖，这是她人生中第一个音乐奖项。12岁，一位电脑修理工向斯威夫特展示了吉他的和弦，这让她一下着了迷，开始没日没夜地练习，经常弹到手指流血。

接触到加拿大"乡村天后"仙妮亚·唐恩的音乐后，斯威夫特爱上了乡村音乐，之后便开始向往纳什维尔的生活。20世纪20年代，乡村音乐在纳什维尔诞生，之后便在这里蓬勃兴起，在乡村音乐出现的最初几年里，人们一度把它称为"纳什维尔"。目前，这里集中了全美400多家唱片公司，是仅次于纽约的美国第二大音乐出版地。这样的资源，自然是当时在音乐上野心勃勃的斯威夫特梦寐以求的。当全家搬到纳什维尔后，她开始了在音乐天地中真正的闯荡——小小年纪的她，已经开始自己创作，并写了84首歌。

斯威夫特签下了一家独立唱片制作公司，公司本来计划在她18岁时推出她的首张专辑，但她说自己已经准备好了。于是，2006年，同名专辑《泰勒·斯威夫特》问世，她一手包办了所有的词曲创作。有人这样评价："她的歌里有我生活中熟悉的场景，有我记忆里不轻易与人分享的瞬间，也有我卑微无助的彷徨和呐喊。"

之后，斯威夫特席卷美国乐坛。她共获得7个格莱美奖、15个全美音乐奖、12个美国公告牌音乐奖。她是北美单曲总销量最高的歌手，是数字唱片销量最高的歌手，还保持了一项吉尼斯世界纪录——2012年的单曲《我们再也回不去了》上线50分钟便登顶iTunes（苹果音乐应用）单曲榜，是有史以来时间最短的。同时，她还是音乐史上唯一一位3张专辑首周销量都超过百万的歌手。

碎步小跑前进

2015年10月21日，iTunes上线了一首名为《Track 3》的新歌，它是一个损坏的文件，却登上了加拿大iTunes下载榜的首位。原来，斯威夫特早先宣布会在10月下旬发布她的第五张专辑《1989》，翘首以待的歌迷们把这个文件当成了她的新单曲。这就是斯威夫特的影响力。《1989》正式推出后，全美首周销量达到128.7万张，是近12年来最高

的,这么高的销量让业内人士都在惊呼:"真是见鬼了!"

可惜,如此傲人的成绩不属于乡村音乐,因为早在2015年8月,这位"乡村小天后"就向外界宣布她的新专辑将全是流行曲风,没有一首乡村歌曲。如此决绝的表态让业内惊诧,一位资深音乐人说:"当一位乡村歌手想做其他音乐时,只要说'我永远不会离开乡村音乐,我会带着它与我同行'就好,没必要强调自己要离开。"

斯威夫特不认同这种做法:"做着流行乐却说我是乡村歌手,就像我把墙刷成绿色,然后告诉你这是一面蓝色的墙。我只是想保持诚实——我确实变换风格了。"这或许是斯威夫特对以往外界批评的痛快回击,一直以来,乐评人都在诟病她的音乐是"假乡村,真流行",于是她索性告诉世人:"我以后就是流行歌手了。"

抛开对曲风的纠结后,乐评人普遍给了《1989》较高的评价。著名音乐杂志《滚石》给了它四星的高分,评价它"奇特、感性、有激情"。一位乐评人点评得更加形象:"斯威夫特以'碎步小跑前进'的方式转型,多年后大家回头一看:嚯!她已经走出那么远了!"《时代》周刊也盛赞了她:"斯威夫特一枝独秀的原因并非他人缺乏才华,而是他们缺乏突破自我的勇气。"

把所有回击写在歌里

斯威夫特长相甜美,生活中的她最不缺少的就是恋情,这也成了她创作灵感的主要来源——每次分手后她都能写出一首大热的歌。

2009年12月,她和演员泰勒·洛特纳约会3个月后分手,之后写了《回到12月》,向对方表达自己的歉意:"我希望回到12月,扭转一切,让结局变好。"2010年,她和演员杰克·吉伦哈尔相恋,分手后写了《卑鄙》,还凭借这首歌拿到了格莱美奖,她在领奖台上吐槽:"这首歌写给一个很差劲的男人。"最近,她的绯闻男友是美国科技界的新贵、社交软件《Snapchat》创始人埃文·施皮格尔。

　　这样的私生活显然会为斯威夫特带来许多诟病，娱乐杂志《好莱坞报道》评价她为"比尔·克林顿之后最擅交际的人"；评论家认为她的知名度更多来自绯闻而不是音乐；讨厌她的歌迷干脆直接跑到她的社交网站主页上谩骂。少年成名的斯威夫特对这些事情早已能够坦然面对，她在自己的社交网站中说："我不是要在暴风雨中生存，我要在暴风雨里起舞！"她把所有的回击都写在歌里了，新专辑中的《甩掉它》代表了她对舆论的态度："花心的人会一直花心，恨我的人会一直恨我，但我只要不停摇摆，甩掉一切。"

像明星一样去战斗

保罗·沃克：银幕下的故事

◎《意林》编辑部

《速度与激情7》也许是第一部大家看完后不想离场的爆米花电影！当看到最后一幕，大家都不自觉地红了眼眶，湿了纸巾，这一切全都因为保罗·沃克。

1

保罗·沃克在好莱坞有点儿像个格格不入的异类。在这个男明星削尖了脑袋比拼着速度与新闻的时代，你很难在保罗身上觅到"野心"的痕迹，演戏之外，他过着简单的生活，他曾说："我没有多高的物质要求，但会确保自己的私生活远离闪光灯……"

当我们都以演员和男明星的身份来定位保罗·沃克时，他反而对这一身份并不十分看重。他在推特账号上是这么定义自己的：喜好户外，海洋迷，车控……偶尔演戏……

2

其实，我们都不知道银幕下的保罗，远比银幕上的要精彩得多……

他是演员？其实冲浪和户外运动才是他的主业。

保罗出生在碧海蓝天的加州，他的生活与"蓝"密不可分，尤其那双

美丽的蓝色眼睛像极了加州的海洋。也许是遗传母亲的模特基因，两岁的时候他就已经开始拍广告，当模特！

但在保罗的世界里，除了赛车和演戏，他还是一个优秀的冲浪选手，父亲老保罗回忆保罗和大海时，这样说："他有自由的灵魂，生活方式并不好莱坞，他喜欢海，喜欢眺望深渊，从中得到平静，他巴不得每天就在车里塞个睡袋，在野外过夜。"

3

如果不演戏，他或许是位专业的海洋生物学专家。

大学时代保罗是个理科男，他主攻海洋生物学专业，2010年，保罗参与《国家地理》系列节目"探索大白鲨"，在墨西哥海岸与大白鲨待了整整11天；在保罗的眼里，海洋生物就像是"外星人"，值得他用一生去研究。可以这么说，如果保罗没有演戏，说不定，还是个专业的海洋生物学专家。

有记者曾经采访保罗，为什么那么喜欢冲浪和极限运动，他仰着头思考了一阵，挠挠头说："冲浪和运动使我平静，就像一种禅的体验。大海浩瀚而宁静，当我置身波浪中，其余的世界都消失了。"

4

我爱赛车："要么玩大的，要么滚回家。"

保罗除了热爱海洋，赛车也是他生活中最重要的一部分，保罗有句座右铭："要么玩大的，要么滚回家。"这句话也可以看成他的赛车精神。

其实，《速度与激情》大部分的危险戏份儿，保罗没有用过替身，几乎都是他独自完成的。在影片里迪塞尔实现不了的一些高难度操作，他却——实现了。保罗会每周一次到赛道上跑一跑，自称有个"机械脑袋"的他把赛车当作毕生的追求："我自己花了很多时间学赛车，我参加了许多驾驶课程，我想驾驶职业赛车。"而这种喜爱，与电影无关。

5

他热心公益，为此他还拿到了"内科急救专家"资质。

除了喜欢赛车、冲浪之外，保罗从未停止过关心身边的人与事。他热心公益——海地和智利大地震、印尼海啸、阿拉巴马龙卷风等大灾难现场，都有他参加援助的身影。他拿到了"内科急救专家"资质，创建了非营利机构"全球伸援基金会"向灾民提供帮助。

2013年12月6日，智利旅游城市佩尤维的市长宣布将震后新建的一条大街以他的名字命名，以感谢他在智利地震时做的一切。

6

其实他更是一位好父亲。

保罗深知好莱坞浮华堕落的一面，他曾说："好莱坞就是垃圾，只有你爱的人健康快乐，才是最重要的，其他都是浮云。"所以，他格外看重他的家庭，保罗的女儿Meadow就是他的最爱，Meadow在13岁前一直和母亲生活，在他去世前两年，女儿从夏威夷搬到加州，这才令父女团圆。

保罗和女儿有张极为珍贵的照片，照片上保罗将自己的女儿抱在怀里，相视一笑，他说："女儿是我有史以来最好的搭档，我太蠢了，在过去的生命中竟然从未体验过这份亲情。"

保罗不幸去世，15岁的女儿悲恸欲绝，在她的悼文里是这样形容父亲的："我小时候他教会我走路、教会我微笑、教会我永不放弃，在我知道爱是什么以前我就一直爱他，他是我的英雄，现实世界中的英雄。"

7

保罗从未离开……

2013年11月30日下午3点,保罗·沃克在洛杉矶一起车祸中身亡,年仅40岁。12月15日,保罗·沃克被安葬于洛杉矶好莱坞山森林草坪墓园。葬礼只有少数亲友出席,采取军礼形式献上三角形国旗,影迷们不知流了多少泪,还来不及告别,他就这样离去。

电影最后,Dominic驾车在空无一人的路口停下,意外地Brian驱车赶上来,两个人相视一笑,一句:"Hey, you thought you could leave without saying goodbye?(不道个别就想走?)"然后Brian的车开向分岔路的路口,彻底让银幕下的观众泪奔,但我们都知道,就像多米尼克所说:"他从未离开……"

像明星一样去战斗

靳东：男神慢半拍

◎ ELLEN

　　因为在《伪装者》中出色演绎剧中内敛睿智、有担当的大哥"明楼"，一个月内，靳东的微博粉丝从十几万暴涨过百万。这段时间，靳东被问了很多次——"你觉得自己红了吗"。他曾不客气地说："什么叫红，什么叫不红？我在自己的领域（话剧）早就红得发紫了好吧。"但看到上了标题，他又检讨自己"性情所致，口无遮拦"。

　　靳东说，不论过去还是现在，他都提醒自己要慢、慢、慢，反反复复想："靳东，你走到今天这个位置，这还是你的初衷吗？"他很自信不会被人气、人情牵着走，他说："我从来不会在一些无谓的事情上浪费一分钟。人的生命太有限了，一转眼就到了这个年龄，怎好再去辜负？"

耿直的理想主义"老干部"

　　在拍摄现场的游戏室发现了台球桌，靳东自信落场，一杆清台。"我在少年组就打得很好。斯诺克单杆最高打过72分。"还有网球、哈雷、帆船、游艇……样样玩得转。粉丝喊他"老干部"，他说："我和大学同学出门，别人都问这是你叔叔还是你老师？"只有一瞬他面露难色——试衣服的时候。"我这样穿真的可以吗？我家都是白T恤衫，估计有200件……"

　　看摄影师回翻照片，现场有点儿静。很突然地，靳东扶着吧椅，秀了一段 Battement Tendu（芭蕾舞者称它为"擦地"），说："在学校的时候，什么舞都难不倒我，唯独到了芭蕾这个阶段，我彻底崩溃了。一帮人在那儿'擦地'。老师说：'靳东，你的腿要绷直。'可我已经绷得很直了啊！"说罢，他绷直左腿，又一次"擦地"，"直吧？"气氛顿时热烈。

私底下的靳东活泼好玩，但一工作就是疯子，这源于他对戏剧的敬畏之心。"我始终觉得这个工作是特别崇高的。"为一句台词，他能锱铢必较，"我后来都把李雪搞崩溃了。他觉得就这样行了，我说不行，一定还有一个词比这个更精确。李雪一跺脚，'我了个娘啊'，崩溃了。"

对每一句台词负责，靳东有把40场戏的小角色演成主角的能力。《闯关东》的龟田一郎、《温州一家人》的黄志雄，连编剧高满堂都跟他说："你居然把我两个40场的人物演成了一个大主演，写的时候始料未及。我欠你一个400场戏的剧本。"

遇到脾性相投的合作者不易，靳东一度也有过迷茫。"没有工作，没人找你。真的是要耐得住寂寞，好在我生活中是比较能沉得住气的人。"很多人不知道，台湾偶像剧大行其道的年代，柴智屏曾想签靳东，让他和周渝民合作一部《深情密码》。"她请我去过她台湾的公司，让公司的人陪我走遍台湾的大街小巷。但当我尝试之际，冥冥中有一个声音告诉我，这显然不是我将来要走的路。即便那时候我也是小鲜肉。"

用一个词形容自己，靳东说是"理想主义"。"怎么说呢？我很执拗地、固执地往我想要的这条路上迈进，不管快慢，不管早晚，不管快乐还是悲伤，不管是遍体鳞伤还是昂首阔步，都会坚定不移地迈进，任何人也阻拦不了我。"这话听来多少有些清高，接地气的说法是"傻、倔"——靳东告诉我们，身边的朋友就爱这么调侃他："我走到现在，一直被身边所有的朋友说，你是个奇迹。所有人都认为我应该削尖了脑袋玩命去冲的时候，我说我不。"

像明星一样去战斗

慢半拍的生活旁观者

靳东23岁超龄考入中戏，一路都是班长和学生会主席。刘烨总在系里打篮球赛的时候拿个小喇叭调侃他："靳东这位同学，是我们表演系有史以来最老的新生……"现在，走到哪里都有深情凝望他的姑娘，视他为男神、男友、老公标准。靳东说："不出仨月，别人就烦了我啦。"

任周边喧嚣热闹，他总保持一份清醒和疏离："表演老师曾经和我说过，在生活当中尽可能把自己放在角落里；要躲在一个角落里去观察别人，观察这一切是怎么发生的，而不要成为别人观察的对象。"为此，他去任何一个场所，都会找一个背后是墙的地方待着，"这都快成我的一个毛病了。但我跟你说，你会发现生活远远比戏里精彩得多。"

一杯咖啡、一个角落，靳东可以在塞纳河畔一坐10个小时，观察，思考，"为什么他们那样活着，我们却在这样活着"。他要的不多，一年两部戏足够。最好，有起码一半的时间陪伴家人："坐在一个院子里，你在那儿剪草，我在院子里喝茶、发呆，或者看书。"

他会告诉你小时候记得的谚语："慢一点儿，等一等你的灵魂。"

"大四的时候，毕业大戏演了14场。当时我的老师就对我说，靳东，你有没有觉得前面10场你忽好忽坏？我说是，有时候觉得这三个半小时演得特别流畅，有时候就觉得演着演着中间感觉断了。我的老师就跟我讲了一点——抽离：你需要把你躯壳里的灵魂抽离出来，放在舞台上空来控制你自己。生活中何尝不是如此？我们会得意忘形，我们会亢奋，我们喝多了会胡言乱语，我们痛苦的时候会痛心疾首。那么我想，生活中这一切一切，也需要节奏、分寸、停顿。"

到现在的年龄，靳东更是不愿浪费时间在所谓的"大器晚成"上，"哎呀，你最近红啊、火啊，我觉得真的毫无意义"。

接下来要更慢一些？

"对。所以奉劝那些玩命拿钱来砸我的人，我是砸不走的。哈哈哈……"

赵丽颖：路人粉收割机

◎虎妹端端

由同名畅销小说改编的玄幻古装电视剧《花千骨》热播，该剧讲述了少女花千骨与长留上仙白子画的虐心"师徒恋"。赵丽颖饰演的花千骨经历了从毫无城府的少女变身为冷艳绝美的妖神的曲折过程，角色跨度很大，但她将不同时期的花千骨演绎得入骨入心，演技收获零差评。

赵丽颖出生于1987年，但长相清纯、身材娇小、颜龄显嫩的她扮演起16岁的花千骨毫无距离感，观众看了大呼"萌萌哒"。白子画的扮演者、仅大她八岁的霍建华曾调侃说，觉得和她站在一起的画风像"父女"。

但她的鲜嫩仅仅表现在外表上，内心里，她是个坚韧、倔强的女汉子。拍摄《花千骨》时是大夏天，他们需要在棚里拍，温度高达40摄氏度，穿着厚厚的戏服在沙地里滚来滚去，不敢开风扇，怕影响画质；有场连扇嘴巴的戏，为了效果，霍建华真打，扇得挺狠，赵丽颖很快"眼圈就红了"。霍建华说，赵丽颖虽然外表看起来少女，但"骨子里有股韧劲，和独立执着的花千骨很类似，不怕吃苦，一般的女演员都禁不起这样的折腾"。

有位"颖火虫"说："始于陆贞，浓于杉杉，深于千骨，我就是喜欢她。"这话恰如其分地勾勒出赵丽颖的成名之路。但很少有人知道，在这之前她曾经历过长达七年默默无闻的潜伏期。

出生在河北廊坊农村的赵丽颖，2006年之前是一名普通的文员。她

在同事"你这么漂亮,应该去参加"的怂恿下,报名了"雅虎搜星选秀",谁知竟然获得冯小刚组冠军,以冯导广告片女主角身份出道。

好运气并没有接踵而至,在好几年的时间里,她基本上都在跑龙套,饰演过《金婚》里蒋雯丽的三女儿、《锁清秋》里安以轩的丫鬟等,都是小角色。拍《大内低手》时,她像助理一样给徐峥端茶送水,就为了随时能向徐峥请教;拍《锁清秋》时她每天晚上找安以轩对戏,只为了第二天演好丫鬟的戏份儿,常把安以轩累得够呛,但安以轩却和投资人于正打赌"这个努力的女孩早晚能红";新《还珠格格》中让她崭露头角的晴儿一角,她差点儿失之交臂,因为给琼瑶写了一封诚挚的信才保住——最后晴儿深受欢迎,琼瑶也赞叹"押对宝了"。

饰演女一号的机会在《陆贞传奇》时到来,给女主角定了"新人、演技好、能吃苦"三大标准的于正相中了赵丽颖,赵丽颖也不负众望,最终将北齐女相陆贞的隐忍坚强、聪慧独立表演得感人又励志,终于一炮而红。

然而,伴随走红的,却是"整容""学历造假"等各种负面新闻。

在网络喧嚣的骂声中,赵丽颖笃定地拍戏,并没有停下前进的脚步。2014年,她在《杉杉来了》中饰演乖巧甜美、自然脱俗的"呆萌小吃货"薛杉杉,该剧收视率极高,她因此获封"收视女王"的美誉,同年将金鹰女神奖杯收入囊中。2015年,她主演的《花千骨》再次称霸荧屏,登上同时段收视冠军宝座。

外表看起来娇俏可爱的赵丽颖,生活中性格却一点儿也不小女人,她并不擅长甜美撒娇,个性反而更像个男生。合作过的制片人评价她"戏里是需要别人保护的女孩,现实生活中蛮爽快,大大咧咧不娇气",张翰也说她"其实很有事业心"。

或许正是萌萌的外表下那颗坚韧倔强的心,才支撑着她从默默无闻走到今天的大红大紫,正如她自己所说:"我不希望自己柔弱,我从来不是不坚强的女生。"

奔跑吧，苏炳添

◎王举芳

他身着一身红色运动服，足蹬一双白色运动鞋。鸣枪响过，他在第一道出发，起跑稳健，如一道红色闪电，划过海沃德田径场。9秒99，冲过终点，他紧盯着大屏幕，攥紧双拳仰天长吼。他就是"中国飞人"苏炳添。

北京时间2015年5月31日凌晨，在国际田联钻石联赛尤金站男子100米决赛中，他以9秒99的成绩夺得季军，超过日本名将伊东浩司和中国名将张培萌共同保持的10秒整的亚洲本土运动员最好成绩，创黄种人百米新历史。

1989年8月29日，苏炳添出生在广东省中山市古镇的一个普通家庭，几年后，弟弟也降生在这个家里。一家四口，日子安稳，其乐融融。

上初中时，苏炳添的老师喜欢留下成绩差一些的同学留堂补课，成绩不理想的苏炳添，几乎天天被老师留下来"开小灶"，这让他非常苦恼。为了避开补课，他主动申请加入学校的田径队。苏炳添在体育课上向来都是活跃分子，弹跳力和瞬间爆发力很强，教练杨永强看到他的这些优势，同意把他带入田径队。

此时的苏炳添痴迷上了速度，他喜欢骑摩托车，那种风驰电掣的快意让他感觉非常舒服。但因条件限制，他没有受过系统专业的训练，只是在泥巴地里，跑啊跑啊，像一个追风的少年。2004年11月份，15岁的苏

炳添第一次参加了正规的比赛——中山市中学生田径比赛。他出人意料地在 100 米比赛上夺得第一名，成绩用秒表计时是 11 秒 72。因此，他被中山市体校田径教练宁德宝看中。

进入省队后，苏炳添曾萌发了不当运动员的念头。2007 年，他在田径队的成绩属于中等，但有一段时间成绩老是上不去，甚至出现了下滑，他很痛苦，一度想放弃。

有一天，他坐在赛道旁，看着在赛道上飞跑的身影，心里五味杂陈。他多么喜爱奔跑啊，可是现在，他为此犹豫不决。

两个刚刚训练完的队友说笑着坐到他身边，没有注意到他隐藏的痛苦，一个说："今天我比你快了 0.01 秒。""不就是 0.01 秒吗？有什么了不起。"另一个回答。

"速度，属于执着于每个 0.01 秒的人。我只要每次都比你快 0.01 秒，我就每次都是赢家……"

队友的话对苏炳添触动很大，是啊，只要坚持，哪怕每次只提高 0.01 秒，那么，对自己来说就是胜利的。很快，他调整了心态，在大家的鼓励和帮助下，成绩一点点好起来，并进入了国家队。

2011 年的全国田径锦标赛上，他以 10 秒 16 夺冠，打破了 13 年前周伟创造的 10 秒 17 的全国纪录，堪称当时中国第一"飞人"。在随后的两年里，苏炳添一直称霸中国男子百米跑道。

俗话说：没有常胜将军。2013 年，张培萌连续跑出了两次 10 秒 04 和 1 次 10 秒整的成绩，打破了苏炳添创造的全国纪录。并且在辽宁全运会上以 10 秒 08 的成绩战胜了苏炳添，夺取了全运会冠军。此外，因为张培萌跑出了男子 10 秒的亚洲黄种人最佳成绩，平了伊东浩司的纪录，而且是在国外进行的世界锦标赛上获得的，所以也更为引人瞩目。这让苏炳添感受到了从未有过的压力。

夜晚，望着无垠的夜空，他想起了一句话：一切可能之事皆不可得，你只有执着地坚持世上看似不可能的事——莫贪念，莫浮躁，莫松懈。他告诉自己：一定要坚持！机会总是会眷顾那些有准备的人，速度，属于执着于每个 0.01 秒的人。

怀揣着这种不服输的信念，苏炳添捅破了这层让几代人梦寐以求的"窗户纸"。

苏炳添的突破具有跨时代的意义。"破十对中国是个里程碑，作为中国第一人，能把自己的名字写进历史，我感到非常骄傲。但在未来的路上我还要继续努力，不要因这个成绩而自满。"苏炳添在赛后接受采访时说。作为中国"飞人"，他的未来依然可期。

奔跑吧！苏炳添！

冯绍峰：
从"富二代"到"富一代"
◎李 唐

　　2011年年底，某娱乐网站做了个女人最想嫁的"富二代"的调查，冯绍峰完胜京城四少位居第一。他的父亲是身家10亿的纺织巨头，作为唯一继承人，冯绍峰将接管家族生意。

　　但冯绍峰更喜欢被称为"富一代"，实际上，他是个吸金好手，他的片酬标准是20万元一集，仅在2011年，他在电视剧方面的进账就超千万元，加上代言娇韵诗、天梭、杰尼亚等品牌，以及电影片酬和商演走秀，年收入迈入2000万元大关。

　　会花钱的"富二代"很多，会赚钱的"富二代"却很少。在这里，冯绍峰为我们讲述他从"富二代"到"富一代"的故事……

将来我带着多少身家回来，老爸就留多少财富给我

　　如果没有意外的话，我本该是这样的生活状态：入则豪宅出则跑车，日上三竿后去自家公司晃晃悠悠，学点儿经营之道，几年后或者十几年后成为董事长，运气好的话继续扩大经营，运气不好的话可能关门歇业，当然还会生一个跟自己的人生轨迹雷同的孩子，如此这般重复重复再重复。

　　但老爸的一个决定使我的人生有了变数。在我满18岁那年，他说我成年了，所以只会承担教育方面的特定开支，至于生活、享受、娱乐……

全都是我自己的事情。他很直接地告诉我，将来我带着多少身家回来，他就留多少财富给我。

所以，我在读高中时就开始为自己的前途考虑，将自己的长处短处比较权衡后，我决定了自己将来的方向——娱乐行业。我从小学小提琴，参加过话剧社，参加过演讲比赛，做过主持人，我觉得这是我的优势。

当上海戏剧学院来我们学校招生时，我顺利地通过了专业三试，再加上我的会考成绩全优，被免试保送进了上戏，并成为表演系唯一一个拿奖学金的学生。

我的大学生涯非常功利与现实。很多同学都在无忧无虑地享受校园生活，或者谈恋爱，或者看通宵电影，或者联机玩游戏。但我很少有这样清闲的时光。我很忙，忙着去认识各种导演、各种制片人、各种经纪公司。当毕业就失业越来越普遍时，我毕业便就业了。

但就业了仍然很艰难，我没办法带着巨额投资去找角色，也没有资深人士提携我，我只能到处试镜，龙套也跑配角也干，希望能从新人熬到脸熟，再从绿叶熬成红花。

但始终没有熬出头，上海的机会太少了，两年时光过去，除了勉强养活自己外，我几乎没有存款。我决定去北京发展，到北京的时候，我手里所有的钱加在一块儿是8400元。

我租了个地下室，半年起租，花掉了3000元，去超市补充了一点儿生活用品又花掉了1200元，我的全部财富缩水了一半。但我连心疼钱的时间都没有，如果接不到戏的话，最多两个月，我就得饿肚子了。

以前是他给不给我的问题，现在却是我想不想要的问题了

我挺住了，最穷的时候，我连续吃了一个月4毛钱一包的白象方便面，后遗症是：直到如今，我一闻到方便面的味道就想吐，一看见方便面广告就会马上转台。

不是所有付出都没有回报的,我想要的回报就这样一点点来了。我从几百块钱的酬劳开始拿起,慢慢变成四位数,再变成五位数,我终于回归了不用为吃住担忧的正常生活。

因为片酬不高,我只能走以量取胜的路线。最多的时候,我同时有七八部电影电视剧在身,横店的每条小路我都穿行得娴熟无比,出这个棚进那个组,一天要换好几身行头,以一个三流演员的标准,赚到手的是接近一流演员的收入。

从零身价到10万元是个坎儿,从10万元到100万元是另一个坎儿,过了这个关卡后,钱就来得迅捷而凶猛了。然后我对老爸财产的觊觎之心也越来越淡漠。

以前是他给不给我的问题,现在却是我想不想要的问题了。我很坦诚地跟他说,我现在一点儿也不想放弃自己好不容易打拼到手的事业转而经商,我说想继续做演员,希望老爸继续在公司顶着,哪天他精力有限顶不住了,或者我在演艺圈待腻了,我才会考虑回来。说这话时,我有一种扬眉吐气的感觉。

星个性：够自我才独特

从黄渤到廖凡，
沉默是一种底气

◎葛怡然

有个朋友看完《离婚律师》后建议我："你应该写写吴秀波，中国像他这个年纪这种类型的男演员不多，不像黄渤。"

黄渤怎么了呢？在我看来，上帝把能给的东西都给他了，除了外貌。而说到演技，国内男演员里，我非常喜欢的有两个人，第一个是黄渤，还有一个是廖凡。

黄渤的长相和气质就不用说了，2014年春晚，人家硬是把爱马仕穿出了建筑工人的范儿，这也算是一种功力。

但是，从《疯狂的石头》到《无人区》，甚至到大烂片《101次求婚》，他就是那种能把自己使劲撕碎，碎成一万片，然后世界上从此没有黄渤这个人，从此只有这个角色的演员。你能想象《无人区》里的阴损贩子和跟林女神求婚的朴实大叔是同一个人吗？到了这一部《亲爱的》，当黄渤找到儿子后，坐在公安局台阶上哭得鼻涕都流出来时，那一刻，他形象地诠释了《演员的自我修养》："演员在舞台上，在角色的生活环境中，和角色完全一样正确地，合乎逻辑地，有顺序地，像活生生的人那样去思想，希望，乞求和动作。"他演的永远不是他自己，而是故事里的人。

7年歌厅伴舞，8年舞蹈老师，做过配音，管过工厂，开过玩具店，还曾经是一家新媒体公司的创意总监，在进入娱乐圈之前，黄渤已经和三

像明星一样去战斗

教九流统统打过一遍交道了。有人被起点并不高的生活碾压得沉寂无声，三两杯小酒七八个友，一辈子也就琐琐碎碎地过去了，但有人就能把这些人间冷暖浓缩成养分，慢慢浇灌一株名叫"卧薪尝胆"的植物，然后，等待花开果落。

据说，黄渤从没有强求过红毯要走压轴，"你没名气，最后一个走，人家记者都收工了；你有名气，什么时候走都会被关注"。他从来没有要求宣传期一定要上多少杂志封面，"我过得好的时候，以前关系一般的朋友会忽然成为特好的朋友，我过得不好的时候，你过去找人家请求一个角色，人家也不给你，就这么简单"。

这样的清醒，简直不像个明星。但确实来自一个2014年国庆档一个人独占三部电影的人，这样"自己跟自己抢票房"的大满贯盛况，只有葛优得到过。而其实在此之前，黄渤已经凭借《泰囧》《西游降魔》《痞子英雄》荣膺票房"卅帝"称号。

对角色的把握来自演员的悟性和情商，要求演员必须接地气，必须不端着，才能把人性中的每一个面，都拿捏到位。很多英俊小生做不来这个，他们太爱惜自己动了刀子的脸，太爱惜自己的所谓形象。而实际上，35岁以后，肉体都会老去，对男演员，或者对一个男人来说，最有魅力的，是头脑。

黄渤回答问题反应敏捷，风趣又幽默，据说他爱喝酒，酒量极大，跟记者在酒吧偶遇，也能喝上一杯聊聊天儿。他还爱玩爱买东西，"脑子里能装十件事儿"。以上种种，都从侧面证明了他脑子的好使程度。

聪明的人，始终会出来的，当然，不是小聪明。另外一位，廖凡，比黄渤长得好看点儿，但大红大紫的路，跟黄渤一样，都是一点儿一点儿攒起来的。翻开他的作品履历，从《将爱情进行到底》到《别了，温哥华》，清一色的千年大配角。这条路上，还盛产过林雪和张家辉。

配角是什么意思？是新闻发布会上永远被主持人最后施舍过来一个问

题的那一位，是片场没有助理，只有自己管自己的那一位，是势利的媒体包括有时我自己在内说"这人有什么好采访"的那一位。在这个烈火烹油的浮夸时代，镁光灯永远是属于主角的。人们向来只喜欢锦上添花，去恭维和追逐那个光芒四射的中心；配角，只能学着习惯在角落沉默。一个细节是：当廖凡知道很多媒体在获奖前后对他的态度明显变化时，并没有说什么过激的话。经历过平淡的人，早就知道什么叫作宠辱不惊。

平淡就是：没有过什么像样的绯闻，也没有贴过什么长微博炒作自己的感情进度，据说女友是一个编剧；也没有过什么负面新闻，老老实实演好每部戏。"每一个角色再小也会认真对待。"终于，40岁生日的时候，廖凡把他自己从沉默里挖了出来。

这一点儿也不奇怪。时间对每一个人都很公平，有的人在时间里主动放弃，因为通往金字塔尖的那条路，精英太多，机会又少，好累好辛苦；而有的人，从时间里完成了积累，让过往所有的沉默，都变成今天的底气。

像明星一样去战斗

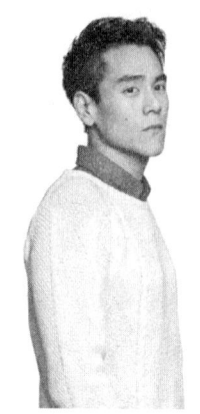

"折腾帝"彭于晏："不装"才是我的标签

◎周小烦

2014年是彭于晏的爆发年，上映的几部电影他都是男一号：《黄飞鸿之英雄有梦》里，他是史上最帅的黄飞鸿；青春爱情电影《匆匆那年》中，他和倪妮联手上演大学恋爱时光；电影《破风》中，他诠释了为梦想热血追逐的单车少年。穿上古装，他又变身为电视剧《风中奇缘》里的霸道大将军卫无忌，让很多冲着胡歌和刘诗诗来的粉丝，看过剧后却粉了他，并感慨戏份儿少不过瘾。转眼间，当你还在回味益达口香糖里那个"舔牙都很帅"的男生时，斯文小生却一步步成长为"有八块腹肌"的魅力型男。

拍他们不敢演的

最初，《黄飞鸿》的这个剧本找到彭于晏的时候，他以为弄错了，前面有成龙、李连杰、赵文卓，个个都是功夫高手，没有两下子怎么能演？不过老板江志强的一句话打动了他，这个剧本他们已经改了两年，却找不到愿意花时间去学的好演员，而且这部戏很多都是文戏，关键还是要在表演上说服人。因此他们找到了在新生代演员中"会演"又能拼的彭于晏。

彭于晏决定2013年就专心做这一件事——拍别人不敢演的。接下来训练的过程，他用了"黑暗"二字来形容。从最基础的扎马步、运气开始，每天都要工作十几个小时，除了拍摄就是训练，就连候场的时候也要把脚吊起来拉筋，这些每日的常规功课持续了整整 8 个月。最开始的 3 天，他的腿都不能动，因为筋都被硬生生地撕裂拉伤。好几个月，每天收工回去都要针灸并用艾草敷熏。

除了练基本功，还要练身材，让体形再强壮点儿，可以让黄飞鸿有一拳就打死人的杀气。此外，还要了解黄飞鸿的故乡背景和感情世界，因为导演要呈现的是一个更飘逸、情感更细腻丰富的黄飞鸿，后一点对演偶像剧出身的彭于晏来说倒不是太难的事。

拍摄过程中，让彭于晏最"崩溃"的是跟张晋的一场打戏，听到要在两秒钟做十件事时他就吓傻了。例如当张晋的刀过来他要看一下，然后砍下去，被吊起来还要翻身，翻起来时要收肚子，并在空中抬脚，最后定格在墙壁上，再抬头看张晋，最后花了整整 30 天才把这场戏拍好。最让彭于晏自豪的是，整部戏几乎没有用替身，就像当年拍《翻滚吧！阿信》，教练告诉他，你只要帅帅地跑过去就行，专业动作有替身，他却执拗地练体操练到全身破皮。

当年差点儿离开娱乐圈

说起成名史，很多人以为彭于晏是靠偶像剧《爱情白皮书》进入娱乐圈的。鲜为人知的是，他其实是个广告小童星，因为从小相貌出众，他从幼儿园大班开始就被挑中去拍各类广告，比如漱口水、软糖、化妆品、牛肉面……产品涉猎颇多。

可惜从小生长在经济条件并不是很好的单亲家庭，不允许他有什么做梦的机会。14 岁，母亲送他去加拿大留学，其实他爱漫画、爱篮球，可是看不到前途的时候，他也不执着，学了当时最热门的商科。20 岁回台湾过暑假时，被之前的广告导演叫去填补偶像剧《爱情白皮书》里缺的角色，从此演员成为他的职业。

天生的精致面孔，自然让他成为爱情剧里的男主角。《海豚爱上猫》

《我在垦丁天气晴》《爱的发声练习》《近在咫尺的爱恋》《听说》……他游走于各段爱情之间，或悲或喜，游刃有余。

但再美丽的爱情若成为一成不变的主题，也会索然无味。在演了好几部偶像剧后，因为不满经纪公司接片的水准，2009年彭于晏开始闹解约，之后就被"雪藏"，其间几乎没有任何作品。本来乖巧孝顺的他进娱乐圈是为了让家人的生活变得更好，却发现遇到了瓶颈，甚至得靠家里人养着，他甚至考虑要离开娱乐圈再回去学商科。

翻滚的"折腾帝"

如果没有2011年大火的《翻滚吧！阿信》，没准儿娱乐圈真的会少了一个彭于晏，这部孤注一掷的电影，不仅拯救了演艺事业陷入僵局的他，甚至为他打开了此后事业上的另一种可能——做个表演上的"折腾帝"。

"看到剧本我就哭了，其中两场戏特别打动我——阿信决心不再浑浑噩噩，重返体操队以至于训练时伤到了头，躺在医院里，想着自己曾经浪费的青春。"彭于晏坦言看完《翻滚吧！阿信》的剧本就联想到自己，阿信曾经的心路与那时的自己何其相似。入行时间不短，也演过很多电视剧和电影，都比较卖力，却没有一部以高收视或高票房回报，不得不对自己从事的这一行产生质疑。《翻滚吧！阿信》重新给了彭于晏力量，他说："在我最低落的时候给我机会，所以我要拼命，我要翻身！"

28岁"高龄"的他开始史无前例的魔鬼训练。"练鞍马的时候，手破是经常的，每三天破一次，一恢复就再练，然后再破，到最后手皮越来越厚，也就不疼了。"终于他练就了完美的8块腹肌和傲人的44寸胸肌，连请好的替身都可以靠边站了。付出后的回报接踵而来，2011年凭借《翻滚吧！阿信》这一史上最具难度的表演，彭于晏得以有机会"对战"刘德华、葛优、王千源，入围第48届金马奖最佳男主角提名。

他的演艺之路再度顺畅起来，越来越多的大制作和名导演纷纷找上门来。彭于晏深知"翻身"不易,机会难寻,他坚持以"拼命三郎"的态度对待每个角色:《寒战》中深藏不露的警察李家俊、《太极》中腹黑的方子敬、《激战》中为鼓励生意失败的父亲而走上拳击擂台的"富二代"思齐……艰辛的汗水,换来的不仅是电影接连破亿的认可与赞赏,更为他赢得了饰演一代宗师黄飞鸿的宝贵机会。

武戏如此,文戏他也没落下,《爱Love》1.2亿元票房、《分手合约》1.5亿元票房,《匆匆那年》票房口碑也是双赢。在《匆匆那年》里,"折腾帝"又一次发挥了学霸本色——学吉他,弹的是广为人知的《对面的女孩看过来》。

从最初演爱情片的偶像派,到现在受到认可的演技派,彭于晏的演艺道路走得踏实却不乏野心,他说:"我觉得自己挺幸运的是前几年比较不顺利的时候拍了很多不同类型的电视剧跟电影,那对我来说都是很好的磨炼,没想到自己一步一步慢慢地走到今天。"之所以这样爱折腾、专挑那些难演的角色,他坦言,自己就是喜欢挑战不同的东西,喜欢冒险。未来,他还有很多想要尝试的角色,因为"做演员要有梦才能挑战自己,一直走下去"。

如果在家里扮酷,我妈就给我两巴掌

银幕上的彭于晏张扬、耍酷,裹着浴袍就敢出镜,台下他却阳光、爱笑,有点儿萌有点儿"坏"。银幕上他经常光着膀子露出让一众女粉丝流口水的"腱子肉",银幕下的他却有点儿害羞,不爱露身材。因为在他看来,自己的生活与普通人并没有不一样:被妈妈念叨、运动、找朋友聊天儿、出海、看电影等等。

彭妈妈在大陆开了一家餐饮店,没工作的时候彭于晏就喜欢坐在靠窗边的小桌前,有时面前会放几样吃食,比如锅贴饺子,不过可能是客人剩下的。他说:"妈妈很节俭,常常会让我吃客人剩下的吃食,这没什么,

不能因为当了明星就不吃剩菜。"

这样的彭于晏真的和银幕上那些眼神冷厉的酷角色不沾边，私下里，他自嘲并不是一个爱耍酷的人，"我理解的酷，应该是摇滚乐手那种吧，不是很爱讲话。我是比较生活一点儿的，在家里也不能扮酷啊，如果我在家里扮酷，我妈就给我两巴掌，说干什么耍酷"。言谈之间，八块腹肌男竟然露出了一丝"逗趣"的端倪。

有一次，他参加一个活动要现场扎马步，可无奈穿的是小西装，尴尬之余，彭于晏认真又无奈地跟身边的经纪人说："帮我看着点儿啊，要是裤裆开了，记得跟我说一声！"你见过这么接地气的男神吗？

陈都灵，
你是我从天而降的小耳朵

◎饶雪漫

1

都灵的出现，是意外，也是天意。

她之前完全没有接触过表演，大学里学的专业是飞机制造。

她第一次进入公众的视野，是2013年凭借朋友上传的一张证件照，成为某网站全国校花校草评选中的冠军女神。走红后因为觉得生活被打扰得不轻，她当机立断删除了自己的微博。关于她的一切，大家都了解得少之又少。

"而小耳朵是电影里当之无愧的女一号，之前我们想过找大腕儿，也想过找新人，但从来没有想过找一个零表演经验的新人。"

电影《左耳》的筹拍，可谓状况不断，每天都像在坐过山车。就在电影即将开机时，突然传来晴天霹雳，原来找好的女一号"小耳朵"因为有不得已的状况，不得不辞演这个角色。

几近绝望的时候，我的脑子里突然冒出了"陈都灵"这三个字。我当然不认识陈都灵，她对我而言，只是一个名字，外加她在网上广为流传的那张模糊的黑白证件照和一些网友在我的公众微信号上对她锲而不舍的推荐。

但不知道为什么，我心头固执的念头上来了就下不去。导演苏有朋也

鼓励我说:"如果你觉得好,我们就找来试试。"

2

要找到陈都灵并不容易。

我手头所掌握的所有信息就是——陈都灵,南京航空航天大学机电系。

"这女生太低调了。"她的同学说,"平时在学校朋友也不多,很少见她与人搭话。"

皇天不负有心人,在南航老师和同学的大力帮助下,我们终于找到了陈都灵妈妈的电话。原来陈都灵人在布达佩斯,他们全家计划多年的欧洲行刚刚拉开序幕。

万万没想到,我得到的答案竟是——拒绝出演。

尽管她很喜欢小说《左耳》,但她不想令妈妈失望。

就在这时,都灵的闺密佳倪帮了我大忙,那个当年和她一起读着我小说长大的女孩听说我们找都灵演小耳朵后激动得要死,她劝说都灵无论如何都应该试一下。

妈妈虽然不想让她进娱乐圈,但是听女儿说"我就是想去试一下这个角色,我觉得这会是我青春的一个纪念",便也不再阻拦。

就这样,事情有了转机,都灵终于愿意和我通一个电话再做决定。

都灵话不多,很多时候都是我在说,她在听,然后回复一个简简单单的"哦"字。

几天后,我终于收到了她发来的微信:"妈妈答应让我回来试一试!但是,我们有一个条件,只拍这一部戏,不进娱乐圈。"

"我会尊重你的意愿。"我如释重负。

当陈都灵终于在北京首都国际机场落地的时候,离开机时间只有短短的十天,谁都为中途进入且毫无演艺经验的她捏把汗。

好在,她真的长得和我心目中的小耳朵一模一样!

3

没想到，第一次去上表演课，陈都灵竟然得到了表演老师的大力表扬。

好景不长，没过两天，陈都灵就在表演课上重重地挨了剋，原因是和别人对戏的时候，她总是笑场。

老师罚她面壁。

我问她："干吗老笑？"

她说："不知道为什么，一看见杨洋的眼睛我就想笑。"

这种情况后来在厦门也发生过一次，只不过那一次她的对手换成了欧豪。等她笑完，欧豪非常严肃地对她说："小耳朵，这真的是一件很认真的事，不许笑。"

"对不起，对不起。"陈都灵连忙道歉。

"没关系。"我拍拍她的肩。

我知道此时的她需要的是自信和鼓励。笑，不过是她掩饰自己胆怯的最佳方式。

"有关系。"她说，"我绝不会再笑场了，相信我。"

2014年8月10日，历尽千难万险，我们终于开机了！

像明星一样去战斗

我去片场探班的时候，正在拍小耳朵多年以后回到天中遇到张漾的戏。大热的天，有朋正陪她在走位，走到哪里应该要停一下，走到哪里应该往哪里看一眼。

我问："她怎么样？"

有朋说："没问题，她记忆力超好，你跟她说一步步该怎么来，她全都能记住，台词也是一个字都不会错。"

但紧接着，大家就发现一件要命的事，不知道是不是太紧张的缘故，光线稍强一些，都灵就会不停地眨眼睛，而且她眨眼的频率非常之快，用有朋的话来讲，苍蝇都能被她的睫毛瞬间夹死！

后来，只要她一眨眼，有朋就会坐在监视器前大声吼她："看看地下有几只，自己数一数！"

因为她的眨眼问题拖了进度，我们的金牛座制片人焕焕急得拍脑门儿叹息："完了，完了，我的钱全快被她眨没了！"

拍了两天戏，陈都灵第一个被抓去剪辑室看回放。看到自己眼睛眨啊眨的，她眼泪都快要下来了。剧组负责她现场表演的刘超教了她一个好办法，让她对着镜子看自己，练习不眨眼。

她有时候一练就是好几个小时，只要有空，她就摸出小镜子来，不知情的人都以为陈都灵太爱美了。

看样片的时候，很多人看到最后几场戏，都说陈都灵到后面越演越松弛。我总是偷着乐，因为这些戏其实是在最开始的那几天拍完的呀。

4

对于陈都灵而言，整部电影最大的挑战是"哭戏"。

她一直担心到了现场哭不出来怎么办，大家就教她："想想你最不开心的那些事。"

她叹口气说："也没有什么不开心值得哭的呢。"

第一场哭戏是在棚里拍的。不幸被她言中，重拍了二十多条，就是哭不出来。棚里高温近四十摄氏度，连续几个小时反反复复地拍摄，令所有人都感到不安和烦躁。一直熬到大半夜，陈都灵这才终于掉下来几滴眼泪，勉强过关。

"她太理性了。"刘超对我说，"又没受过专业训练，她真的尽力了。最后能哭出来，应该是对大家感觉抱歉才流下的眼泪。"

因为对这场戏始终不满意，几天后，导演选择了重拍。

那一次我也在现场，拍到第六条的时候，陈都灵的眼泪自然而然地流了下来，整个表演一气呵成，令人动容。

咦？她是怎么做到的呢？

"导演让我想想我最担心的事，我就想到我妈了，我担心她会对我失望。"都灵说，"那一刻我的眼泪忍不住了。"

妈妈是都灵的软肋。自从进组以后，妈妈怕打扰都灵，很少探班。即便来了，也远远地看女儿一眼就走。

5

电影杀青的时候，我和都灵已经成了好朋友。

"谢谢你当初选中了我，你说得对，我的青春从此多了一份最美好的纪念。"她对我说。

我和有朋常常聊起一个话题，说不知道我们找都灵来拍这部戏，对她而言到底是好事还是坏事。我们知道这部电影上映后，将有很多的人对她津津乐道，和她有关的所有真实的不真实的故事都会被广泛传播。那时候的她，不是轻松删掉微博就能解决所有问题。

她能面对吗？

我对她有足够的信心。她一定比我们大家想象的都要勇敢和聪慧。

谢谢你，我从天而降的小耳朵。

像明星一样去战斗

"大哥"是怎样炼成的

◎ 刘珏欣

摘掉墨镜,揉揉黑眼圈,疲惫地说:"拍照啊?要不还是先聊吧?"头一天,半夜12点回到家后,成龙开始跑步。儿子已经睡了。在问过老婆林凤娇,知道儿子是9点多睡的以后,成龙表达了对儿子惯有的不满:"我总觉得我比他勤奋。我得叫他过来看看我在干什么,我也工作了一天,开了8个会,从早晨坐到晚上9点半,然后再研究下部戏的剧本。回家我还跑步。"

他还会骂儿子带4个助理:"我说你老爸才有一个助理,那个助理是帮我写字的,如果我可以写字,一个都不用带。骂了之后,他现在就一个了。你看现在国内一些演员出来,哗,七八个。范冰冰一见到我,就冲助理们挥手:走开!走开!大哥该骂了!"成龙捏出细细的声音,"我说:哇,一看这个场面,范冰冰到喽!讲了一次,她以后看见我就赶开助理。没有信心的人才比这个。"

这天晚上,北京骤然降温10摄氏度,迎来入冬后的第一场雪。哇啦哇啦的一片喊冷声,也没挡住在一场时尚晚宴后,成龙照例拉着工作人员去聚会聊天儿。

"如果在外地工作,每天晚上大哥都会拉所有人去他房间聊天儿,不管你是演员、重要的工作人员,还是最普通的工作人员,全都没差别地坐在一起,直到谁瞌睡了谁回屋睡觉。"与成龙合作的公司的一位工作人员说。

"规矩"和"控制"是成龙话语里的高频词。聊到任何话题,他都可能拿出拥堵的交通状况来举例子。

他小时候在师父那接受的规矩甚至包括:如果掉一颗粒饭,就一个大嘴巴。"你看我们这一代,洪金宝、元彪,我们吃饭有没有一粒掉在台子上面?没有。"

现在,回到家,他一定会把鞋子规矩地摆好。"你去看我儿子的鞋子,永远是一只在这儿,另一只翻过来在好远的地方。要么就穿着新的白袜子走来走去。脚底会黑的,他自己不洗,不知道多难洗。我自己洗鞋子袜子,我知道。"

王中磊作为合作方去《十二生肖》剧组探班的时候相当惊讶:"这是我看见过的中国剧组里边最整齐、最环保、最安静、最有规矩的一个。其他几百人的剧组,好多都乌泱泱的,比较混乱。他这个剧组非常熟练,有一点点江湖气,你会感觉似乎有一根定海神针在那儿。"

成龙可能出现在剧组的任何一个角落,甚至分发饭菜的时候。他会在一两分钟内吃完,然后四处跟吃饭的人说第一多吃点儿,第二别浪费。之后他会出现在收餐具的地方,动手摆整齐,或者扯着一个大垃圾袋去收垃圾。

成家班的武术指导伍刚说:"不时有其他剧组来参观,因为我们特别井井有条。"取矿泉水的地方,一定放着一支笔,你拿水的时候就得在瓶盖上写下名字,免得喝几口放下后,不知道哪瓶是自己的了。"每次喝完水,大哥都会把瓶子捏扁。有大家没喝完的水,他会集中起来带走,倒在树下或者草丛里。他说我们地球已经缺水了。出每一个房间,他一定记得关灯。"

这听起来容易让人将信将疑。可不论成龙早年的身边人还是现在的身边人,聊起他都会说"他绝对不让剩饭""他出门会吼着叫大家关灯"……

像明星一样去战斗

绕到背后去看NO

◎《意林》编辑部

汪涵刚出道当主持人的那几年，有几招特别好使，收获掌声不断。一是活力四射，什么事都可以豁出去，在舞台上打滚，男扮女装，演老头儿、老太，恶搞；二是停不下来，人像被掏空了一样，一上场，嘴往那儿一放，就说话，都不知道自己说什么，套词、水话一大堆。这样就不会冷场，导演希望你这样控制场子，观众图的也是那么点儿热闹。

可是30岁以后，汪涵觉得这样的套路用得越来越心虚，说过的话都不能回想，一琢磨，台上观众的掌声说不定就变成了臭鸡蛋。站在台上，你看到观众团的席位上举着的牌子都是"赞同"，但偶尔坐到台下换个角度去看，背面都是"反对"。也许这才是真实的现场反应，只是在台上，观众给你个面子，让你逗着乐乐，如果你端给观众的餐点永远是水货，那么终有一天，背后的"NO（反对）"就被翻出来了。正是在这种诚惶诚恐的心态中，汪涵开始转变主持风格，让台词不再像羽毛，说出口的那一刻就轻飘飘地飞走，而是像《骇客帝国》中的子弹，停滞、推进、游刃有余，击中观众的心。因此他与观众的互动不再是不停地逗乐儿，填充废话，使观众无暇回过神儿来思考，而是适时沉默，循势而动，语言上画龙点睛，留足余味，让观众去期待。

有一次，在《天天向上》的录制现场，一位女嘉宾上场，斜上方的灯燃了，喷出火花，虽然不大，也轻微灼伤了一位嘉宾。燃爆的刹那，旁边的几位主持都闪开了，汪涵没动，他淡定地对被灼伤的嘉宾说："你肯定会火！"台上台下哈哈一笑，化解了尴尬的情绪。连长沙的出租车司机都会说，汪涵比以前成熟了。

有时候阻碍一个人前进的，恰恰是暂时热闹的掌声和喝彩，是从高台上看下去正面那个永远符合场景需求的"YES（赞同）"，如果你迎合，满足于此，那么你就停留在浅浅的沙层上，甚至被醒过神来的观众抛弃。而最后能够挖掘到深处的甘泉的，是换位思考，放下身段，有心绕到背后去看"NO（反对）"的人。他们不被表面的赞扬所迷惑，而是时时思考，时时追问，查漏补缺，修正、提升自己。然后你就会发现，"士别三日，当刮目相看"。

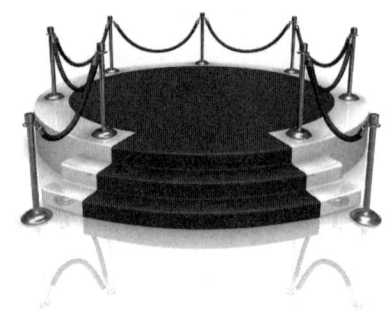

难搞的价值

◎小飞刀

那是一个时间非常赶的通告,一个小时要完成推介、互动和采访。艺人统筹是个刚参加工作没两年的小姑娘,忙了两天后苦着脸来找我诉苦:"别人都还好,就D不配合,特别麻烦,特别霸道,特别事儿,真是名不虚传!"

在娱乐圈里,D的确是出了名地"难搞"。拿这次通告来说,别的艺人参加活动40分钟,他只给20分钟,而且打了招呼"一分钟不耽误""到点就走";别的艺人可以群访,D根本不参加,只给个别媒体留了专访时间,而且要提前三天拿到采访提纲;别的艺人对活动流程没有异议,而D却提出了很多修改意见。关键D还是主办方必须配合的艺人,几个回合下来就让小统筹招架不住,叫苦不迭。

与D差不多同时出道的另一位艺人Z就不同,他也参加这次通告,但是他就很好说话,对流程、问题、安排通通没有问题,小统筹掩饰不住对Z的欣赏:"Z那样的多好,D这样的太烦人了!"

我说那可不一定,小统筹不明白。她经验还少,尚看不清这一行背后的玄虚。

等到了活动当天,大小事情都在紧锣密鼓地往前推进。在活动进行到D的环节时,非常顺利地过了,让所有把心提到嗓子眼的人都松了一口气。

可是马上小统筹就急得满头大汗来找我，说Z那边出了问题，他对上台的位置不满意，对流程的安排不满意，对采访的环节也不满意，之前他一点儿异议都没有的地方，到了活动现场却花样百出。

幸亏准备了备用方案，又费了一番唇舌和周折，才把Z的问题最终解决。活动结束后，小统筹在一旁发呆，这样的活动筹备对她来说是第一次，却出现了这样让人意想不到的状况。虽然最后解决了，但心里的感受可想而知。

看着小统筹郁闷的表情，仿佛看到刚入行时的自己。

那时候我是多么讨厌D这样难搞的明星啊，事儿得要死，麻烦得要死，要求多得要死，所以我总是选择那些很好说话、很没要求、很不难搞的艺人合作。但是很快我就发现我错了，因为一旦事情发生，那些霸道的、麻烦的明星通常都很配合，而之前没要求、不麻烦的艺人常常会临时提出各种令人头痛的要求，而此时已经没有了更改的余地。

拿D来说，整个活动他的团队的确非常"难搞"，每一个细节都要了解清楚，觉得不合适的就提出修改意见，而他们提出的意见经常是主办方可能忽略的关键性的问题。尽管过程充满磨合和沟通，但D对整个活动的方方面面也是最了解的。从我的经验看，难搞的明星通常都是合作过程最痛苦，但合作结果最愉悦的。

"那Z为什么会这样？"小统筹还在为Z前后的判若两人耿耿于怀。

"艺人就是艺人，事先没要求并不意味着真正没要求。事到临头才提出来，只能说明他准备得不够充分。"事实也的确如此，比如我们提前三天就把活动场地、背景、布置现场图发给了包括D、Z在内的所有艺人，这也是D的要求，而Z却到了现场才发现自己穿了一件跟背景主色调几乎同色的服装，而D却格外醒目。

所以尽管差不多同时出道，而且Z的各方面条件似乎还要比D好，但现在的结果却是D已经成功跻身国内一线明星行列，而Z却依然在二三流中徘徊。

像明星一样去战斗

金宇彬：
特立独行的技术者

◎舞若夕

因为在《继承者们》《朋友2》中的出色表现，金宇彬成为"韩流大势"，除了广告、活动不断，为画报日程不停奔走。《技术者们》是金宇彬迎接2015年推出的跨年之作。金宇彬的星光魅力正在蔓延。

绝非传统花美男

当红的韩国男演员少有不帅的，尤其是在流行"花美男"的今天，但金宇彬绝对是个特例，他称自己是个长相特别的家伙。粉丝们对他的称呼更是与众不同，除了金宇彬，还有几个韩国男星会被自己的粉丝亲昵地称为"大恐龙""鱼饼"？还有媒体专门起了个新名词："丑帅男"。

身高接近一米九，从模特出道，到转型进入影视圈时，圈子里并没有多少人看好他。但独特的样貌和气质反而很快让金宇彬在圈里变得亮眼起来，哪怕是出演某个小角色也能获得超强的存在感。

长相酷酷帅帅的金宇彬，就这样走上了"问题少年"的道路：在电视剧《绅士的品格》里，他是爱逃课、爱打架、不怎么听话的学生金东侠；在《学校2013》里，他是面相凶煞、脾气暴躁的问题生朴兴秀；在《继承者们》中则饰演了一个爱欺负同学的嚣张高智商少年崔英道；在他主演的电影《朋友2》中，金宇彬更是21世纪流氓的代表……

"坏小子"的圈中好人缘儿

在《技术者们》里,被问及和金宇彬的合作,李炫雨说:"宇彬哥,别看他演的都是霸道的角色,私底下其实是一个很好的人。"

现实中的金宇彬温柔有礼,在戏里他打群架、欺负同学、顶撞老师……但学生时代的金宇彬却是个不折不扣的资优生,据说还曾考进全校前五名,当班长,高中三年有着全勤的优良记录。

有人问他觉得自己算不算童颜,金宇彬深沉地点点头:"我现在的脸就是高中时候的脸。"但话音刚落,他又笑起来说,"那时周围的人安慰我说这种脸会保持到老不会变,这句话很受用,我现在还想着这话安慰自己。"

金宇彬在圈内的人缘儿很好,任昌丁、刘五性、全度妍等许多韩国演艺圈的前辈都选他为"喜欢的后辈"。而众多圈中好友中,有一个名字不

能不提，那就是同为偶像明星的李钟硕。

金宇彬在模特时期和李钟硕就成了朋友，在共同搭档出演电视剧《学校2013》后，友谊升华，好到让许多腐女都忍不住将两个人扯上"荧屏情侣"。

金宇彬说李钟硕是自己一辈子的好朋友，但乐得配合粉丝们开玩笑，他说"不介意和李钟硕拿最佳情侣奖"。

君欲戴王冠，则必承其重

14岁时立志成为模特，19岁时已经是众多时尚设计师的御用男模，而后转型，从2011年那个初出茅庐的影视新人到热门的韩流明星，他只用了三年。

高中时金宇彬身材纤细，为了成为模特，他一口气增重12公斤。因为接触现场走秀的机会不多，他一遍遍地查看相关录像，学习模特姿态。为了掌握身体的韵律，他特地学习了芭蕾舞和爵士舞，高中毕业，他终于如愿考上了大庆大学的国际模特系。

成为名模以前，金宇彬一直对进入模特行业的艰辛闭口不提。于他而言，为理想付出是理所当然的事："你想要得到什么，必然要先付出什么。"如果要与年少时的付出相比，他更愿意表示感激，"初一的时候第一次告诉父母我想当模特，当时性格非常内向，老师看到我写的未来理想是当模特时，甚至还嘲笑我，但是我的父母非常支持我，如果换作我是父母，我可能不会这么容易就答应，他们真的很伟大。"

金宇彬的座右铭是："上帝对每个人的试炼，都是其所能背负得了的分量。"为了达到目标，他勤奋、努力、认真、谦逊，这样为理想坚持的人，必定星途璀璨。

第四章

星讲堂：
终于赢得表达的权利

　　做一个努力的人是我的选择，我觉得我不聪明，我没有别的方式成功。我唯一能够让大家喜欢我的方式就是通过我的努力，通过我的"不要命"。因为我是一个木头，我是一个后天必须要努力的人。

——黄晓明

当我 50 岁，仍愿意重新出发

◎ 刘玉翠

小时候我很喜欢看电视，觉得那个小小的箱子里面很神奇，他们的生活都好精彩，唱歌跳舞演戏。而小小年纪的我，也梦想着有一天可以走到箱子里面，过着跟他们一样不平凡的人生，后来我知道他们叫作明星。我报读了戏剧系，1000 个人当中，他们才收 25 个人，竟然，他们收了我。

在大学三年级的时候，我有一个机会参演我人生的第一部电影《庙街皇后》，成绩非常好，凭借这部电影我拿到了第十届香港电影金像奖最佳女配角和最佳新人奖。当时很多人都以为我会前途无可限量，如果留在电影圈发展，我肯定可以发展得很好。可是我却选择了回到电视台里面，当一个电视演员，可能就是因为我小时候的一个小小的心愿——走进箱子里面，过着不平凡的人生。

我放下了所有的荣誉，踏踏实实地去当一个演员，不能够当主角就去做配角，我要让观众记得我演的每一个角色。

那个时候我跟张卫健是"情侣"，我们都调侃对方是"青春偶像实力派"。那个时候时间过得很快，我用了十年的时间，用演配角让大家都认识了我，那个时候很开心，走在街上面大家都叫我"阿紫阿紫"。我真的很开心，因为虽然我演的是配角，可是这证明了我的实力。

然后我觉得我已经准备好了，我的时间到了，我应该可以当主角了，我应该像他们一样做受人追捧的明星，我应该大红大紫。我已经准备了十年了。可是命运就这么弄人。我没有准备好的时候，它给了我那么高的荣誉；可是当我苦苦追求了十年的时候，它没有给我一点儿希望。再往后的几年我真的很拼命很努力地去当明星，我要大红大紫。

可是无论我怎么努力，怎么拼命，我都没有大红大紫，我只有"紫"而已，所有人还是在叫我"阿紫"。我不希望我辛辛苦苦演戏演了那么多年，我才只有一个"阿紫"。而我身边的人呢？他们已经成为了明星，成为了耀眼的主角，而我呢，我还在那里当配角。我羡慕、嫉妒、害怕、愤怒，我害怕别人在我背后谈论我，我害怕别人知道我拿过奖，然后我开始抗拒演戏，甚至恐惧演员这个身份，最后，我得了抑郁症。

我记得有一天拍外景的时候，突然之间我的心情就"咻"地掉下去了，没有什么原因，我好害怕，我真想在地上挖一个洞，把我的头埋进去，然后我就可以不用面对外面的世界，不用面对我自己，人家也就看不到我了。我把自己锁在房间里面，一遍又一遍地问自己，"当初你为什么当演员，那只不过是你小时候多么可笑的一个想法。我刘玉翠根本不适合做演员。"

然后我学习了很多技能，参加了很多技考，我去学美容，我去学医疗，我去学保险，我考了地产的执照，我对所有人说我要转行。我解除了和无线电视台合作多年的关系，我现在不用演戏了，我自由了，可是当我真正自由的那一刻，我却犹豫了，我问自己，你舍得吗？好的，我再演一遍，就最后一遍。

当我用我人生当中最后一次演戏的心态走进片场的时候，我发觉一切都不一样了，以前觉得烂烂的剧本、烂烂的词，现在背起来却觉得津津有味，以前为了快点儿收工拍一次就能够过的镜头，我现在多想导演能够多拍几遍。能够站在聚光灯底下，跟所有的同事有说有笑地开工，是多么幸福的一件事情。

突然之间，我好像明白了，我是演员，我不是明星，明星是那种天生

丽质,一出来就很多人关注他的那种,可是我不是,我就是一个演员,演员的责任就是要把戏演好,把角色演好,无条件地通过剧本跟角色,把自己的人生经验跟观众分享,如果演员愿意的话,可以演到八十岁。

当我考进演艺学院,当我拿着金像奖奖项的时候,所有人都以为我已经梦想成真了。可是只有我自己知道,当我认可演员的身份的时候,当我现在快五十岁,仍然愿意重新出发的时候,我才可以跟所有人说,那天站在别人家门口,偷偷看电视的小女孩,她的演员梦想实现了。

我是刘玉翠,我是阿紫,我会演戏演到八十岁。

贾斯汀·比伯：
12岁懂得自己的优势

◎［美］贾斯汀·比伯　编译／曾桂娥

上中学的时候，班上的大多数女生都比我高。我最痛恨让她们多一条不跟我约会的理由，所以，单纯做个好人似乎是个不错的点子。我还觉得最好把音乐方面的事情保持低调，做一些确保自己能够看上去很酷的事情——运动。

我觉得我很早就明白：尽管我个子比较小，但是我不应该关注自己的身高，不应该让它成为阻挡我努力实现自己梦想的绊脚石。对于那些人，我没什么好证明的，就像我也不会向现在努力扳倒我、讨厌我的人证明什么一样。好斗并不是我的本性，但是，对于我信仰的东西，我捍卫到底。如果有人对我的朋友或者妈妈说三道四，我会让他们知道：后果很严重。如果有人推我，我也会更给力地推回去。

外公总是告诉我："最好地利用你自己的优势。"我想你们也可以把这句话运用到你们的生活中。

听过我的音乐的人并不多，但他们总是不断告诉我："伙计，你很不错。你应该去参加《美国偶像》。"但是，你只有到了16岁才能参加——跟你拿驾照的年龄一样。对于一个12岁的孩子来说，那似乎是一百万年之后的事情，所以我从来没有多想这件事情。

斯特拉福德明星大赛是一个类似的比赛，只不过规模小一些：12到

18岁的孩子都可以参加，要经过一系列的淘汰赛。报名费是两美元。我们的评委不是兰迪、西蒙和保拉，而是本地的音乐人士，比如教会合唱团的指挥、高中音乐老师等。我们的主持人不是《美国偶像》的瑞恩·西斯莱斯特，而是组织过暑假音乐节的一个漂亮女生。

大奖是一个麦克风，你能用它在自己电脑上录音，还有你可以去当地一个录音棚录音几个小时。

我觉得这个奖品很有趣，但是我更喜欢在人们面前站起来秀音乐，感受一下那到底是什么滋味。因为我曾经在比这儿的观众多得多的人面前打过篮球和曲棍球，所以对于表演我并不紧张。

但是，这是我第一次在众人面前唱歌。管他呢，有什么好害怕的呢？认识我的人并不多，并且都是爱我的人，其余的人都是陌生人。所以，即便我唱得不怎么样，以后我可能再也不会遇上他们。尽管我们都知道我参加比赛只是为了好玩儿，但是我觉得妈妈比我更紧张。

他们的热情给予我力量，那种感觉真的很棒。在两段歌词中间的音乐华彩章节，我更放得开了，空手做出吹萨克斯的样子。

我把那种强烈的蓝调感觉自如地演绎出来，真希望艾瑞莎会因此感到骄傲，现场响起了热烈的掌声，还伴随着那些女孩的尖叫声，所以我学着迈克尔·乔丹举起手臂，用表示胜利的经典手势向他们致意。那些比我大的选手已经上过好几年声乐课程了，他们真的很棒，但是——哇！女孩儿们都在为我尖叫。

我一直杀进比赛的最后一轮，我是其中年龄最小的选手。决赛之夜，表演结束后，一位评委把比赛的前三名请上舞台。首先是一位漂亮的金发女生，身材高挑，受过正规的声乐训练，唱得很动听；另一位是黑皮肤的美女，比前一位高挑儿，更训练有素，唱得也更动听；最后一个是我，一个穿着宽松的牛仔裤的12岁男孩。但是被漂亮的女孩子环绕，赢也好，输也好，我毫无怨言。对于这一切我真的感觉非常棒，但并不自大。

最后，我得到了第三名……呃，是多少人来着？我看看啊，我猜是……三个人。他们当时只宣布了冠军，在很长一段时间里我都以为自己是第二名，这还让人好受点儿。但是，不是。

外公告诉我："即使输了，你也不要觉得自己是个失败者。如果你能从中吸取教训，比起以前你依然在进步。"

"我们为你感到骄傲，"外婆说，"记住，你是为了好玩儿才去参加的，的确很好玩儿，不是吗？你难道没觉得有趣吗？"

妈妈说："你激动吗？"

"是的，有点儿。等演唱临近的时候应该会更激动。"我回答道，努力让自己听上去不那么沮丧。

妈妈紧紧地拥抱着我："你表现得非常棒，贾斯汀。我希望每个人都看到了你的表演——所有的家人和教会的朋友。我录下了一些精彩视频。我会放到视频网站上去，这样每个人就能看到你的精彩表演了。"

像明星一样去战斗

不要跳着拿东西

◎ 罗志祥

小时候，我每次因为个子不够高，要跳着去拿高的东西的时候，就会被我妈骂。

这种经验应该是很多人都有的，因为那样很危险，你可能会因为落地脚没踩稳就受伤。有一次在壁橱里被我拨空的电扇掉了下来，把我的头砸出了一个红肿的大包。

高中的时候，经济状况并不好的爸妈，在我的苦苦哀求下，终于花了几万块帮我买了一台摩托车。买来后我又一发不可收拾，陷入改装摩托车的狂热，甚至还偷偷跟朋友借钱，只为了把那台小车改得又狂又炫，好跟许多同学较劲……

突然有一天，它被偷了——我在第一时间打电话回家，我只敢跟爸爸说，然后请他来接我。

"妈妈知道我车子不见了吗？"我一见到爸爸就赶紧问。我从爸爸的表情就知道惨了。

我是从大门飞出来的那杯豆浆，知道我妈应该正在吃夜宵的，噢！还有饭团、还有在空中支解的半颗卤蛋……

我跪在墙边，脸上还有饭粒，听见我妈像一头狮子，在我身后发出怒吼："没那个头儿，就不要戴那个帽子！"我愣了一下，（我丢掉的是摩托车呀！

怎么是帽子？）又听见母狮子更大声的怒吼，"你如果不要改装那台摩托车，不要那么高调，满街的摩托车他不偷，干吗偷你的！"

那是我耳膜爆裂、双腿酸痛的一整个夜晚。我看着白色的墙壁，这是爸妈好不容易才买的自己的房子——我知道爸妈在背负贷款后，还要硬买那台车给我，已经很不容易了，我还在那台车子上花了那么多钱……我盯着墙壁，灰白的墙壁上，好像写满了我的后悔……

我以为我很小就懂的道理，一个自恃双腿弹性好，就很爱跳高拿东西的小孩儿，被妈妈骂了无数次才学会的道理：不要用跳的方式拿东西。

那一刻我才真的懂了……

后来的我总是谨记着那个道理。

人生前进最好的办法就是脚踏实地，不要贪快、不要贪心，不要用跳的方式，去强拿你奋力所摸不到的东西。

所以每当我有一千块，我最多就花掉三百，绝对不做超过实力的事情；所以我后来从小摩托车换成重型机车，后来又换成小房车、大房车、休旅车，按部就班，最后才终于换成我想要的跑车。

当然我偶尔也会迷惑，也会迷惘，也会忍不住在往后的人生道路上又想偷偷踮起我的脚尖。可是我的耳边马上就会响起妈妈说过的那句话。

那一天，我走进客厅，那是我终于买下的第一间房子，前方的落地窗好大，窗外辽阔的视野，远方有绿地、高架道路、好多的人和车子……这真是一间我梦想了好久的房子，我终于买下它，在我租了七年的公共房屋之后，我终于完成了自己的梦想。

我知道那是我脚踏实地、终于完成的梦想。我很骄傲、很安心，因为那是我用心努力，最后得到的结果。

然后我真的就高兴得掉下眼泪，自己都觉得莫名其妙，但我就那么高兴得哭了起来。

我知道那是因为我又想起了妈妈说过的那句话。

像明星一样去战斗

"苏珊大妈"的梦想自白

◎［英］苏珊·博伊尔 编译／张 悦

童年：爱尖叫的卷毛头

我的故事真正始于1961年4月1日，我出生的那天。

我在保育箱里待了几周后，医生才允许父母带我回家。他们说，围产期缺氧可能会让我的大脑受到点儿影响，"最好接受这个事实，苏珊可能不会有所成就，所以不要对她期望太高"。

我相信，他们是出于好意，但我认为他们不该那么说，因为没有人能预言未来。

他们不知道，我是个充满斗志的人，我一生都在努力证明他们看错了。

小时候，我经常被父母带到医院复诊，每当临近下一次体检的预约日期时，家里的气氛都会发生变化。我那过去总是边做家务边唱歌的母亲，开始变得沉默寡言，我向她提问时，她也变得特别有耐心。我还受过矫正牙齿之苦，很晚才学会走路。我在爱丁堡皇家儿童医院做过许多身体检查，包括因为疑似脑膜炎而做的腰椎穿刺，还因为癫痫而进行过脑部扫描。

我被诊断出有多动症，还有学习困难症，因为我很容易分散注意力。拿今天的话说，这可能叫注意缺陷多动障碍，但在20世纪60年代，人们这方面知识匮乏，多动症往往会被当成精神病那样治疗。我坚信，他们给我打上那样的标签绝对大错特错，因为我父母对这种疾病心有余悸。在那些年月里，学习困难症还被看作是件耻辱的事。

母亲：苏珊，你给我站起来

母亲照顾了我人生的大半辈子，她是我的守护者，就像磐石一般给我依靠。

2006年的圣诞，妈妈告诉我，这会是她最后一个圣诞节。"苏珊，我活不了多久了，"她告诉我，"我希望你能照管好这个房子，照顾好小猫'鹅卵石'，还有记住，你是我肚子里出来的。"

我一直没有理解她为什么要说最后那句话。我想她是想告诉我，要跟她一样坚强。

"答应我，你会做些有意义的事情来度过人生。"她说。

母亲一直很爱听我唱歌，但是，她现在也不会再听我唱歌了，所以我也不再唱了。

墙上挂着的画是妈妈照着我小时候的一张照片画的，画中我还坐在一部童车里。有一天，我开始想，如果妈妈看到我现在的状态，会说什么？

答案清晰地传来，就仿佛她对着我的耳边说话："苏珊！赶快给我站起来，做点儿什么！"

英国达人秀：那晚发生了什么

海选前那个晚上无比漫长，胃里翻江倒海了一整夜。晚上7点半，我终于听到了工作人员报我的名字。那一整天，我其实都没怎么感到紧张，但现在，我心里突然如小鹿乱撞。等了那么久，突然我就没有时间了。我告诉主持人我斗志正旺。但事实上我双手直抖，口干舌燥，很想上厕所。

我对自己说："好吧，你要么厚着脸皮表演，要么紧张得在众人面前丢脸，但看在老天的分儿上，不管怎样，你现在都得上台去！"于是，我大踏步上了台，双手紧贴屁股——这个来自布莱克本的女人，顶着鸟窝头，

穿着金色连衣裙，双膝打着战就这么登台了。

我听见观众群中传来几声嬉笑。我意识到，已经有人开始嘲笑我了，但我这辈子被嘲笑的次数太多了，因此很擅长冷面置之。我要唱音乐剧《悲惨世界》中的插曲《我曾有梦》。因为我觉得这首歌说出了我的感受。我刚失去了母亲，仍然面对凄凉孤单的未来无所适从。我很寂寞，也很沮丧，因为我觉得我的生活不会改变了。这是一首很有力量的歌曲。

于是我张开嘴巴，开始歌唱……

第一个发言的是皮尔斯："毫无疑问的是，你是我参与这个节目三年来见过的最大惊喜。之前你站在这里，大言不惭地笑着说'我想成为忆莲·佩姬那样的明星'时，所有人都在讥笑你的不自量力。但是现在，再也不会有人讥笑你了……"

这段话到了我的耳朵里，只剩下"所有人都在讥笑你"。

一巴掌就把我从天上打落到地狱。

第二个说话的是阿曼达·霍尔登："在所有人都不看好你的情况下，你今天的表现实在令我太激动了。我真诚地相信，我们所有人都会反省不该以貌取人……"

我只听见了"所有人都不看好你"。

又是一记重拳。

最恐怖的就是听西蒙的评语了，因为他总是毫不留情地说出真相。他说："苏珊，从你站上舞台的那一刻起，我就知道我们将大饱耳福。我猜得一点儿都没错！"

"噢，西蒙！"我心里的大石头终于落地，他竟然说得那么幽默，毫不苛刻。

"你是头小老虎，我说得没错吧？"

"我也不知道啊。"我含糊地回答着，还傻气地扭动了一下，真希望大家没误会我的傻动作。

皮尔斯率先表态："我给她我评审生涯中最毫无保留的一票支持！"

我又做出了令自己不敢相信的一件事，我竟然又给了他一个飞吻。

然后阿曼达说："晋级，毫无疑问！"

剩余不多的理智告诉我，根据比赛规则，获得两票支持就意味着我将晋级下一轮选拔。

"你确定，阿曼达？"我迟疑地说。

然后西蒙说："苏珊·博伊尔，高昂起你的脑袋，回到你的小村庄去吧，三票支持通过！"

事实上他说的我一点儿都没听到，因为整个剧院又再次沸腾了，我激动得手舞足蹈，但随即想起自己还在舞台上，好歹也该有些淑女的模样，于是赶忙微微屈膝，行了个礼。

在清晨的寒意中，我瑟瑟发抖地推开家门，打开门厅的灯。"鹅卵石"跑来蹭着我的双腿打转，我们进了厨房，我给她盛上晚了很久的晚饭。然后打开暖气，陷进沙发里。终于可以脱掉高跟儿鞋，动一下酸胀的脚指头。我已经彻底筋疲力尽了，却还不想上床去睡觉，生怕闭上眼睛再次醒来时，发现这一切不过是一场梦。

吃完晚餐后，"鹅卵石"溜进房间，跳上了我的大腿。

"你绝对猜不到我今天干了些什么。"我轻轻地说，捋着她背上的毛。等到她眯起眼睛进入梦乡之后，我告诉了她今天发生过的所有的事。

胖亦能立

◎张 越

我天生就胖，刚刚十来岁时，走在街上，就有人窃窃私语："嘿，那姑娘真够胖的呀！"习惯了那些灼热的目光后，我最大的愿望就是所有的人都看不见我，于是专门穿黑色和灰色的衣服，想把自己隐藏起来。

从首都师大中文系毕业后，我做了中学老师。我对异性的吸引力接近于零。有位老大姐劝我："你该减肥了，要不都成老姑娘了。"我决定好好减肥。

我的减肥是一场闹剧。

据说烟民多半胖不了，我连咳嗽带喷嚏地学会了抽烟。抽了一个月，又胖了三斤，我的月开支多出几百元。听说喝红酒有助于减肥，我开始喝。一个月十瓶红酒都打不住，我酒量见长。

我紧急叫停了减肥计划，不得不想办法赚外快来支付那些额外的账单。电视台的朋友让我写点儿小品本子试试，这一试，就试出了名堂。我的第一个小品在《艺苑风景线》播出，导演、制片觉得还行，于是春节晚会的小品也让我写起来。

一次跟朋友去歌厅小坐，我见到一个女歌手在唱一首叫《雪域光芒》的歌，歌喉很美妙，可看看她本人，比我还胖。朋友说，那个歌手叫韩红，因为肥胖，没有歌舞团要她，只好在歌厅唱歌。那一刻，我觉得什么东西触动了我的某根神经。她唱完，我点了个花篮送给她。不一会儿，韩红拿着一瓶啤酒过来谢我，说这是她唱歌以来收到的第一个花篮。我说："我们都是重量级人物，迟早有一天，会在万众瞩目之下面对面……"

回家后，我觉得自己不能在中学里混吃等死了。胖，怎么了？我的斗志第一次熊熊燃烧起来！

那时，《半边天》栏目有个小板块叫《梦想成真》，拍摄一些女性在一天内实现梦想的过程。那些女性不是想当歌星就是想当模特。有人推荐说："有个叫张越的胖女人想当厨子。"导演乐坏了，与我一拍即合。

我对美食从骨子里透出来的含情脉脉，让我的表演出尽风头。导演夸我的表演松弛且有灵性，问我是否愿意转行做主持人，愿意，当然愿意！

第一期节目，我就把韩红作为嘉宾请进了中央电视台的录播间。我要让所有人看看，除了那些卖相好的歌手和主持人，还有我跟韩红这样卖相不佳但内秀的人物存在。很多人说我主持节目有"江湖气"，但是效果非常不错。就这样，我在央视坐稳了位置。

事业上的成就给了我很足的底气。

我不再惧怕和别人在一起，穿大红大绿的衣服，做各种夸张的手势，用大嗓门儿说话。我一度醉心于此：在电视上到处露脸，今天谈做饭、明天说香水、后天侃就业、大后天聊女权主义……

后来，一个著名杂志专门撰文对我形象的混乱和四处露面表示了严重的质疑和批评。我承认我那段时间是晕眩了——我以前是那么自卑的一个人，突然之间得意了，就觉得特别美。

有了这记警醒，我发现了自己的无聊与无趣，发现了从众的盲目与空虚。我开始远离喧哗浮躁的场景，用批评的眼光反省自己，审视声名与事业、人情与爱情、男人和女人，试着用自己的语言表达出自己的内心感受与意见，慢慢地把性格锻炼成个性。

在流俗之后，我终于把自己立了起来！

《新闻联播》男主播这样炼成
◎康 辉

被并不属于自己的光环笼罩时

我的成长没有太多曲折，1993年大学毕业，1994年到中央电视台工作，到基层电视台做了半年多的实习和锻炼。实习的时候，新闻没有那么多，而且没有直播，一切都是按部就班的录播，每天工作的节奏都差不多。但是在我正式开始工作两个月时，中国电视新闻开始发生非常大的变化，我工作的环境、内容和要求都发生了非常大的变化。这种变化对我影响最多的是，开始有直播。

还记得第一次直播《新闻联播》时的状态，我最紧张的时候真的听到了自己心跳的声音。当时我完全不知道自己到底该干什么，仅仅是非常机械地坐在那里。经历了狼狈的第一次，从最初紧张得手足无措，到慢慢地知道从哪一步开始，其实这就是一个成长的过程。

成长是一个不断认识自己的过程，通过认识自己才能不断去认识这个世界，这一点对于我们播音员、主持人可能表现得特别突出。这个职业经常会被一些其实并不属于自己的东西围绕着，也会被并不属于自己的光环笼罩着，越是这样就越需要认识自己，时刻提醒自己：我是谁？周围人都说你好的时候，就要问自己，我真的是大家所说的那样好吗？但是，当大家都否认你的时候，你就要想想，我真是这么不堪吗？能否对自己做正确的判断，在于你内心的认知和力量到底有多大。

我最开始工作的时候，完全不知道自己到底应该是什么样子。举一个很简单的例子，我今天播了一个新闻，结束之后会有前辈很关切地说，你今天表现不好，怎么可以在新闻里笑呢？我听了之后心想明天不能这样；明天播了之后，又会有人说，怎么能在节目里板着脸，要学会和观众沟通。好了，明天我又要很盲目地换一个样子。到底什么才是自己呢？要以一个什么样子去跟别人沟通？在不断认识自己的过程中，内心会变得慢慢平衡，慢慢知道我应该是一个什么样。

放大你个性中有利工作的部分

我做这个行业是非常偶然的事情，我也一直认为我个性中的很多东西不太适合做这个行业。我始终觉得，拥有这样一些个性和能力的人更适合做一个记者或新闻从业人员：他性格特别热烈，特别善于和别人做很良好的沟通，而且他也喜欢发表意见，同时善于让自己的意见成为大家的意见当中一个主导的声音。

但我恰恰不是，我从上学到现在一直是一个比较闷的人，也不是可以迅速跟人有很好沟通的人，如果没有工作，我一天不说话也不会觉得很难过。从我的性格来讲，这些是我从事新闻工作的弱点。那么怎么来克服这些弱点，怎么让我的个性优势在我从事的工作中发挥出来呢？

虽然我不善于与人迅速沟通，但我性格中有个好处，我会让和我接触的人了解到我是一个比较诚恳、比较真实的人。这是可以和其他人拉近距离进行良好沟通的一个基础，那我就把这方面放大，我可能没有什么技巧和你迅速联络，但我可以把我的态度明确地表示出来，有个良好沟通的基础，进而获取对我工作中有帮助的信息。放大你的职业优势，削弱你的职业弱点，才能在职场中不断成长。

我

◎葛 优

我一直到十八九岁都不知道自己将来会是什么样。我爸演戏的时候,我经常躲在一边看。那时,我觉得自己可能是一辈子的忠实观众吧。

"文革"结束了,艺术院校招生,我忽然知道自己想干什么了。考试时,主考官让我演一个动作:从后面捂女孩的眼睛,我太紧张了,捂住她的眼睛,手就下不来了。那女孩只好把情人见面的戏变成了抓流氓的戏。

我最大的特点是两个字,一是蔫,一是缩。我不像我爸,他脾气火暴,敢当着一千多人的面上台指挥。我打死也不敢。只要有什么活动让我出席,我就本能地往后缩。如果出席的人有十几个,我就本能地坐在最边上。我要是紧张了,就容易出汗,手心、脑门儿出汗。出席活动,快到大厅门口时,我最紧张,好像一开门就有机枪扫射似的。

老那么惯着自己,也不行。都老大不小了,有人叫老师了,还那么羞答答的,不行。我告诉别人,其实我不紧张。有人说:"谁都能看出来,你满脑门子汗,说话磕磕绊绊,不叫紧张叫什么?"我索性老老实实说自己紧张,也不想老装个大尾巴狼。这么一想,我反倒踏实下来。

我从小在北影大院长大,从小看过太多著名的演员,比如于洋、赵子岳、张平等。有时我刚看完他们主演的电影,回家就看见他们骑着自行车,筐里装着刚抢购回来的大白菜,好像刚从银幕上下来。

如果时光倒流，我愿意回到刚成名的那个阶段。李敖写了一本书叫《上山下山》，我很喜欢这个书名。人生用这四个字就穷尽了。刚成名的时候是上山，上山时一切都是未知，你不知道自己会到什么地方，能到什么地方，你在上升的曲线上。人最美好的是追求的过程。你看世界上流传的最经典的爱情故事，都是没有结局的，如罗密欧与朱丽叶、梁山伯与祝英台。什么是结果？死亡才是真正的结果。也许等我再老些，就能接受日本人的美学观了——下山也是一种美，但现在我觉得没走到头的时候是最好的。

人的一生都是偶然。演《霸王别姬》我没得奖，演完《活着》，天时地利人和都该我得了，就得了。如果当时有什么别的戏出彩，也就没我了。

20世纪90年代，人们不把那些高大全的人物当回事了，都想看到活生生的人。我有平民色彩，不虚伪。那时，中国人开始需要大批量的幽默，不想进电影院受教育、上课。我代表那时人们的心态，比较放松，比较乐观，也比较普通。那时经济发展，过去很多牢笼式的观念被打破。大家忽然发现，不是只有那些长得好看的、说得好听的人才重要，其实我们每个人都很重要。连葛优都能上屏幕，谁不能呢？

比起一些偶像明星，我觉得特坦然。我不怕年华老去，不用和狗仔队打游击，不用为了曝光率没事找事。我一是不想当老百姓的对立面，二是我也当不上，三是当上的代价太大，活着该有多累！

我最想做的事情是一个人待着。有朋友一拿起书，看两行字就晕了，我不至于那样，每天至少要看十几个剧本吧。我觉得还不够静，还不够让我拿起一本书就放不下，周围总有好多事干扰我。

我也爱热闹。比如喝点儿酒、聊聊，没有什么利益关系的。我是最不怕听人说的，只要对方能侃，我就可以一直听他说下去，所以朋友爱找我喝酒。我最爱扮演的角色就是观众。每次喝酒，我说话很少，更多是看朋友要贫。

我总是矛盾着，又想热闹又想静，是不是有点儿矫情？

烂人生没什么，我跟你拼了

◎罗志祥

每个人在人生当中都有很多很多的故事，我从小生活在一个贫困的家庭，爸妈一个人都要打两份工，白天一份，晚上一份。为了生活，有些时候他们不得不跟别人借钱，借钱多了当然会遇到很多讨债人。记得我很小的时候在家，有几个大汉上门，门一开："钱呢？不是说好要给的吗？"我爸爸就不好意思地说："再给我们几天时间，拜托！"从那一刻起，我学到的第一课，就是我长大之后不要让我爸妈吃苦。

现在即将有很多年轻朋友要踏入这个社会，面临很多很多的事情。我学生时期是一个不起眼儿的人，因为我曾经很胖，两百多斤，因为我皮肤比较黑，所以常常被别人说成"黑猪"。数学课不是会有圆规吗？就有一个女生说："你腿肉真多。"她就拿圆规这样刺我大腿，到现在，我腿上还有一条疤。那年放暑假，为了减肥，我整天在海边，晒太阳，游泳，打篮球。短短的两个月，我真的瘦了，超快。

开学第一天，老师进来了，因为真的变得太瘦了，我又剪了郭富城式的发型，老师问"你是转学生吗"，我说"我是罗志祥"，然后全班同学都"哇"，欺负我的人都"哇"。

后来我开始接触舞蹈，因为我功课不好，记过很多大过小过，所以我要用舞蹈比赛的功去抵那个过，要不然我毕不了业。

我参加了很多的舞蹈比赛，然后得了冠军。

后来我一个人又去主持节目，我主持了综艺节目《少年兵团》，在节目里我甚至把章鱼放在头上，用面粉鸡蛋砸脸，可是你觉得我是开心的吗？不开心，其实那个时候是不开心的。可是没有办法，因为当时我欠债，家里以前因为家境困苦，欠了很多钱，积累到后来，又因为官司的关系，我欠了一千万台币。所以在那个时候你只能去面对给你的工作，你该去做这样一个表演的时候，你要放下身段。

后来我主持的三个节目都是冠军，当时我被媒体封为"三冠王"。但是这个美梦很快就被惊醒，瞬间三个节目没有了，完全没了。怎么办？我的第一个想法就是我家里的钱怎么还，我爸妈怎么办，我曾经在小时候许下的那个愿望怎么办——我希望我长大后能够让我的爸妈享清福……

我不能放弃，我要努力，我们家里没有一个学历高的，人生的道理，都是从人生的道路上去学习的，我说的有些道理你们可能不认同。机会是留给有准备的人的，错！机会是留给红人的。曾经我会很多的才艺，可是机会都会从我身边溜走，找红的人，因为红的人有收视保证，观众爱看，所以舞台是很残酷的。各行各业都有一个舞台，你们可能要遭遇很多很多的问题，未来一定都会遇到一个帮助你的人，推你一把的人，给你机会的人，这些人都要记住。还有什么要记住呢？攻击你的人，骂过你的人要记住。原因是什么？你有一天要站在舞台上的时候，你享受掌声的时候，你要看着那个人说："我成功了，怎么样？"

像明星一样去战斗

万般滋味，独自感受
◎金世佳

1

在成为演员之前，我是浙江游泳队的一名运动员，主攻自由泳，2003年拿过全国青年游泳锦标赛的亚军。2005年，队里收到了备战北京奥运会的大名单，包括我在内的几名队员即将开始为期3年的封闭式训练。也许是多年来一直在泳池里泡着，所以头脑比较容易冷静。那年，19岁的我开始认真地思考自己的人生。我清楚以自己的实力也许在国内可以冲击名次，但是在奥运赛场上取得成绩的概率微乎其微，很有可能经过3年的苦练只换来水立方的"一轮游"。于是，在2005年那个喧嚣蒸腾的夏天，我对自己说："金世佳，该是寻找一条出路的时候了。"

在那之前我看过一部由日本演员田村正和主演的电视剧，叫《美人》，他饰演的外科医生像王子一样风度翩翩，带着沧桑忧郁的深情，让人眼光迷离，无法自拔。我跑遍了上海所有的音像店，攒了满满一抽屉他的作品的光盘和录像带，拿腔作调地模仿他的表演，甚至续写他的剧本。现在想来尽管惭愧，却也十分有趣。

于是2005年的夏天，那个寻找出路的少年想到了他秘密基地里的宝藏。于是像很多歪打正着的剧情一样，他抱着试试看的想法报考了上海戏剧学院。

2

大学毕业那年,我在《爱情公寓》里饰演陆展博,本以为只是一部临近毕业的纪念之作,没想到大获成功。就好比买饮料,你买的是一瓶,打开一看,瓶盖上写着:再来一箱!

还好,多年在泳池中浸泡得来的清醒头脑在我得意忘形之前再次发挥了作用,我找到院里一位敬重的老师求教,他对我说了这样一段话:

"表演是一门艺术,但演员是一份职业。演员既希望自己能出演名利双收的作品,又希望能通过角色在艺术上有所追求。你的一生会出演很多作品,可能有几颗像珍珠般光华耀眼,也会有一些,像砂石一样磨人,但决定你能走多远的,是你自己有多强韧。如果你现在犹豫不决,不如换个环境去体验生活,你还年轻,不怕输。"

当时我似懂非懂,只有最后一句听得比较明白:趁年轻,去折腾,不怕输。于是我就真去折腾了,拿着老师的亲笔推荐信,暂别了《爱情公寓》,踏上了前往大阪艺术大学舞台表演研究所的旅程。

3

现在回想起来,初到日本的记忆只有一种:自来水的味道。

去日本求学没有获得爸妈的支持,所以留学申请、学费等一切花销全靠自己的积蓄。但当学费等大项开支付出之后,积蓄就所剩无几了,生活变得极为贫困,除了填饱肚子已经没有任何奢求。最潦倒的时候,连续三天只靠自来水充饥。

也许是饥寒交迫出灵感,也有可能是自己血量不多自动释放大招。在这期间我写了一封给田村正和的长信,关于我如何欣赏他每一部戏的表演,和他探讨如何成为好的演员,以及什么才是真正的表演等一系列高深莫测的话题。在经历了反复纠结,几易其稿之后,我终于在冬天来临之前把这封信誊写工整,装进信封,然后塞进了包里。这一塞就又是半个月。

寄信的那天我正送着报纸,冬天的第一场雪降临,在零星飘雪的青色天幕下,路边的一个邮筒毫无征兆地出现在视野里。"干。"我在心里默默地念了一句,把信快速地塞了进去。

4

为了填饱肚子,我开始找工作。先是出没于大阪各个招工网站,后来直接在住处附近的商业街上毛遂自荐。有天早上我收到一条短信,附近有家酒吧让我去做试用酒保。我大喜过望,怀着应聘调酒师一类高端炫酷职位的心态来到了酒吧,结果,事实证明我想多了,我的工作只有一个——洗杯子。

洗杯子也并不简单,要经过冲洗、蒸汽消毒、擦拭三个步骤,最难的是把一整盘(大概20只)摇摇欲坠的高脚杯从高温蒸汽消毒机里端出来,再用干布擦到老板要求的"水晶一样剔透"。那家酒吧大概有300只杯子,有一只花纹独特的马天尼杯我起码擦了6次,所以我猜那晚我可能刷了将近2000只杯子。凌晨三点筋疲力尽的我从酒吧回到家,梦里全是晶莹闪烁的玻璃杯和氤氲不定的水蒸气。

第二天我又去酒吧上班,老板却告诉我不必再来了。原来那天刷杯员病休,我被以试用为由当了替补,更让人无语的是,试用期间的工资自然也是没有的。

经过这次"杯具的试练",似乎老天也看不下去了,于是剧情慢慢出现了逆转,我开始了全新的打工生涯,从送报纸、送牛奶、端盘子、做饭团之类常规兼职工作,拓展到了修路、搬家,甚至帮寺庙里的和尚做法事的神奇工种。经济状况也有所改观,从一贫如洗基本达到了小康水平,唯一的遗憾是始终没有操作过挖掘机。

或许是因为当时的简单和毅力,我的学业和舞台剧演出也逐渐走入顺境。跟同学们表演的舞台剧还在当地的社区加演了几场。

5

2009年扮演陆展博的时候，我的体重还是90公斤，因为日本生活的清贫，毕业回国的时候瘦到74公斤，有了之前一直缺少的"凌厉感"，头发也长得像是搞地下音乐的摇滚歌手（因为剪头发贵）。为了省钱，回国的时候我坐了两天的船，妈妈远远看到我的时候，手开始抹眼睛。

沿着这条文艺之路，机缘巧合认识了陈建斌老师，在寒冬季节的大西北拍了一部文艺片，冻到感冒停不下来，幸运的是这部片子在2014年获得了五项金马奖提名，而我则是《一个勺子》里面那个勺子，意思是笨蛋。

6

一直觉得我们的一生应当分为四段，每二十年一轮，分别是寻找、奋斗、不惑和百味。

而这一切的诸多变动，小时候进入游泳队，青年时代转行学习表演，稍有名气的时候放弃一切孤身在异国他乡喝自来水度日，抑或是为别人送报纸，洗杯子，卡着秒表去拿第二块饭团（老拿第一块太不谦让，拿晚了第二天就没有伙食了），再次出演男一号……也都会像那柄汤勺，浸染了足够多的味道，变得沉重，支撑起一个有内容的生活。

演员是我的职业，并不是生活的全部。我依旧会坐公共汽车，乘地铁，最常用的交通工具是自行车，最大的爱好是种苔藓……有时会期待十年后自己的样子。

哦，对了，差点儿忘了说田村正和的回信，翻译过来大意如下：

"金先生，非常荣幸能得到你如此的支持和喜爱，我也很高兴你投身了表演事业，并且来到日本深造。关于你的诸般际遇，那是你的人生，经历之后都是财富。我只是个一直在演戏的演员，人生太过复杂，我也不是万事明了，能送给你的只有四个字：好好感受。"

总在雪中送炭，
不敢锦上添花

◎何 炅

你是喜欢雪中送炭呢，还是喜欢锦上添花？

喜欢雪中送炭的人应该是比较悲观的，总是把生命的磨难想在前面。喜欢锦上添花的相反，愿意把人生看作一次五彩斑斓的旅程。

我在答这道题的时候好为难，我也喜欢锦上添花的那种感觉，好像一切的好事都占上了那般的痛快，可是凭我一贯比较谨慎的人生态度，我又总是隐隐地相信过犹不及、乐极生悲的道理，如果贪心不足地硬要在上面加很多很多的花边、蕾丝、皱褶、珠片的话，只怕会制造出一块虽然华丽却一钱不值的垃圾来。

所以，虽然我也喜欢锦上添花的那种感觉，后来想想，好像还是做雪中送炭的事情比较多。

就拿我们演话剧来说，年初的时候我应该要全力以赴地出专辑，却因为抵挡不住舞台的诱惑接下了这出剧，是叫好不叫座，虽然常常满场，其实票卖得很不好。很多朋友都来劝说别演了，太辛苦。每天面对大半场拿赠票进来的观众，心里也真是很不平衡。

演完那一拨，我嗓子差不多哑了一个月，刚刚好起来的时候制作人来找我了，说前面的演出收成不好，还没收回成本，想再加演一轮。

其实那个时候我真的应该拒绝，专辑里还缺四首歌呢，一开演嗓子铁定啦,又录不了歌了,而且,还有好多好多其他事等着我做呢。

可是,看到制作人急切的表情,我那雪中送炭的劲儿就上来了。

"好,演!"我说。

结果,这次炭送得好,送出一块美丽的好锦来。我们在这一轮演出里创造了票房奇迹,九场演出场场爆满,一票难求,每天进剧场前,都会看到很多人拿着一摞钱问:"有富余票吗?"甚至180元的票在票贩子那里被叫到400元依然抢手。导演心情好得跑去门口跟票贩子聊天儿,票贩子明目张胆地说这几天挣high(挣太多)了,又明目张胆地建议我们再加演一轮,说这么旺的人气不再接再厉真是可惜了。

"这么旺的人气,不再接再厉再来一轮,真是可惜了。"制作人有如票贩子附身地又来游说我。急切的心情更加急切,他告诉我说,现在成本都回来了,还小赚一点儿,每天都还有观众买不到票失望地回去了,为什么不再加演下去,肯定能延续票房奇迹,锦上添花!

我却不这么想,我琢磨着也许就是因为场数有限,才会有这样抢手的票房成绩,如果老演老演,真要演到没人买票了,那倒是没留下什么遗憾,可是也实在算不上什么完美的结局,想想就让人有种莫名无力的感觉。加上的确后面的工作已经差不多排满了,所以我很艰难地、连自己也不舍得地说:"演到这样,我们还是收吧……"

在最后那场谢幕的时候,我泪雨滂沱。所有这出剧带来的快乐、忧伤、紧张、满足、挑战和荣誉都挤上心头。看到台下同样落泪的观众,百感交集。我真的会很想念很想念这个舞台,可是我也不后悔不再锦上添花的决定,不然,这一刻,怎么会有这样的感动?

我就是这样,总是做着雪中送炭的事情,每回要锦上添花倒是会反复掂量掂量。就像这篇文章,如果再有个风趣幽默或者升华煽情的结尾,绝对是锦上添花的事情,可是我反复琢磨,决定见好就收,就在上一段戛然而止,后面这节,你就当没看到吧!

像明星一样去战斗

我是一个必须后天努力的木头

◎ 黄晓明

　　我还很清楚地记得我在2004年左右拍了一部戏叫作《龙票》，当时我要自己开车去剧组。要经过一个沙漠，当时我很兴奋，因为可以一边开车看风景，一边开到那个沙漠里的剧组，结果我开着开着刚过一个坡，一上坡我突然看到坡下面有个大坑，我往这一拐可能就翻车了，我完完全全不敢打方向盘。如果我直接冲过去肯定就掉下去了。所以我选择了轻轻地一打方向盘，结果那车刹不住，侧滑了48米，然后直接翻到了沙漠里。我说："医生，我有点儿不舒服，我脖子特别疼，你帮我检查下吧。"然后医生一查一拍片子说我脖子又裂了。我的第五、六节颈椎骨折。医生说："你呀，必须要赶紧去县城的大医院打一个石膏，至少固定住三个月不能动。"我认为我要坚持拍戏，因为剧组的所有工作人员已经跟我到了内蒙古，如果我停下来，他们可能就要休息两个月，这两个月可能没有工资拿、没有活儿干，要白白地在这儿等。

　　我想了一下跟医生说："你给我想一个办法，让我既能拍戏又能养病。"他说："没有，你要是去拍戏就是疯了。你连命都不要了，你差一点点就要瘫痪了。"我说："我真的不忍心让大家等我，你就让我去吧。"他说："那你自己看着办吧。"

　　后来我在颈托还没到的情况下，揪着自己的衣领就这样子固定住不让自己动,坐了半个小时的过山车进到沙漠里边,在那儿拍了一个月戏。我到现在都要睡柱状的枕头,我坐车也要睡柱状的颈椎枕,否则我是不能动的。

我不建议你们这么做,为什么?当我年纪大了,变成老腊肉,浑身是伤,我还不敢跟家里人说,我每一次出车祸,包括我下巴受伤,我跟我妈妈说是我刮胡子刮的,我瞒了她三年。

我刚毕业的时候拍了一部戏叫作《网虫日记》,晚上自己开车回家被车撞。突然过那红绿灯的时候,就觉得眼前白光一闪,一辆装满沙子的两吨重的大卡车,把我从马路中间顶到了对面的一辆吉普车上,又从吉普车上弹回到马路中间。我在里边什么事都不知道了,他们说大概过了半个小时之后,有人敲我的车窗把我叫醒,我自己打车去找了一个外科大夫,一个年轻大夫。他用了很粗的针,大概一共就缝了六针,后来别人告诉我说这种伤至少要缝二十针。四年之内我都觉得这个下巴怪怪的,老是鼓出来一块,特别痒。四年之后,我去医院检查,医生从我下巴里给我取出来半个小指甲盖儿那么大的玻璃,它在里边待了四年。

我真的成了车祸专业户,还有另外一次经历。我拍《白发魔女》从威亚上掉下来了,那是我第一场打戏,开拍第六天第一场打戏,第一个镜头我要吊着威亚从桥的这边飞起来跳到桥的中间,然后落到一个人的肩膀上再起来落到桥对岸。这是我的剧情设计,试了很多次之后导演就说开拍。那就开拍了,然后我就拍了一次,太难了特别不容易过,因为特技师也不容易做这个动作,做了很多条,导演说差不多了,应该够用了。我跟导演说:"不行,咱们再来一次吧。"我就跟导演一遍一遍说,一共做了33次。第33次我从威亚上直接掉下来了。这次摔伤很严重,好在事后医院主任给我做了很好的检查跟治疗,现在情况也比较稳定了。

我觉得我很幸运,我还活着跟大家说话真的已经很知足了。

七米高,相当于两层楼以上的高度,粉碎性骨折,要休息三到五个月。

当时我脚上一共打了六颗钢钉,四颗螺丝钉,两根大钢针。一根钢针是从这边穿过去固定,一根钢针是从后边穿过去固定。大概过了四十天我就有点儿坐不住躺不住了。我就跟我的经纪人商量,我说:"咱们可不可以去拍戏?"我的经纪人说:"你又疯了。"我说:"我觉得我应该可以。"医生的要求是我可以出去,但是脚一定要高于心脏,低于心脏的话这只脚会充血会肿会没法长好。我就一直跷着脚被推车推进剧组。结果第四十三天武术导演问我说:"晓明,我们有一个镜头必须要吊威亚,你还行吗?你要不行可以说不行。"我真的犹豫了一下,因为我当时还是有点儿害怕的。我跟导演说行,"但是别再把我掉下来了"。然后我就上去了。

第四十三天我又上了威亚。我在威亚上吊在房顶上的时候真是一身汗呀,那个大概拍了三条,把我放下来的时候导演问我说:"怎么样,你没事儿吧?"我说:"没事儿,没事儿。"其实我当时已经紧张得快尿裤子了。真的特别特别害怕。你可能会说,之前我看过一个帖子上面就在写关于黄晓明拍戏不要命这个问题,但是你刚才又不提倡我们年轻人学习你。我希望你们努力,但不希望你们拼命。拍《神雕侠侣》时,我每天都下冷水,因为导演喜欢水,他喜欢那个水花四溅的感觉,但那会儿是十二月,特别冷,有一天我就站在水边光着上半身,拿着很重的铁剑,杨过的铁剑,对着这个水说:"导演,实在太冷了,我可不可以不下?"突然武术导演对我说了一句话:"谁让你要演杨过呢?"就这一句话我记到今天。做一个努力的人是我的选择,我觉得我不聪明,我没有别的方式成功,我不像周迅、孙红雷、黄渤都是天生有演技的人。我没有,我不是,我是一个大家可能觉得脸好看,但是会很嫌弃我的人。我唯一能够让大家喜欢我的方式就是通过我的努力,通过我的"不要命",也许其中一部分是要用身体换来的。因为我是一个木头,我是一个后天必须要努力的人。

站在山顶，
感受那些曾经的恶意

◎金　星

当年我被围攻的那段日子几乎只听得到别人的骂声，却很少出来辩解。那时候我只是忙着向前走。

面对外界各种充满恶意的误解时，我也曾经气愤得攥紧了拳头，可当我想反击的那一刻，我在心里问自己：你反抗得过来吗？

我犹豫了。周围都是箭，与其说你要反抗这一个攻击的声音，那还不如不反抗。这边冒出一个声音来，那是在告诉你，有这种声音存在，你才知道自己的困境是什么。我告诉自己，你要战胜的不是那个攻击你的人，而是这个你之所以会被攻击到的位置——当他们能够伤害你的时候，说明你们之间没有差距。

战胜这些偏见和非议，不是靠肉搏，而是需要时间，需要你在这个时间中为自己准备的实力和魅力。当你站在那些唾沫星子打不到的地方，你走到了一个更高的地方时，那些东西自然就消失在你的视线里。

现在，离那段最不被理解的日子已经过去十几年了。

我知道有很多人可能不接受我的评论风格，网上的负面评论也挺多的，还被那些为明星出头的粉丝狠狠围攻过；直到现在，微博上还经常可以看到骂我的人，但我不在乎，他骂了我就删，我自家的地方保持干净就行了。做人积德行善，如果我的存在给了他们一个发泄的借口，骂我就能使他们

得到排解,算是我做了好事。继续骂去吧,这些都已经伤害不到我。什么流言蜚语我没听过,以前我还跟自己说要忍,但是现在哈哈一笑就过去了。那些难听的话无非还是十几年前的那套,还揪着变性的事不放,我走远了,但那些偏见还在那儿留着,他们在吵:"男的?女的?"吵个不停,特别滑稽,我都听烦了,他们还没争厌。连我儿子都说:"他们到现在还在你的名字前加'变性'两个字,好无聊。"

我一直说人的精力和时间都是有限的,所以你不能浪费。你可以因为你对一个人的不理解、不尊重浪费你的时间,但我不会跟你浪费我的时间,我要走我的路。

当他们还在山底下找各种理由骂我的时候,我已经在山顶了,就清净了。我看到的是山外有山,根本听不到山底的人还在议论什么。所以对付那些流言蜚语的最好办法就是:只管自己往前走。等你走到山顶了,他们还在山底嘴碎个不停,你享受日出日落的美丽景色,他们享受他们的唾沫星子,根本伤害不到你。

那一刻,你就会在山顶感谢那些声音。所以当我成功的时候,我要感谢所有支持我帮助我的朋友和老师,我也感谢我的敌人,因为你们告诉了我,周围的环境是多么险恶,人有时候是多么不善良,还没体会过这些的我是多么浅薄。我反抗不了,我也懒得反抗,甚至觉得连反抗都是在轻贱自己,那我干脆逼自己快点儿远离,只管向上走。

我相信邪不胜正,不是因为它们有具象的对抗,而是因为正比邪高。有时候不择手段的力量是能够暂时盖过正直善良的东西的,但是正义能往上走,它能走到邪恶达不到的地方,在一个更广阔的空间施展自身,卑鄙的永远只能在底下。

中国有句老话叫"君子报仇,十年不晚",可是等这十年的历练过去了,那个"仇"在你眼里就成了芝麻大小的事,这个时候就说明你又成长了一大步。感谢那些看得见的恶意吧,你总有一天会站在山顶上感谢它们。

你是答案

◎刘 同

从中文系毕业,不懂新闻,做东西只有一个原则——自己感不感兴趣。

大多数孩子觉得自己很特别,其实在外人看来他们都一样。从事传媒的孩子却恰恰相反,每个人都想做出令全行业人士为之膜拜的作品,一个比一个自我,却打心底里认为自己能代表所有的观众,比如我。

那时我做出来的自以为特有水准的新闻,只有几位相同年纪的同事表示理解,很多前辈都不明白我的理念是什么。制片人小曦哥说:"你做出来的东西只有你自己理解,但理解和懂不是一个概念,等到你真正懂的时候,你就能做出好的娱乐新闻了。"

我就在这条"自己理解"和"真正懂"的路上跌跌撞撞,有时候也会想自己是不是真的不适合做这一行。

有一天,我从外面拍摄回来,办公室里只有台领导和小曦哥两个人。我清楚地听到台领导对小曦哥说:"刘同根本就做不好电视,干脆让他走人吧。"

我顿时就傻了,热血上头,"嗡"地一下就炸了。原来这种自我的做派,早就让领导看不下去了,我还到处跟人解释,别人觉得不懂就是做得不好,干吗要去解释呢?自己也蠢到家了,自信心爆棚,觉得每个人都能忍受自己,直到对方亮出刀,才发现自己的玩笑开大了。

我站在办公室门外,不敢踏进去,也许进去就真正要离开这个行业了,过了好久,我站在那儿没动。里面的谈话也停止了,突然我听见小曦哥说:"我觉得刘同挺好的,他能一个人坐在家里熬一个月写15万字的小说,一天十几个小时一动不动,他能坚持,也有想法,他肯定会明白的。"他甚至没有在最后加上一句:请再给他三个月的时间。好像在他的眼里,我能成为一名合格的娱乐记者,是天经地义的事情。

小曦哥这么一说,我突然意识到了自己真正的优点——坚持、不妥协,可以为了一件事情死扛到底。发挥真正的优点,比另辟蹊径更为重要。

后来我成为北漂族,融入一个更为复杂的社会。工资和自己播出的新闻数量挂钩。我刚从湖南台过来,做娱乐新闻有一个习惯,就是在画面上加各种效果的字幕,于是某天晚上我把娱乐新闻编好,把包装提纲也写好后放在一起,等着第二天一早审片。

到了第二天审片时,我发现并没有我的新闻,去询问时,后期编辑拿着我的包装提纲对责编说:"这个人是不是新来的,懂不懂规矩?三分钟新闻十几个特效字幕,他当这是做综艺节目呢。以后他的新闻我全都不包,爱找谁找谁!"

我特别想不明白一个问题,为什么每次有人在别人面前批评我时,我总是恰好在场。

我尝试让自己挤出笑脸对后期编辑说:"对不起,是我不懂规矩,我以后不会了。"也许他会对我挥挥手说下不为例,可我鼓起勇气看他的时候,他连正眼都不看我。

人可以因为委屈而作践自己,但不能为了生存而放弃原则——我在心里闪过这个念头,转身走出后期机房,也没做什么轰轰烈烈的事,只是回到工位上沉默,想着自己如何考上中文系,如何努力进了湖南台,如何与父母告别来到北京,想着想着,就觉得自己好惨,惨就哭吧,哭了确实会觉得舒服一点。

当时节目部的总监卓玛站在我旁边看我哭了半分钟，说："好了，哭好了是吧，跟我进去。"

我跟在她的后面进了后期机房，机房里除了后期编辑，多了一位后期主管。卓玛问清楚整件事的来龙去脉，然后把一本小说放在了桌子上，对后期人员说："以后刘同的包装提纲必须给我完成，哪怕他当天晚上给你一本小说，第二天你也要给我包完，要不你就别干了。"

我站在她的身后看不清她的表情，不知道是微笑着说的，还是严肃着说的，其实那对我来说已经不重要了，我只知道我在北京最无助的时刻，卓玛站了出来，用她能想到的最好的方式给我答案，让我知道自己无须为工作而妥协。也让我意识到，对于一个北漂的新人，最重要的不是简单的安慰或者鼓励，而是在他极度缺乏安全感的时候和他站在一起。站在一起，比说什么、做什么都重要。

时间回放几年。第一年、第二年、第三年，泾渭分明的青春，像鸡尾酒，被一路上记得住又记不住的调酒师把弄在手中。晃动晃动，透过玻璃，最终能看得到清晰的走向。

一些人对我们做了一些事，有人只当是日常生活中的无心之举，有人却能读出一个轮回的历史。一些温暖，能让你发光发热，并把这光和热传给他人。一些伤害，也能让你亮出胳膊，提醒自己何为底线。

那时年纪小，不知道如何表达心中的感激，只能用记日记的方式留存，等到多年之后的某一天，装作淡定地说，你知道吗？那时你对我真好。说者有心，听者却早已忘记。也许对方根本没有觉得这是一件多么值得歌颂的事，也许这对他们来说只是平常，也许你并没有及时答谢，以至于在后来的日子里，他们没有这么对待过别人。

我们常问"为什么"，沉下来看一切，生活是什么，你就是答案。

我希望你是一个优秀的人。

明星脸

◎朱 丹

因为长得像徐静蕾我才有机会进湖南台实习，那一年是2003年。

那时，湖南广电已经在国内非常知名，很多人都想进入湖南广电，那也是我的梦想，可是我没有信心从那么多佼佼者中胜出。

那天，湖南卫视来学校招生，招生老师就是在2005年《超级女声》中十分出名的评委夏青老师。我记得夏青老师拿着我的照片端详了许久，甚至还和旁边的同事讨论，让我一下子忐忑不安，为什么不看我真人，而只是讨论我的照片呢？她依然在端详照片，然后对我说："有没有人说你长得像徐静蕾？"

我："徐静蕾？读书时有人说我长得像梁咏琪。"

徐静蕾当时很红，因为《将爱情进行到底》正在热播，很多女生都特别向往文慧和杨铮的爱情，夏老师说我像徐静蕾，我心里真的觉得很幸福。夏青老师又问我："你还有别的照片吗？"

我很激动，老师对我很感兴趣，这意味着什么，我心里明白的。我说："有。老师，麻烦您等等！"之前读书时，在田径队训练十年不是白练的，我一个箭步冲出去，飞奔进寝室，飞奔回场馆，真的可以用一溜烟来形容。

"老师，我的照片！"我满头大汗，气喘吁吁地说。

"大头贴？"夏青老师惊讶地说。"我只有这个了，不好意思！"我胆怯而又内疚地站在那儿。

"你们看，这姑娘真的很像徐静蕾！这是明星脸，我觉得做综艺不错的。姑娘，你要不要来湖南台工作？"还没等我内疚完，就听夏青老师兴奋地对我说。"啊？我可以吗？要啊要啊！"我完全是蒙了，激动得大脑已不能思考。

就这样，我奇迹般地拥有了进湖南台实习的机会。

可在五年后，我到北京领奖，工作人员却把我当成了马伊琍。

2009年5月，我获得了"华鼎奖最佳表现综艺女主持人"提名，同时被提名的还有中央电视台的董卿和北京卫视的春妮，这是我在主持道路上获得的第一个全国性的大奖提名，我的兴奋和紧张无法用文字和言语表达。

整个下午我都把自己关在房间里做准备。终于要出场了，是焦虑？是兴奋？我告诉自己一定要端庄大方，优雅恬静。

我尽量以美丽端庄的姿势站立在人群中，希望能引起工作人员的注意，来告诉我下一步该做什么。可是，每位工作人员都忙得焦头烂额，并没有人注意到我。后来，终于一名服务生一路小跑过来，热情地伸出手，我也赶紧抬手去迎接她的手。我心想，没关系的，我可以理解的。一刹那，只听这位工作人员说："马伊琍老师，真不好意思，让您久等了！"

"嗯？马伊琍？"握着她的那只手瞬间冰凉，那个时候，亲爱的马伊琍老师应该刚生完宝宝，应该还是丰腴的体态吧，应该与骨瘦如柴的我很容易区分的吧。

那届华鼎奖，我最终只是提名，最后获奖的是中央电视台的董卿，而马伊琍凭借《奋斗》里的出色演出，获得观众最喜爱女演员奖！那时我们互不认识，但宣布获奖名单的那一刻，真心为她高兴。

别人说我像谁谁，我都乐意接受，至少这些人都是成功的人，如果说我像她们，我感到荣幸而不是嫉妒，她们是我前进的榜样，而不是对手。

我的三观都是赛车教的

◎林志颖

　　我的人生观、哲学观，都是从赛车中学到的。做赛车手，我学会的最重要的事情，就是保持良好的心态，得失心变轻。

　　1998年11月，脚伤刚好没多久，我受邀参加WRC（世界汽车拉力锦标赛）A2组别的比赛。那是我第一次也是唯一一次跑WRC。这个项目花费特别高，我在比赛中认识了英国的职业拉力赛车手阿利斯特·麦克雷，那一年也是他刚开始跑WRC的第一年，我们不同组别，但是由同一家厂商赞助，所以就认识了。他们家是赛车世家，他哥哥是著名的WRC世界冠军科林·麦克雷，他爸爸吉米·麦克雷也是英国拉力赛的五届冠军。

　　那时候我还没想到我们后来会有合作，从他身上，我注意到了职业赛车手都会具备的一个品质：随时保持良好的心态。

　　2006年我组了"林志颖车队"跑中国拉力赛，签约他跑了一场比赛。

　　拉力赛是这样的，参赛车辆必须严格按照比赛资料中规定的行驶路线，在规定的时间内，到达每一个封闭路段或维修区域，进行规定时间的维修，它考验的是一个车手团队的整体水平。

　　跑完一个路段，进入维修区，必须按时间出来，或早或晚都会被罚秒。那天阿利斯特的车子出了状况，剩下的时间一点儿一点儿减少，剩三分钟了，两分钟了，他的车还是没修好。其他车子准备好要出去了，他的车还在维修。所有人都非常紧张，只有他一个人，跷着二郎腿坐在那里，边吃东西，边跟周围人谈笑风生，一点儿都不着急。

这给我留下了非常深刻的印象。

我很好奇，为什么他可以这样，为什么他不着急。后来遇到很多国际的职业车手后，我才知道了答案。因为这已经不是他能力范围以内的事了，修车不是他能够控制的。比赛本来就是这样。比赛中，随时都会发生各种各样的状况，轮胎随时可能爆掉，发动机随时可能出问题，有可能辛辛苦苦用了好几个月改装的车，却因为车子里的一根电线、一个小螺丝钉或者一个贴片多拧了或者少拧了那么一转等种种微小的细节，导致你失去比赛。遇到这种状况的时候非常多，很多职业赛车手在这个时候都是笑看风云，淡定自若。

而之前我每一次比赛，如果我的车有一点点状况发生，我就紧张得不得了，一直在旁边着急，催促"怎么办、怎么办、怎么办"。等车修好了，我就带着紧张着急的心情，匆匆出发去比赛，但是后面整个节奏就都乱掉。

真要感谢阿利斯特这些车手，他们让我学会了随时保持良好的心态。

后来比赛再遇到状况，我都不会再生气着急了。赛车是团队协作的竞技，大家都是尽全力做好自己的部分，那么你也要做好你自己的那一部分。当有些不是你能够掌控的事情发生时，就去平静面对它，不管结果是好是坏，接下来你还是得比赛，放松的心情，当然比紧张的情绪更适合做事。

随时保持好心态，让我最终受益匪浅。我的工作涉及很多领域，当然不可能每个领域都深入、专业、亲力亲为，所以很多都是与专业的朋友合作的。相信团队和他人，放手让人家去做，如果有需要我的地方，我可以参与，做最终决策，大家合力把事业做大做成。

心态，决定你对事情的认知。你希望自己能到一个什么样的位置？心态决定你的高度。这也是我一直在学习和改进的。我把它总结为：你不能控制的事情，那就随它去啦！交给专业，或者上帝。

像明星一样去战斗

那些有颜的年轻人

◎ 何 炅

　　1994年，我第一次去央视录节目。那是我第一次戴隐形眼镜，第一次化淡妆，头发也吹好，穿着一件红色小西服。然后，人生中第一次，有人说，哇，何炅好帅。

　　那一年，我二十岁。

　　在那以前，我是一个非常不好看、非常不起眼儿的小孩儿。我个子不高，戴着眼镜，不会打扮，从来都不是班上引人注意的学生，也就是路人甲。

　　在北外这种帅哥美女云集的地方，路人甲何炅从来都不是风云人物。

　　现在的年轻人中流行着一句话，叫"长得好看的人才有青春"。那么请问，那时候的我，是有青春还是没有青春呢？

　　长得好看，颜值高的人，他的青春也许更容易灿烂。因为在这个据说是看脸的世界里，漂亮的人总是更容易得到周围人的好感，更容易交到朋友，更容易脱颖而出。可是，青春真的就这么简单吗？

　　如何评判"长得好看的人才有青春"这句话，我想这要基于你对青春的认知和理解。

　　在我的工作环境当中，美颜的人从来都不缺乏，所以到最后大家拼的并不是颜值。

　　长得好看、漂亮的人有很多，但是接触下来，我会更欣赏有个性的人。

你会发现他们非常有魅力，非常美。而我相信，这种美不仅仅是他们的好看，而是那种源源不断地来源于内心的爱和纯净。

这一种人很难得，他们懂得如何在对的时间，用对的方式，跟对的人，做对的事情。

这里面所有的"对"，都需要一份待人处事的智慧，用成熟的方式将一份心意准确地传达出来，让对方既能看到她的心意，又能很舒服地没有负担地领受。

举个小例子，李宇春就是这样的一个人。

有一次，我们参加一个大晚会，结束以后大家聚在一起狂欢庆祝。全世界都在唱唱跳跳的时候，我发现只有春春一个人远远地躲在角落里。

她坐在一台音箱上，低着头，哭了。

而她的经纪人就站在旁边，一句话不说，默默地陪着她。

我不知道她为什么要哭。那个时期是她最火最红的时候，因此我唯一能想到的理由就是她的压力太大。而且，很寂寞。

我觉得我应该过去陪陪她，虽然一时也不知道该说什么去安慰。她垂着头，我蹲在她面前，拉着她的手，就那样看着她，笑着跟她讲我那时候的近况，比如我去了哪里，玩了什么，又见了什么人，遇到了什么有趣的事情之类的。我就在她流着泪的时候，静静地讲着这些事。我想着陪伴和倾诉也许能缓解她悲伤的情绪，我不知道她有没有在听，但我想要让她知道我就在她身边，并且不管发生什么事情，我都会在她身边鼓励她、陪着她。

隔天，她要参加一个颁奖典礼，那个颁奖典礼由我、湘湘，还有康永哥一起主持。

颁奖典礼开始前的彩排，春春也过来了。

那天的彩排现场有大量的粉丝到场，春春彩排完，并没有在乎有很多粉丝尾随，而是绕了一大圈，走到了我们休息的地方。

她先跟湘湘和康永哥打了招呼，然后就用我那天晚上对待她的方式，在我的面前蹲下，拉着我的手跟我说："何老师，谢谢你！虽然我不能具体地记得你跟我说了什么，但我就是觉得你跟我讲的话让我特别特别特别受启发，我觉得我突然想通了很多事情，我现在心里很舒服。谢谢你！"

她做这个举动的时候她的粉丝们都在旁边看着，她想传达的心意就是：你怎么对我好，我就要在全世界面前怎么对你好。

虽然我表现得很镇定，但内心却受到了很大的触动。春春就是这样一个情感特别细腻、处事非常讲究的人。可能很多没有接触过她的人会有错觉，误认为她是个爽朗不羁、大大咧咧、不拘小节的人，其实她的内心像丝绸一般柔软和敏感。

我最喜欢春春身上的这种个性和特质。她的真诚很纯净，而且对真诚的表达也不笨拙，不为难自己，也不做作。

这样的聪慧是天生的。它赋予她这样的能力，使她在每一场应对里，都能够在众多的出口中，找到最适合的那一个。

她为自己量体裁衣丈量出了一个度，完成了所有的"对"，对的时间，对的方式，跟对的人，做对的事情。

和这样的人相处，你不会感到紧张，更不会觉得累。他们和别人的交流，让人觉得放松而舒服。我想，是岁月给了他们更多的理解力，更多宽容他人的气度，更多爱的能力。

年轻的时候，在爱里面，我们只知道索取，只想要从别人那里得到爱，迷恋被爱的感觉，即便我们自己有爱，也未必知道如何去表达。年轻人往往很难意识到，在人和人的相处中，更重要的是付出爱，是让别人感受到爱。

刚刚决定要拍电影的时候，我就对李易峰说："我要拍《栀子花开》，你来做我的男主角吧？"

峰峰想都没想就回复我说："可以，没问题，我一定把时间留给你。"

我接着说："不过，我连剧本都还没有呢！"

他接着回复我说："赶紧写，反正我肯定先把时间留给你。"

而这正是 2014 年的夏天，全民都陷入《古剑奇谭》汹涌的观剧热潮中，大家都疯狂地谈论着百里屠苏，更多的人知道了有个叫李易峰的年轻演员。那个夏天，他开始了星途的真正起航，被大家疯狂热爱，如日中天。

在这种时候，他那么干脆迅速地答应下来出演，其实是让我非常惊喜的。直到这部电影拍完，我都没有去问他真正的原因。不过我知道，同时他也在承受着公司的压力。

有一天，他发微信给我，说："大佬啊，剧本还没出来啊，公司要把档期给出去了，我要怎么办啊？"没有剧本，不能确定档期，他的时间就很难留住。没有剧本，也没法根据角色需要来提前为他定制服装。因为他的服装都由韩国团队定制，必须得先有剧本，然后翻译成韩文，再交给他的服装师和他的造型团队。

他急，我更急。可是剧本又不可能按流水线程序来赶工。我只能在剧本出来之前尽量安抚他，而他也不管不顾地推了不少剧本和工作，把自己交给了一个迟迟见不到的剧本和不知道姓甚名谁的角色。

我想，我们俩正是凭着彼此的这般信任，最终才有了那么可爱的"许诺"。

在他的身上，我看到了谨慎、认真和守信。而这种特质却不是每一个现在的年轻人都有的。2007 年出道，他默默无闻了将近七年，在第七年的时候他爆发了巨大的能量。我常常说，他是一个禁得起等待的人。

可能会有很多人羡慕他的运气，但那些羡慕的人应该明白一个更加现实的道理：所有的运气不过是一直在努力的结果。

峰峰，他就是那个一直在不停地努力的人。

当别人问起那默默无闻的七年，他有没有陷入极深的恐惧的时候，他说："与其沉浸在担心、恐惧、害怕的情绪当中，不如把自己当下的事情

做好,多给自己鼓励,这才是当下的青春应该做的事情。"

一个人所谓的才华、资质和遭遇,常常是无法改变的,我们不妨把这些理解为上天设定好的硬件设施,但从另外一个角度看,这些何尝不是对我们的一种考验呢?在现有的基础上,更好地发挥优势,并且将劣势转化为优势,这不是更精彩的人生经历吗?

青春是一种常态,它关乎内心。好看不好看,只是这个常态的表象而已。有"满屏都是胶原蛋白"的青春,也有满脸都是褶子、白发苍苍的青春。但最终,青春的意义取决于你如何度过你的人生,或者说,你觉得你还很青春,你都来得及,那才是正版原装的真青春。

星讲堂：终于赢得表达的权利

我用12年改变命运

◎汤　唯

　　我出生在一个搞艺术的家庭，父亲是一位画家，母亲在我出生之前是一名越剧演员，之后也转入绘画学习。小时候，我们的一切都是由父母来安排，因此顺理成章，父母安排了我走画画这条路。

　　但其实，我从小就有个愿望，就是会说很多种语言，方言、外语都行，所以每回看见那些在多种语言间很骄傲地自由转换的人就羡慕得不得了，总会偷偷地多欣赏一会儿。

　　我喜欢语言，掌握它，和当地人聊天儿时，语言上的亲切感能让某些隔阂瞬间消失，能帮助你快速融入对方的文化，这种感觉真是妙不可言。

　　后来，记得是高中二年级，我在杭州报纸中缝里看到美国交换生的申请消息，千载难逢的好机会啊。于是我想也没想，第二天立刻按要求把申请材料，包括照片、老师和学校介绍信等，都准备好了。

　　可是，在父母这最后一关卡住了，出于种种原因，他们不让我去，而我那时候也就是个高中生，别无选择，好吧，这事也就不了了之。心中被演练了千百遍的画面，暂时冷藏起来了。

　　那年，我15岁。

　　人生就像一个圆，常会走着走着，就遇到了陌生又熟悉的机会。

　　在我拍完第一部电影，而合适的第二部又尚未出现时，有了个空当。

突然我发现，咦，机会来了，超级兴奋。公司当时提议去纽约，但我想去瑞典学戏剧，因为我喜爱的两位大师斯特林堡和英格玛·伯格曼都从那里来。但是，我不会说瑞典语，英语也仅限皮毛。好，那就先从英语国家开始，我决定去那个有海德公园的伦敦。

之后就是不停在追问公司，我何时可以走？可以走多久？去哪所学校？什么专业？要带些什么？住在哪里？那段时间我兴奋得就像个明天要去远足的小学生。

最后，在公司和李安导演的帮助下，我去了伦敦数一数二的戏剧学校LAMDA（London Academy of Music and Dramatic Art，伦敦音乐戏剧艺术学院），虽然只是念了两个summer courses（暑期课程），但小时候的愿望终于实现了，就是在国外学语言。

那年，我27岁。也就是说，12年后，我实现了15岁的少女汤唯的梦想。

包括后来因为拍电影的需要，我有机会在香港学习广东话，也是一样。

我时常觉得生命很神奇，有很多事想做而未能成，一度失望至极，你以为生命中的那扇门已经关闭，你以为自己也已经放弃，可当日子过去，你只要踏踏实实走你该走的每一步，积极地面对生活，有一天，你冷不丁就会发现另一扇门不晓得何时已经悄悄地为你打开了。对我而言，伦敦的学习生活，就是我生命中的一扇门。

我喜欢语言，掌握它，你就可以去探索这语言背后所承载的历史与文化，我选择了莎士比亚。

那会儿整所学校我怀疑就只有我一个亚洲人，这正合适。在伦敦的日子，我给自己设了条规矩，除了与国内联系非用不可，绝不说中文，珍惜时间，给自己一个最纯粹的语言环境，有效率地专注于感受这种语言的氛围。

但这真不是那么简单，一开头就给了我个下马威——第一堂表演课，全班同学光脚一圈围坐在排练厅黑色的橡胶地上，挨个儿一句句读《仲夏夜之梦》。

我永远忘不了，轮到我读的那句，几乎没有一个词是我认得的，大家都等着我，尴尬得呀，真想扒拉条地缝钻进去，最后还是身边的老师帮我念了，当时特想哭，要知道莎士比亚所用的英文是古英文，可我连基础英语还没掌握完全呢！

剧本读不下来这件事挺可怕，你都不知道自己在读什么，怎么演啊！以前只演过中文的，这英文的使使劲儿我也能读，可这回好嘛，是我拿着剧本，那些词不认识我，我也不认识它们，就算查了字典也不知道整句在讲什么鬼东西，崩溃！

但话说回来，我还就不信了，怎么就不行呢？我冲去老师办公室，拿着手机对着老师说："Could you please read all the lines for me？（你能帮我读一下所有的台词吗？）"老师也很好，全都读了。之后的两三个星期我就跟这录音谈起了恋爱，每天上下课，坐地铁一个小时，还有走路大概二十分钟的路程，那一个半小时，来，去，我永远都是在听着跟读，回到家里也是在听，做饭也听，睡觉也听。人多就小声咕哝着跟读，四下无人就扯着嗓子跟读，耳朵里永远塞着耳塞，永远在听。

暑期班时间很短，只有三四个星期。期末演出后，很意外地，我获得了两出将在伦敦上演的舞台剧女主角的邀请，其中一出是莎士比亚剧。但因为与《月满轩尼诗》撞期，最终只好忍痛割爱。这愿望至今还在冷藏柜中。

这是我学习英文的一个小例子。我想说的是，困难总是和我们如影随形，用不着害怕，怕也没用，反正它就在那儿，拐个弯儿就碰上了。其实遇到困难的时候，面对它，拥抱它。这时它就不再是个坎儿，只是一件事儿。对我而言，困难是一种营养，能强壮我的心智，帮助我成长，为将来做准备。

我是个喜欢一直往前跑着的人，总好奇这世界上还有什么有意思的事情我没见过。跑着跑着自然会遇到各种稀奇古怪的状况（这应该是我天生好奇的性格决定的），遇到了，害怕没用，唉声叹气没用，逃也逃不掉。

这种情况，我喜欢把自己收拾利索了，准备好，迎上去，和它 say hi

（说"嗨"），理解它，与它交谈，握手，拥抱，它会离开，你也不用回望，继续往前走就是了，生命这么短，世界那么大，多的是你可学可看的。我坚信，再大的障碍除非你投降，不然谁也吃不了你。当一切时过境迁，便是你破茧化蝶的日子。不用管别人怎么想，听从内心的声音，自己做的决定，不管结果怎样，我不会后悔。

刚刚说到，语言是我人生中的一扇窗户。因为伦敦打下的那一点儿语言基础，令我有可能参与国外电影的拍摄，比如2009年的深秋，在西雅图，我主演了韩国电影《晚秋》，意外收获了韩国电影同行的诸多认可与观众的支持。2011年在国内上映时也得到了很多中国观众的喜爱，感恩。

当然，也因为这部电影结识了当时的金泰勇导演，更没想到，几年之后，他竟成了我的家人。泰勇，对我而言，亦师亦友，亦是兄长，也是爱人。其实小时候，我是觉得我肯定不会嫁给一个外国人，但是缘分就是那么随性，我也欣然接受。要知道能遇上那么有默契、互相懂得对方，而又能一起过柴米油盐酱醋茶生活的人有多难，所以我绝不会错过。

回到最初我的感叹，生命很神奇，你永远不知道下一秒在前面等着你的是什么（You'll never know what life has to offer）。

对我而言：

遇到机会，当机立断，抓住它；

遇到困难，调整心态，拥抱它；

遇到缘分，变成笨蛋，珍惜它。

改写命运，就是点点滴滴的生活态度。最后用三句话结束我的分享：

Every second, you have the opportunity to make the next second greater than now（每一秒，你都有机会变得比现在更好）；

Change, is in all of us（每一个人都要改变）；

I believe, you can change your destiny（我相信，你可以改变自己的命运）。

用柔软的力量去改变

◎林志玲

　　我在学生时期，从来没有想过有一天能拥有这样精彩的人生舞台。工作以后，老天爷突然给了我一份很大的礼物：知名度。但很快，它又给了我一个巨大的考验。2005年，一个广告拍摄现场，导演走过来问我说："志玲，你这个马在飞奔的镜头虽然有点儿远，可是看得出来是替身，你要不要自己来试一试？"我想都没有想，说："我试试。"我永远不会忘记"我试试"这三个字，它让我从马背上重重地摔了下来。那时候，马完全不受控制，直奔一片树林。我立刻做了一个决定，从马背上跳下来。就在我跳下来的一瞬间，被马狠狠踢了一脚。等我睁开眼睛的时候才知道，我受伤了。这个伤从心脏以下一厘米开始，有6根肋骨，7个地方断裂性骨折，也就是说再偏上一厘米，就没有现在的我了。医生说，肋骨断裂是最大的疼痛，他叫我一定要忍。我就问他会好吗。他说会。然后我就再也没有喊过一次痛，再也没有流过一滴泪。因为我要让全部的精力都来修复我的身体，即使那时连呼吸一口气都觉得好疼。

　　我也谢谢这样一个考验，老天爷是要考验我够不够坚强，有没有这样宽阔的胸襟，可以面对一切。在之后的日子，我面对任何一个机会，都会像绝世珍宝那样珍惜。

　　我人生的下一个转弯，就是电影《赤壁》，我面对的是很多质疑，其

中就包括"花瓶说"。我脑袋里有一个想法,很想拿一把大锤子把那个花瓶砸碎。可是我告诉自己,我何必让他人的言语来左右我的前进呢?老天爷已经赋予我一个柔软又坚强的心脏了,我应该不要再怕这些言语,我要用柔软的力量,让时间推移;然后用女人如水的姿态,温和但是很坚定地走出我自己的路,我不要让他人的声音决定我自己的价值,我要用我的行动来决定自己的价值。

我想大家在生活中可能也会遇到很多质疑,你也许会愤恨不平,可是如果我们太在乎的话,我们就会活在他人的言语当中,而慢慢慢慢地失去了自我。我觉得,人生的第一课就是学习接受;然后把话说小,把事做好,是我们的进阶课程;再下来就是决定自己的价值。

到现在,你们已经听我讲了几分钟"娃娃音"了,有一阵子,我真的觉得:这个声音太不对了,我是不是应该改变一下呢?有一天,我在机场,乔装得很好,排队时说了声"不好意思"。旁边的婆婆立刻抓住我说:"志玲姐姐,你好瘦,你要吃饭,你要好好照顾身体,不然婆婆会心疼的。"她是因为我的声音认出了我,我的声音其实就是一个有辨识度的理由,也是一个可以拉近我和大家之间距离的原因。我为什么一直想把它丢掉呢?我的弱点也许就是我的优势。因为这样,你们记住了我。

我很感谢到现在为止所发生的一切,今天我想要和大家分享的就是:如果我们都可以转个念、换个态度,结果也许就会不同。不要让愤怒的情绪阻止你前进,我们可以用温和的言语去沟通。

很多朋友都会告诉我:"你最喜欢传递那种快乐正面的能量了。"我说:"这很重要啊。当你可以传递快乐的能量,你就会有善的互动;当人们有善的互动,你会发现,只要付出你就更喜欢自己,于是你就会拥有长在心底的善良以及这种快乐的能量,进而拥有长在骨子里的坚强。"

想一日三餐
都能吃得起肯德基

◎乐 嘉

我常常遇见很多没自信的朋友，询问我如何变得更有自信。我觉得他们真是眼光毒辣，找到组织了。你去问一个从头到尾就霸气冲天自信爆棚的人，他无法与提问者感同身受，只有找到我这种"赤脚医生"，才能得到自疗的土方。我告诉他们，秘诀就是内外双修。

所谓内力，是你必须要做成事，无论大事还是小事；所谓外力，是你要找到别人鼓励你，给你信心。这两者，内力最关键。实现了你想实现的，事再小，也会有信心；相反，想做的事从没做成，即便你天天被灌蜂蜜，也没自信。事情的大小不重要，只要完成一件小事，就会相信可完成第二件，小事不断累积，逐渐变成大事，当你的很多想法都能实现时，你不能，也能了。

1995年夏天，我到上海已经一年。那时，我和胖胖经常晚上在西藏路肯德基谈工作，胖胖是我在上海认识的第一个朋友，因为穷，约人谈事找不到地儿，依我们当时的水平，能找到的高端大气上档次又花销不大的好去处就是这儿了。为了省钱，我们常常是来了人，给对方买杯可乐，别人说"你们怎么不喝"，我就答"喝得太饱了，不用"，天知道，那是为了省三元五角钱。我时常和胖胖憧憬未来，那时重复最多的就是："如果以后有钱了，咱要每天三顿，顿顿吃肯德基。"每天晚上我们相拥告别时，

互相击掌，就拿这话激励自己。

胖胖头脑活络，这个梦想比我实现得要早，我在多年里换了无数工作，无数选择，始终漂泊动荡，直到2003年培训公司上轨后，才算真正实现。实现那天，我请胖胖到西藏路吃肯德基，坐在老位置，面对面，我对他说："今天我请你，就吃死在这儿。"我很清楚，那时他和我对此早已意兴阑珊了，但既然梦想从这里起来，就要在这里结束，有始有终，算是做个仪式，画个句号。

再之后，为了达成梦想，我将大梦想具体量化为有明确时间限制的可切割的小目标。这样，我每实现一个梦想，相对于后面那个更大的梦想而言，就自动转变为一个阶段目标。例如，迄今为止，我认为实现的最重要的梦想是让性格色彩的培训课程从无到有，构建了一个相对完整的培训体系，让性格色彩在大众中有初步的印象。而在当年，我认为实现的最重要的梦想是我终于改行做了销售，可以天天吃肯德基，所以，每个人对自我力量的认知，很大程度上取决于当时他能完成什么。

这事让我明白：当你达成一个梦想，你会获取等值的力量，而想得到更大的力量，必须完成更大的一个梦想。一言以蔽之，梦想没有最大，只有更大；力量没有最大，只有更大。当你将一个梦想达至峰顶时，你会给自己另一个全新的梦想，这是你让自己的人生变得有意义的唯一方式。

星讲堂：终于赢得表达的权利

差点儿死在魔术里

◎华 少

第一次参与魔术表演是跟傅腾龙老师合作。

傅老师是我国著名的魔术表演艺术家，也是傅琰东先生的父亲。我认识傅老师他们的时间并不短，私下里是深交之友。因为对魔术颇为钟情，闲暇时我常去向他们请教，傅老师谦和友善，有问必答。

有一次，傅老师琢磨出了一个新魔术，就问我："华少，我这儿有个新魔术，你要不要试试看？这个魔术除了我儿子，我只教你一个人，这样一来，你也算是我的关门弟子了！"我自然大喜过望，这样的机会可遇而不可求，便一口应了下来，连大概的表演形式都没问一句。

彩排的时候，我才意识到现实的严峻程度，光是魔术道具的设定，就让我如坐针毡：一个不到一米见方的透明玻璃水柜，里面先灌上一半水，我要在双手被绑缚的情况下进入里面坐下，水溢过我头顶，之后会有人把水柜的盖子盖上，四周上锁，人在里面可谓插翅难逃。

水柜之外，会有一张幕布挡住，表演最后需要达到的效果是：30秒，每10秒拉开幕布一次，第一次和第二次拉开时，我在水柜里挣扎，最后一次揭开幕布后，锁还在，水还在，柜还在，而我已经出现在观众席。这种真人游戏，玩起来，惊心动魄。

在正式演出之前，我们来到体育馆进行实地彩排，水缸里别出心裁地

放了三条活鱼，由于空间太小，我一屁股坐下去，一不小心差点儿结束了一条小生命。还好，除此别无意外。

可是，万万没有想到的是，第二次彩排的时候差点儿死掉的不是鱼，而是我。为什么呢？因为水放多了！要知道，每一个环节对于魔术表演者来说都不是闹着玩儿的，眼前的这个魔术的秘诀，恰恰就在这水上：我进入水柜后，虽然一开始看起来口鼻都被水淹没，但实际上，通过水柜顶部的小机关，我的头是可以稍稍仰起的，于是便可以呼吸了。

第二次彩排时，前面的流程都很正常，我双手被绑好后慢慢跨进水柜，傅老师还在一旁交代我说："这次你在里面要演得痛苦一点儿，知道吧？"我冲他打了个OK（好）的手势："好，明白了。"而后深呼一口气坐了下去，开始咕嘟咕嘟地冒泡，表演"被水淹没"的部分，我一边咕嘟一边紧盯着幕布，只要幕布一遮上，我就可以仰起头来换气了。

幕布缓缓落下，我立马仰头，没想到四周的水瞬间从我口鼻里倒灌进来，此时，"水火无情"四个字猛地跃入脑海，我瞬间崩溃。幽闭、窒息、无助，我不敢再挣扎，每一次呼吸都有可能让水冲到肺里，我只好那么憋着。我的第一反应就是别慌，稳住。不是10秒钟揭一次幕吗？到时候我示意他们放我出去就好了，于是，我把绑着的手松开做准备。

10秒后，我模糊地听到主持人说了台词："10秒啦，我们来看看他怎么样了？"幕布第一次被揭开，我心里松了口气，冲着外面拼命打手势——快放我出去。结果，傅老师在外面说了一句让我绝望的话："不错，这次表演得很好！"原来，他们以为我在节目中增加了即兴表演。

然后，幕布又被缓缓拉上了。这下糟了，我的挣扎被当成了出彩，这一动，身体里的氧又被消耗了不少，我已经到了欲哭无泪的地步，剩下的20秒，度秒如年，为了逃生，我开始猛蹬水柜，而外面的主持人还在按台本往下说，这让我心里抓狂：求你们，赶紧给我打开，我快不行啦。

第二个10秒终于过去，幕布被揭开，我的挣扎又一次被理解为成功的表演。幕布复又拉上，我渐渐绝望，脑子里一片空白，最后的10秒，撑不撑得过去只能听天由命了。

感谢上苍，天不绝我，就在这生死存亡之际，一位助理魔术师无意间瞥见幕布后面的水柜，立刻大喊起来："不对，不对，他是不是真的不行了。"大家赶紧扯下幕布，一看，我快成之前的那条鱼了。众人七手八脚撬开锁，打开箱子，卸下机关，把我从里面捞了出来。我贪婪地大口呼吸着，一边喘气，一边没好气地说："谁……谁把水灌多了……"

第一次表演魔术，着实把我刺激了一把。刺激这种事是会上瘾的。

第二次的魔术表演，相对于第一次来说，生命的危险系数略有降低，却更加考验演技和心理素质。

我先把这个魔术的变法给大家说说，舞蹈演员入场跳舞，我从旁边走上台跟他们互动5秒，同时，会有四位场工从后方的舞台抬上一个大箱子，然后我说着台词进到这箱子里，箱子前面有两个洞，我要从里面伸出手，向观众挥手示意，箱子关上，我也不能停，表示我还在里头，箱子被吊到半空后四面开启，箱子里当然不会有人，因为此时我坐在观众席上，拿着一只气球让观众扎爆，同时从我的怀里放出鸽子。就这么"简单"。

正式演出时，我按照计划进入箱子，替身的手一伸到外面，我立刻去拉箱底的暗门，箱子的拉手被我拽了下来，暗门却纹丝不动。威亚只能支撑一个人的重量，如果我们两个人被吊起来，注定会掉下来，我一边想着，一边在里头用拳头砸暗门。

无巧不成书，当天演出的时候，助理魔术师把暗门给装反了，本来是拉，却成了往外推才行，更凑巧的是，一位场工从地下路过，以为我已经出逃，便把插销给插上了。

经过一番苦战，暗门被我砸开，我下到舞台的下方，连滚带爬一口气跑到舞台边上，此时暗箱已经缓缓上升。我赶紧换上接下来表演所穿的"鸽子"衣服，与此同时，半空中的箱子已经打开了，我气喘吁吁地跑到观众席，

原本应该说上几句台词，可是，慌乱中把耳麦也给蹭掉了，于是我直接掏出气球吹起来。吹好气球，我拿出一根针，交给旁边的观众，把气球伸到她面前，示意她看我手势，数完一二三就往下扎。

我开始用左手比画，一、二、三，气球没有破，此时，鸽子已经被我拽出来一半，正在我的胳膊和腰之间，我拼命用左胳膊夹住鸽子的头。

我的左胳膊已经无法动弹，只能用右手把气球再一次递到观众面前，第二次，气球奇迹般地又没被扎破，庆幸的是，事不过三的真理挽救了我，就在我快要控制不住鸽子的时候，气球破了，眼前顿时五彩缤纷，鸽毛满地，我打心眼里比在座的每一位都高兴。

老子说："天下难事，必作于易；天下大事，必作于细。"这些都是梦想道路上的小事，我们对它们用多少心思，它们就会给我们带来多少欣喜，不是吗？

第五章

星梦缘：
你的名字我的青春

  如果你喜欢一位偶像，请你一定要为他写一些文字，不追求华美，不强求确凿，只要清醒记录你所有的思念与战栗，所有的真实与感悟，所有的明媚与忧伤。爱如水一般漫延，浸过你的神经，滑过你的指尖，温柔地抚过你敏感的心。

——蔡康永

 像明星一样去战斗

唐嫣，嫣然一笑很倾城
◎梓 淇

今夕何夕，萱草萋萋

经典形象总会永远铭刻在粉丝心中，如林黛玉之于陈晓旭，如白素贞之于赵雅芝，对于骨灰级的仙剑迷来说，唐嫣，你永远是我心头那抹浓烈凄婉的紫色萱草。

五年了，现今追忆起你和霍建华在《仙剑三》里演绎的悲情故事，虽不至于泪盈于眶，但我依然感到心痛。纠缠三世跨越两百年，一世殉情二世互怨三世必须相忘于江湖，或许有人会吐槽太狗血，但真正懂得"情深缘浅"的人自会唏嘘。

直至今日我依然清晰地记得所有的细节。相爱至深的你们为了彼此的责任，必须忘却这段爱情，你们相约饮下忘情水，让爱如烟消散。但真爱如何能舍弃，你们默契地都没喝下忘情水，相互隐瞒对方，怀抱着这份刻骨铭心的爱，各安天涯，孤独终老。你们在忘情川边背道而驰，越走越远，背景音乐是郑中基悲恸的《答应不爱你》，他仰天大笑，你苦苦流泪，眼波流转中，是伤心欲绝，亦是倔强坚定。

那年我19岁，还没品尝过爱情的痛苦，可我记住了你当时的表情，默默落泪。是如何的潮汐节律，成就关于爱的庞大冗长的体系，又是这样的残酷，让人把心血淋淋地割舍下来，从此无心爱良夜，任他明月下西楼。

原谅我用如此繁复的语言追忆紫萱，正因为紫萱，我才会成为你的死忠粉。后来你在荧幕上形象渐多，娇俏浪漫的夏家千金，冷艳干练的女特工，苦情传奇的上海滩佳人，敢爱敢恨的大魔女，可我总会下意识地在这些形象中寻找紫萱的影子。

你看，你在我心中雕镂出多么深刻的印记，关于爱情，关于命运，关于倔强。

离歌千阕，无处话别。命运如此残酷而不公平，我们却有执着的权利。

紫萱不愿忘掉长卿，如今24岁的我，不愿忘掉最初的梦想。

但愿我能如你那般勇敢，拒绝喝下忘情水，无论命运的狂风暴雨多么酷烈，依然如酷寒中的格桑花，傲然绽放。就算踽踽独行，跌跌撞撞，我亦会用奔跑告诉全世界，我不回头。

红豆腐朽，敛伤成歌

开始总是分分钟都妙不可言，谁都以为热情永不会减。

我经常会脑补你助理描绘的场景，你是上海娇娇女，十指不沾阳春水，却为了心爱的人趴在地上把卫生间的每块瓷砖、每个角落刷得纤尘不染。爱一个人就会卑微到尘埃里，然后开出花来，即便是你，中戏校花，零瑕疵美女，在雅典奥运会上演奏《茉莉花》的你。

若他是面壁的高僧，你便是殿前焚烧的一炷香；若他是重重山峦，你便是明月深处羌笛里的一抹幽芬。翠叶吹凉，夕光煌煌，爱情中难以全身而退的总是女子，微博里的谩骂，你自残的传闻，曾经的甜蜜浪漫，最终被丑陋狰狞的面目狠狠撕裂。

情伤最痛的那段时间，我看到一条关于你的新闻，作为公益大使的你来到广州白云区一家敬老院，主持人问你想不想像这些老夫妻一样拥有相濡以沫的爱情，你回答"想"，然后失控落泪，背对观众哭泣了将近20秒，直到节目暂停，导演让你去后台调整心情。

 像明星一样去战斗

我无从猜测你为何被戳中泪点,更无法揣度你在泪光蒙眬中想起了谁,但我能感受到你那颗柔软的心,因为我们都一样啊,渴望被某个人慎重珍藏,守护安好,免我惊,免我扰,免我颠沛流离,免我无枝可依。

逗趣有理,卖萌无罪

最后不可避免要提及你主演的全网无差评的《金玉良缘》。

我要说,你演绎的玉麒麟会成为新一代的经典形象,甚至超越紫萱。

时隔五年,你和霍建华的组合感依然浑然天成,逗趣夫妇小粉红和小嘟嘟看得我拍桌大笑,前几天我追的剧集里,你喝醉酒吻了金元宝六次,左脸两次唇四次,热吻连击,萌蠢得让多少百年孤独的女汉子都少女心爆棚,高呼:"男神嫁我!"

吴莫愁：
流行易逝，风格永存

◎佚 名

那样的疯狂

优酷上有吴莫愁2009年的MV，她唱《爱一瞬间》时，走的还是当时流行的中性风，短发、红裤、马甲，马甲上还令人发指地别着大胸花。

2012年，她已经留起了长发，戴起了美瞳，她浑身上下散发的鬼魅气质以及配合这种气质的妖精般的声线，让你无论是眼睛还是耳朵皆处于应接不暇的状态。

2012年的夏天有点儿热，2012年的夏天，与她同期参加《中国好声音》的学员，被她牢牢地盖在自己的红唇黑发之下。

"我觉得能喜欢我的人，都挺不容易的。"她说，仿佛她走上舞台，根本不是为了让人喜欢，而只是为了考验人们的承受能力。这是一种多么聪明的营销，人性本如此，你越讨好他们，他们越容易对你产生挑剔，只有当你假装看不到他们，他们才会热情地追随你。

不可否认的是实力。如果说她的声音很重要，不如说她身上那种可以豁出去的疯狂更重要，只有藏着急切想被认可的火焰的人才会有那样一种疯狂。

像明星一样去战斗

传奇与童话

齐齐哈尔出生,沈阳读书,大约因为一直没有离开过故土,吴莫愁说话带着浓重的东北口音,并直接将口音带到了歌曲中。刘欢很受不了这位东北小妞儿,然而他尽评委之责为其纠正口音,却被吴莫愁的粉丝讥讽为学院派。她超出了他所能包装的范围,甚至在他眼里,她根本就是一个不合格产品。

于是人们说,哈林代表现代,刘欢代表过去。

出道以来,唱功一直被质疑,吴莫愁却从未就此问题发表意见,她大学就读院校是沈阳音乐学院流行音乐系,学习通俗表演。这个专业似乎正好契合了她如今的舞台表现,不是凭着一把好声音就可以的,歌唱本身就是一种表演。

或者生活本身就是一场表演,这位被媒体形容为成长于大篷车上的音乐小魔女,父亲是民间艺人,反串女角。搭台唱戏,凭本事赚钱,将年幼的女儿带在身边是自然而然的事。只是这件为了生计辛苦奔波的事情,变成文字就充满了浪漫色彩。《中国好声音》决赛前,吴莫愁还自己写了一篇文章,纪念大篷车生活以及她早逝的父亲,相当催人泪下,有些人正是看了这段文字,才倒向喜欢她的阵营。

更富戏剧性的是,吴莫愁说父亲年轻时最爱唱哈林的歌,"爸爸是唱着哈林的歌把我养大的",这是一件死无对证的事,却让看客精神为之一振,人们总是渴望看到传奇与童话,哪怕被骗一百次,下次还是会相信。

极致的强项

将所有的长项发挥到极致,就算短板再多,都会被忽略,是吴莫愁这个典型案例告诉我们的事。

百事广告中的吴莫愁已经相当有 Lady Gaga 范儿。纽约时装周上,吴莫愁特意拜访了 *Dazed&Confused* 杂志创意总监尼古拉,据说雷帝第一次时装走秀，穿的是他设计的衣服。"尼古拉非常肯定吴莫愁的风格，破天荒亲自为她搭配服装"，此新闻通稿一出，摆明是要坐实了"中国版Lady Gaga"的称号，只是，她的歌呢？她将拿什么样的歌来回报那些当初顶着与恋人分手、与朋友翻脸的压力喜欢她的人？

喜欢她的人正视了另一个自己，不喜欢她的人害怕另一个自己

每个人心里都有一个吴莫愁，她是"不做第一，只做唯一"的代言人。而这个"广告词"的精妙之处在于，人群中的大多数，都是做不了第一的人，却在客观上都是唯一的。只要愿意，我们都可以与吴莫愁一样，多么励志。

励志永远是人类必需，甚至是人与动物的本质区别之一。人们喝了多年心灵鸡汤，如今也该换换口味了。吴莫愁代表的正是一种与心灵鸡汤完全相反的励志，她所表达的不是努力、上进、真善美，而是如果你勇敢地反叛所有约定俗成的成功规律，同样可以成功。

极致的自由就是束缚，过分的雅致比媚俗更坏，米兰·昆德拉对此早有断言。

吴莫愁成为时尚界新宠几乎是没有任何悬念的事，如果中国也有所谓的时尚界的话。时尚的意义永远不是求美，而是震撼，是被记住。

每个走红的人，都是恰好迎合了公众的需要，当人们极度渴望自由时，一首走音走得惨绝人寰的歌，就会被解读为自由。

每个人，都活在自己的偏见中，掌管偏见的那只手，翻云覆雨。

吴莫愁像那种叫榴梿的水果，喜欢的人大爱，不喜欢的人深吐。

她是大多数人心中始终不能够释放的那个叛逆的自我，喜欢她的人正视了另一个自己，不喜欢她的人害怕另一个自己。无论如何，当《中国好声音》第二季令人昏昏欲睡地落下帷幕，人们都会怀念她曾经在这个舞台上制造的光。

像明星一样去战斗

周笔畅：逆反的背后

◎紫堇轩

父母

少女时代，不认识周笔畅的人都以为这是个异装癖，犯了错，家里人再打骂都没用，那种怎么打也不哭、一停手就原地满血复活的姿态让他们顿生挫败感。既没有按照母亲的意愿继承民歌天赋，也没有在父亲唐僧附体般的碎碎念里将体操进行到底。她连填个志愿，都是先斩后奏。或许骨子里的那种叛逆，让她的星光大道荆棘丛生。

和天娱解约三年后，又和乐林关系恶化的消息闹得满城风雨。当年的报道里铺天盖地说周笔畅是难搞的烫手山芋，性格倔强，又不好相处。却鲜少有人知道，事情的导火索是乐林公司开除了兢兢业业帮周笔畅争取宣传机会的贴身助理。公司给的诱惑是续约就给她开校园巡演，但周笔畅少时的枕边书是武侠，她当然不能放弃情义，毅然再度解约。

从问题儿童到问题歌手，周笔畅的叛逆期仿佛比别人长出十年，然而逆反的背后，却是遵从自己的内心。你要她唱最有市场的疗伤情歌，她却偏爱小众"过时"的 R&B，你要她现场假唱对口型，她给你拍胸口保证可以做到跟唱片效果没差。

小时候做过的题目，每个都有公式和标准答案，她却想成为特例，直到锋芒毕露。周杰伦说："那个小女生唱得还真不错，绝对是女版周杰伦。"

陈奕迅说:"你看她一个爆炸头,然后站在那边,拿个话筒,就感觉好像拿着冰激凌甜筒一样,低头就可以舔一口。"

但足够卖力就能光芒万丈?拜托,这种心灵鸡汤你也信?那次解约是她人生中最漫长的隧道,被要求一天之内搬离公司公寓,甚至连粉丝们买给她的礼物——一个话筒,也被当作公物回收。随后关机,可以独吞的商演不接,可以上头条的访谈不理,直接玩起了消失,而事关歌迷最牵肠挂肚的事业,她却例外回应。

她在博客上说:"我不害怕,我很爱它。大不了我再回到音乐的原点。"

在周笔畅心中,稀罕的不是遇见,是理解。对她的热爱、煎熬报以虔诚的尊重,不然就别当一路人。

歌迷

如今的周笔畅不再是中性西装,黑框眼镜,发顶涂满定型水。

是的,当你以为她会一直那样像哆啦A梦般走可爱路线到老的时候,她穿起了曾抵死抗拒的裙子,戴着隐形眼镜,画着邪魅的黑眼线款款而来。是美剧里大玩变身的E.T.(外星人),还是失去个性的不归路?

明星整形一个个偷偷摸摸,她却在微博上高调自黑:"不戴眼镜和戴眼镜的差别真的有那么大吗?"

要坐过冷板凳,才知道冷的好。没有体会过谷底,便无缘直上云霄的快感。当所有人觉得她迫切回国是为了敛财,她再次不按常理出牌,忙碌之余参加《天声一队》,为偏远山区孩子实现校车愿望,又马不停蹄现身《梦想合唱团》,为贫困聋儿募集更换人工耳蜗手术费。"2013中国慈善名人榜"上,周笔畅与刘德华、范冰冰并排在第十七位,是前二十榜单中最年轻的明星。

当曾经叛逆却无害的邻家女孩,长成上善若水、熠熠发光的女王,就连最众口难调的豆瓣,也对她的新专辑《Unlock》打出8.0以上的高分。

曾经高贵冷艳、拒绝街拍的偶像，在粉丝被困于台湾地震时，却发求助信请求当地人帮忙。

周笔畅一点点变得通融，成长得超出江湖预期的标准。周笔畅很聪明，她厌倦一成不变，哪怕有一撮人大喊"你变了，不再是当初的你"而由粉转黑。

她自己成立工作室，创立潮牌，人送外号"周老板"，终于活得自在踏实了些，夜里不再做噩梦，脸上的光彩也比前几年好了许多。她将自己的城堡推翻、归零，渐渐上了道，没人设想过周笔畅也能成为时尚杂志宠儿，还能把长沙式口音的普通话修正，去深夜电台客串一把DJ（电台音乐节目主持人）。

生活的横截面变宽了，粉丝也不再单单是最初喜欢音乐的那批。

世界

汪涵说："笔笔应该生活在世外桃源，没有纷争，没有诽谤，没有谩骂，也没有诋毁的地方。""从2005年到现在，我们只看到萤火虫身上闪烁着光芒，却没有看见它身后拼命舞动的翅膀。"娱乐圈始终是名利场，好人缘儿的偏爱本不算雪中救命的炭，已是锦上添的花。周笔畅心底也永远有一份感激，把自己演唱会1排1座的VIP门票印上汪涵的名字，亲手奉上。《我是歌手》纪录片中，汪涵直言不讳："我对笔笔，那肯定是心存偏爱的，不管她怎样我都觉得她很好，这就是偏爱，没有理由。"韦唯更直接认她为干女儿。总决赛第一轮没被刷下来，中国好闺蜜杨幂也发来"贺电"撑腰，自嘲不用听见《爱的供养》了。

演唱会被周笔畅视为生命，周笔畅从未请过任何演唱嘉宾现场助阵。谁都没想到，在2013年的深圳演唱会上，她竟然会邀请新人白举纲担纲嘉宾，只为了履行当初一句诺言。看到单纯执着的小白，就像看到当年的自己。她笑起来云淡风轻，说希望这个90后被壁立千仞的娱乐圈包容。

笔亲们也不会忘记曾经五味杂陈的夜晚,多少人在骂周笔畅老油条了竟然不敌多亮,跟他合唱《小情歌》犯下跑调儿这种不可思议的 bug(瑕疵)。

周笔畅始终沉默不予回应。若不是当晚多亮的致歉微博,路人甲们永远不明真相。她推掉重要工作毅然前往,哪怕只是当一个配角。

她在他唱错段落的时候仍是鼎力帮助,从和音马上转到主调,不惜背上走音的骂名。她在台后默默安慰揪着头发的多亮,甘心当衬托新人的绿叶。

连笔亲都看不下去了,留言说:"你看看人家,演唱会都是十多场地开,你呢,一场演唱会歇半年,抢票死伤一片。你就虐我们吧,哼。要是今年没看到你的演唱会,我就天天来你微博挤对你,哼。"

书法功底深厚的她,挥毫泼墨写下:"在这个浮躁且充满诱惑的时代,每个单纯坚定的追梦人都应该被善待。"

洗尽铅华,返璞归真。没有常态,没有真理,你改变了什么,抑或丢失掉什么,都好说。只愿,你被这世界温柔相待。

李易峰：
甘于平淡，保持浪漫

◎乙未子

18岁之前的时光是一首歌

就算经常看电视的人估计也记不起来了，2007年的夏天，20岁的你参加了东方卫视的选秀节目《加油！好男儿》，拿到了全国第8名。

在那届比赛中，你被称作"国民校草"。只看长相，属于典型的三好学生，学习好，长相好，性格好。可现实里，他们都不知道，你学习成绩其实很普通。和同龄的男生一样，喜欢打篮球，但也没有打出多漂亮的成绩。李妈妈甚至在访问中说："我家李易峰就是绣花枕头一包草。"

你还叫"李贺"的时候，就读于成都的列五高中。因为太帅，每天都有外校的女生慕名而来在学校门口堵你，和你同班的女生还会偷偷拍下你的照片拿去卖，从一开始5毛的成本价卖到15元一张。你参加运动会的录像，也被人刻成碟，明码标价，童叟无欺。

都说当一个人意识到他的外表出众后，他就已经不再吸引人了，这句话对你来讲却不适用。虽然经常把女同学托人送来的纸条弄丢，但打球的时候总是有人递毛巾送水，对你来讲"感觉还蛮好的"。

每个人18岁之前的时光都是一首歌。18岁之后，你经历了一场全国性的淘汰，尽管所有人都怀疑那是你的一场"自杀"。

上海的舞台上，你穿着一身金光灿灿的比赛服，用不熟练的粤语唱起了张国荣的《侧面》,被评委李思菘一针见血地指出:"你不性感,唱不出这首歌的味道。"

第一次走出四川的大一男生,就连耍帅这门技术也才刚刚熟悉,让你演绎"性感",再过十年吧。

淘汰后被问到感受,和我心疼的情绪相反,你无所谓地笑,说可以回成都宅着了,挺好的。

说白了,你出身普通,也不是苦其心志还家债的少年,不需要削尖脑袋往娱乐圈里钻。寻遍你的简历,只能看到简单与平淡。在这种氛围里长大的孩子,往往不会懂得"爱憎分明"这四个字,而在牌桌上,知道几时离开的人却比拿到好牌的人更可贵。

无论是行走在娱乐圈,还是人生路上,好脾气永远没有尖锐的性格容易得到关注。

你就像永远也不会长大的大男孩,对我而言,只要简简单单地站在那里,好像就够了。

可以跟大家说我是一个演员了

赛后,和每一位选秀明星一样,你迅速被签约,出了两张 EP(迷你专辑),一本写真,一张专辑,在几部偶像剧里露了脸。虽然忙忙碌碌地赶着通告,跑着宣传,拿了几个不痛不痒的新人奖,但是要么是戏红人不红,要么连戏也鲜有人问津。

23 岁,你得到了主持某节目的机会,连我都能看出来,坐在一边的你就像个布景板,反应不快,插不上话,跟当时一同主持的朱梓骁是两个极端。

娱乐圈的生存法则,一半是脸,一半是性格。

和你同年出道的井柏然,赛后演艺事业如日中天。2010 年凭借首部电影作品《全城热恋》获第 17 届北京大学生电影节"最佳新人奖",并

像明星一样去战斗

入围第 30 届香港电影金像奖最佳新演员。而你在当时却没有任何能拿得出手的代表作，在总结 2011 年最大的收获时，你才说"我去横店拍过戏了，现在终于可以跟大家说我是一个演员"。没有人觉得"去过横店拍戏"才能被叫作"演员"，就连影视学校刚毕业的学生，都能轻松在微博认证上写上"演员"二字。

——要知道那时你已经出道五年了。

2014 年，你用了七年等来了真正意义上的第一个男主角。

《古剑奇谭》定妆照刚出来的时候，从人选到造型，网络上是一边倒的嘘声。有二次元形象在先，要让原作迷接受并不容易。要换作七年前的你，一定会据理力争或干脆逃回成都，可如今 27 岁的你说"那些批评的声音我会看，但不去记"。

电视剧播映后拿下了同时段收视的首位，网络播放量 16 亿次，"李易峰"这个名字也一度占据了热搜榜好几个月，微博粉丝突破了 584 万。

这世上最难的事有三：甘于平淡，保持浪漫，不再言说。

看到现在的你，我会懂，唯有热情不灭，唯有恒久不移，才能抵御岁月绵长。

再回头琢磨你的剧照才顿悟，照片上那名持剑的少侠虽仍显稚嫩，但剑眉深处分明藏着一种离奇的静谧，像是伏有十万精甲，在枕戈待旦。

背着青春走在九月的路口

因《古剑奇谭》的热播和《盗墓笔记》角色的敲定，2014 年各大网站猜测几年内大势小生中，你位居榜首。

和刚出道的那几年不同，上综艺节目和见面会你能放得开了，被游戏整完会主动对镜头推荐好朋友乔振宇来参加，甚至开起了玩笑，"老乔有了孩子应该会更珍惜自己的生命"。

现在你的微博上除了感谢，依旧发着普普通通的演员日常："眼睛过敏，谢谢剧组给我放假休息，耽误大家了不好意思""差点儿从马背上摔下来，多亏帮我拉马的师傅"……好像"明星"李易峰并没有和当初的"校草"李贺有任何区别。

被问到还想尝试什么角色，你说作为一个演员来说，都挺愿意尝试的。

现在的你仍旧不懂得该怎么演绎"性感"，那离你自己太遥远。电视剧热播进入忙碌的宣传期，被问到"觉得给你安排的工作量多不多"时，你笑着瞥了一眼自己的工作人员说"太多了"，而不像其他"爆红"的艺人一样，恨不得紧紧抓住任何机会，把整个人生都献给这项事业。

"我不喜欢太多，我是希望工作之余得有生活的空闲，我把生活看得很重。"

你就像我们身边的每个少年，爱闹爱玩，不知愁，眼睛清澈，笑容明亮，不知情殇。

喜欢你的人，大多是怀念很久以前课桌边听到的那个冷笑话，夜谈的操场边放的几个啤酒瓶，练歌房大包厢里唱的那首《蓝色蝴蝶》。这种怀念在争分夺秒的现在，不能不说是一种奢侈。

不复来的青春呼啸而去，带着尘带着土，带着记忆削尖我们的下颌。痛也罢，苦也罢，好也罢，伤也罢，每个人都是这样慢慢长大的。

生活是在绕圈圈，我们不停地走旧路，但是身边的人却从来不会相同。而你好似能永远陪着我们，背着青春走在九月的路口，不会停留。

像明星一样去战斗

吴亦凡：
活在光里的冷峻少年

◎伊凡cc

  他属于地球上穿白衬衫最好看的那一族，在机场，他随便一张街拍照都像时装大片。如果只是生得一副好皮囊也就罢了，他还拥有令人称羡的背景：少年NBA中国初中篮球联赛华南地区冠军，曾在加拿大求学，一出道就担任"EXO-M"组合队长，精通四门语言。

  是的，这个人就是吴亦凡。

  他讲英语会习惯性去抓后脑勺儿，喝水耍帅被呛到，面对记者不合时宜的提问会聪明地说："下一次。"在人多到恨不能挤成压缩饼干的机场，很多人用手去碰他，他被人抓伤，却不顾自己，一个劲儿地让粉丝们注意安全。

  他不算传统意义上幸福的孩子，10岁时父母离异，他随母亲去了加拿大。这个原名叫李嘉恒的小伙子改了姓，也改了名，甚至改了出生日期，那似乎是他的一个重生。

  四年的沉默，在韩国的日夜，汗水洗过了年华，努力坚持到了梦想照进现实。终于有一天，他以EXO中国队队长的身份出现在世人面前。

  刚出道的时候，他不太爱笑，总绷着脸，于是，酷酷的他被贴上了冷的标签。但了解他的粉丝都知道，他不是队里年纪最大的，却要肩负队长的职责，他是怕自己担任不好队长，才不敢放松自己。

他的家境特别好，他很臭美，却一直背着四年不变的包包走在大家不解的笑声中。面对调侃，他只解释是自己念旧，直到有一天，有个小孩儿背着一个包走到吴亦凡面前，说："哥哥，我想把这个包送给你，为什么你总是背一个破包，是经纪人不给你发工资吗？"

　　童言无忌，男孩大声问了好几遍，他并不知道，那个已经被磨破了的包，是父亲送给哥哥的最后一件生日礼物。

　　而我，在那一刻，打心底心疼这个少年，心疼他没有一丝不满，继续用无比温柔的眼神注视着小男孩，也慢慢明白当时他眼睛里一闪而过的是什么。

　　可是后来，他的"心肌炎"诊断书再一次让人震惊了。众所周知，SM 公司对艺人相当苛刻，而吴亦凡的控诉与上一次韩庚离开的理由几乎如出一辙：不平等待遇，经济很困难，像机器零件一般被对待。孰是孰非，一言难尽。有人说得对：没有人愿意在自己事业顶峰的时候选择离开，除非顶峰的背后是无尽的辛酸。

　　他说："喜欢阅读自我完善类书籍，喜欢善良的女生。"与简单的爱情观相比，在事业上，他的确是一个有野心的人。但仅仅依靠外表，无法走得太远，所经之途，一定还有更多的磨炼在等待着他。

　　如果那些感动过无数人的瞬间皆因分离而成了"虚伪"的代名词，那么世界上已经不存在感动，因为一切的一切，终将尘归尘，土归土。如果你不盛开，就不会有凋谢之苦，若没有凋谢的苦，也就没有了盛开时的满心欢喜。他选择了继续盛开，哪怕风吹雨打。

　　2016 年的吴亦凡是什么样？2016 年的我们，又有什么样的不同？

　　你有你的梦想，我有我的远方。

陌上人如玉，公子世无双

◎谭以牧

转行

乔振宇，有人说你混得不好。

1978年出生的你算得上娱乐圈的"老人"了，顶着"天涯四美"的头衔，戏演了那么多，却还是有网站把你列为"打死都不红"的明星之一，想起来都觉得气人。因有一部收视率爆红的《古剑奇谭》，你登上了某本时尚杂志的封面。在个人专访里，他们只叫你"跻身内地一线的新晋小生"。

说不清这是幸运还是不幸运，如果算幸运的话，也来得太迟了。

你曾在北京舞蹈学院中国民族舞剧系学习古典舞表演，专业技能相当不错，获奖也不少。在舞蹈创作能力上，多部作品如《葬花魂》《长夜行》收入学校的教材之中。当你被星探相中，转战娱乐圈，世间便少了一位舞蹈家，多了一位演艺新人。对于自己的专业，用心对待过，便无太多遗憾。

几年的打拼，事业有了起色，曾获2003年莱卡风尚新人奖。在那以后，因你的低调，一直不愿意投身话题之中，只靠作品说话。

这是个浮躁的年代，低调的人就要付出更多的努力。好作品可遇不可求，就这样，你只出现在细心观众的眼中。

变数

从 2000 年出道到现在，你演了六十多部戏。和刘德华一样，叫你劳模一点儿也不为过。

你说，你不是一个明星，你只是一个演员。你想红，但只希望靠的是你的演技而不是炒作。于是你踏实演戏，勤勉度日。

上天不是没眷顾过你。2002 年，你的第一个春天来临，《雪花女神龙》里，你演欧阳明日，在演艺圈争得一席之地，从此成为"天涯四美"。但路是自己走的，七分靠打拼，仍有三分天注定。一系列不温不火的剧集过后，2007 年《浣花洗剑录》虽然荣登收视率冠军，可观众关注的是谢霆锋。

人生就是这样，机会来了又走，抓不住就只能静候下一次。错过与得到，也都在方寸之间。

《古剑奇谭》原本出演欧阳少恭的男星因故临时退出，你来救场，却救出了事业的第二春。

人生就是这样充满变数，即使你刻意低调，却也还是免不了在一个充满话题的全民狂欢中放大自己的优点，从而回到大众的视线里。

角色

有一句话叫"角色多变，本色依然"，用来形容你，恰到好处。

翻开你的角色表，有舞蹈专业底子的你对于古装剧的表演信手拈来，比如《七剑下天山》《书剑恩仇录》《浣花洗剑录》里的侠客形象，《孔子》《少年讼师纪晓岚》里的书生形象，《鹿鼎记》《古剑奇谭》里的反派形象。外形条件使得你在偶像剧中挑大梁也成为可能，如《爱在来时》《向左走向右走》《丑女也疯狂》《中国式相亲》等。演技的锤炼让你在年代戏里厚积薄发，《锁清秋》《青城之恋》《金粉世家》里的形象都演绎得惟妙惟肖，甚至在军旅战争题材的剧里，在农村题材的剧里，也都能看到你演绎的角色。

你说，你做演员不是为了观众而活着，虽然你不能失去观众，你只是希望用认真的态度去感染观众，你的用心，他们能感受得到。所以你不会因为观众喜欢，就一直演古装戏，你也会有你的追求。

你还说，你不排斥任何角色，只要你感兴趣。

一句兴趣，让你在功名之前，变得心如止水。耗得起，也等得起。

喧嚣的娱乐圈，有时与公平无关。博出位的占据头条，低头前行的前路两茫茫。你让我想起了另一位叫吴秀波的大叔，你们都是一类人，珍惜每一个角色，因为心里喜欢，所以不舍得放弃，每一次挑战，都带着赤子之心，在黑暗中等待黎明。

爱情

观众都爱操心艺人的终身大事，你在戏里生活，却不愿在生活中演戏。

零零星星的一些绯闻，传了足足八年时间。女主角王丽坤，和你一样低调，人们总爱捕捉一些关键的信息，比如访谈的逼供，微博上的互动。你绝口不提两个人的事，在微博上也找不到与她互动的迹象。直到你公布与王倩一的恋情，王丽坤微博点赞，才终结两个人的绯闻传说。

你已升级为奶爸，女主人是王倩一，因赵宝刚的《老有所依》而结缘。为数不多的照片里，小乔和你有着一样有神的眼睛。

当真人秀的节目火爆荧屏，你自然也成为电视台眼中的香饽饽。在密室逃脱真人秀节目《星星的密室》里，你大秀高智商，战术准备充分，将天蝎座的"腹黑"玩至极致，独挑大梁成功逃脱密室夺冠。你的粉丝们自豪之余，又不免慨叹——乔老板的高智商是被腹黑角色熏出来的！

究其根本，无论节目里还是戏里的角色，各有各的规则，不是说付出必有回报，但用心机会总能大一点儿。正像你说的那样——为了演好角色，你愿意不停地压榨自己。

获奖

2014年10月，长沙，第十届中国金鹰电视艺术节，你与黄晓明、张嘉译争夺最具人气男演员奖。一直领先的你却在最后关头票数被反超，粉丝们无法接受这一事实，怀着悲愤的心情把"无冕之王乔振宇"的话题刷上了微博热门。

面对这些，你倒是淡定得多。你说，其实每个演员肯定都是希望能够拿到奖的，但奖就那么一个，每个人的距离也是很微妙的，而且你很喜欢张嘉译老师，他拿奖是实至名归。

事实上你已是最大的赢家。关于《老有所依》这部剧，已经让你收获良多。你为赵宝刚导演给你角色等了十年光阴，他让你因这部剧收获了爱情和婚姻。付出与回报对等，皆大欢喜。尽管给你狂投票的粉丝有不少是缘于《古剑奇谭》后暴涨的人气。比如我朋友的妹妹，她不爱《老有所依》这样的题材，但丝毫不影响她甚至以绝交相威胁来让大家为你投票。

大概少年的热忱就是这样。因为喜欢，所以倾力。后来她尝试看完《老有所依》，也开始接受这一类题材的片子。是热情的光芒，驱赶了心头的阴影。

未来

喧嚣过后，归于平静，一切回到你对生活的态度上来。你还是那个在工作上苛求、在生活上简单面对的人。生活是自己的，你总觉得没必要叙述太多。

这世上所有的成功学几乎都在激励别人攻城拔寨，对万物抱有一颗进取之心。可凡事无绝对，你的经历告诉我们，无欲无求，无为而治，反倒会收获另一片天空。

可无欲无求并非敷衍以对，而是以赤子之心相待，结果随缘。不勉强，也不挖空心思。是你的，终究会来；不是你的，强求了终会失去更多。毕

竟万物守恒，付出未必有回报，但回报一定是因为有付出。

尽管你说对于未来没有刻意的规划，可接下来，仍旧是你的火热年份。新剧与大电影并期而至，对于转战歌坛多栖发展想必也是水到渠成的事。一切的一切，你带来的，我们都静静接受。

陌上人如玉，公子世无双——是人们对你的评价。我不是颜控，只爱以专业技能论人。间歇回望之间，明白坚持需要勇气，不理会风声雨声埋头演戏也需要勇气，终究是天堂再好，也不如人间好风光。关于你的一切，你用努力去浸透生命的滋味，换来舞台以下的热情与尖叫。

那尖叫无比漫长，长到时光渐老，仍不停歇。

星梦缘：你的名字我的青春

我的张英雄

◎小 鸥

遇到事情，想起的总是她。我习惯叫她张英雄，有些老旧的称呼，竟已叫了10年。

2005年夏天，某个周五夜晚，蝉声聒噪。周围的人陷入一场疯狂的选秀，我却直到那晚才在换台间隙瞅了几眼。已是后半段了，烫着波浪头的女青年涂着紫色的眼影，脸被厚厚的粉遮得看不清皮肤。身着紫色小背心，边上还有一圈白色蕾丝。我蹙了蹙眉，真土。

她的声音硬是把我准备换台的手按住了，鸡皮疙瘩顺着指尖往胳膊起了一层又一层，第一次听人将民歌唱得这么入耳。仔细看看，女青年心情明显不好，眼角微红，似乎刚哭过，强撑着疲惫，眉眼倔强、隐忍。原来她叫张靓颖。那场比赛是10进8。

楼下一条街是茶馆和卡拉OK的混合体，每晚都有中年大叔走调儿的号叫，麻将声亦是摧枯拉朽，绵绵不绝地弹拨耳膜。张靓颖的歌声，开始安抚我不堪躁动的难眠长夜。

那时她总被人说高冷，面对评委貌似关切的问候，她冷冷地回答："我很好，我今天状态非常好。"噎得对方一句话也说不出。她也被人说风尘。15岁就进酒吧唱歌的女孩，哪还有清纯可言。可在全国总决赛中明显被打压时流露的眉眼，仍清澈而倔强。她说比赛时最想唱的歌是 **Hero**，里

面有她的坚持，她的勇敢，直到 4 进 3 比赛时才清唱了一小段。很多时候，她像一根刺，明明在一群女生里不那么起眼儿，可一眼扫过去，扎得眼睛生疼。

在我的认知中，她被构筑成了悲情人物：实力强劲、对手嫉妒、主办方打压，却仍保有唱歌的心，一骑绝尘。或许正是因为如此，在"海豚公主"名号出来前，"凉粉"们更中意叫她"张英雄"。励志的形象让人半是怜惜半是愤恨。

其实她不高冷。那年比赛，印象最深的不是 **Loving you** 和《阿根廷别为我哭泣》，而是串烧时的一首《你的样子》，副歌部分她忘词了，连着唱了两遍"你是造物的恩宠"。脸本被涂得惨白，竟红了，火烧一般，和脖子对比得分明。典型的小女生害羞表现，没办法装出来，距离一下被拉得很近。

比赛结束后，她有了很多机会，春晚、影视剧主题曲、格莱美、奥普拉秀。她开了公司，一边发专辑一边当起了老板娘。好像越来越强大了，却感觉始终找不到方向，像有着巨大能量的英雄，突然不知怎么去拯救世界。我安慰自己：都在成长吧，都在路上。

离她最近的一次，是 2011 年广州海心沙演唱会。唱完《快活》，她重重晕倒在地上，被人抬下去。现场观众甚至来不及焦躁便恢复了平静，因为她不到 10 分钟便又乘着升降机出现了，上气不接下气地唱完《画心》，忙着跟观众道歉："对不起，久等了。补送 3 首歌给大家。"那一刻，我又见到了当年倔强的眉眼，英雄般的，不肯认输的，勇敢的。

回家看到她因体力不支在后台吸氧的微博，回想起她强撑着回到舞台唱歌的画面，心里疼着，又骄傲——果然，这么多年了，还是张英雄啊。

我的张英雄。

喜欢他，请叫他林夕

◎慕容莲生

梁伟文，这人或许你不熟悉，但是林夕，有几个人不知呢？梁伟文是林夕的原名，那时他年轻，想做填词人，取笔名，恰好书案上有本简体字版《红楼梦》，"林"下一个"夕"字，合成一个"梦"。林夕不是爱做梦的人，只是觉得树林下面有夕阳，意境美妙，便叫"林夕"。

人说，林夕之于流行乐坛，如柳三变之于宋代婉约词。凡有井水处皆能歌柳词，只要曾歌唱过爱情你就一定会和林夕相遇。王菲、张国荣、陈奕迅、黄耀明……这些星光闪耀的歌者背后都有一个名字：林夕。

林夕清瘦，面容白净，一副黑框眼镜，笑起来淡淡的，又温暖。

他是父亲第三个妻子的第三个儿子，而父亲是一个即使在吃饭也随时可能暴怒的人。于是这个瘦弱的孩子开始学会逃避，在风中飞速骑车享受令人头晕的快感，嗜烟，离开家，像很多叛逆的香港孩子一样参加乐队，后来填词，有自己的生活方式，自己的天地。这样，一个人，也没有什么不好。

后来，他终于坦然。无论哪种情爱，有当然比没有好，倘若没有倒也不必强求，随缘最好。林夕想用自己的歌词，为那些情路跋涉的人设一盏明灯。就像神农尝百草，尝了滋味是怎样，林夕便把它们写下来，作为一种解药。

林夕以佛理写词,是从王菲开始的。他用"无名分的夫妻"来比喻自己和王菲的惺惺相惜。的确,所有合作过的歌者,林夕和王菲最默契,默契到简直接近冷战。他们很少一起吃饭聊天儿,从来不沟通。一个随心所欲地写,一个拿来就唱。然后是我们听到《笑忘书》,听到《只爱陌生人》《红豆》《守望麦田》……

在王菲之后,林夕给陈奕迅、黄耀明等人填词,又成功潜咏佛理,以词载道。这使林夕截然不同于其他填词人,当之无愧为华语词坛第一人。

林夕是一个好奇心很强的人。因为很强的好奇心,所以他愿意尝试很多事情。他是填词人,还是专栏作家,是诗人、房地产投资人,还是香港商业电台的创意总监。梁文道说林夕其实还是愤青。他每天看七八份报纸,看到生气处就大骂。

这就是真实的林夕,率真、豪爽。他不喜欢"男儿有泪不轻弹"这句话。他说,眼泪除了是感情的消耗品,有时也是情绪的炫耀品,有人在场,潜意识会哭得痛快些,连哭都没有观众,那就是"将孤独变成了百年的孤寂"。

他每天写歌词用4个小时左右,很少睡觉,大多时间在读书看报。每次进书店都恨不得将所有书买下来,想了解经济、政治、宇宙、花鸟鱼虫、爱情……包罗万象的知识,还追看日剧和各类影碟,依靠对整个世界保持好奇,提升着自己的境界。

"莫听穿林打叶声,何妨吟啸且徐行。"这是林夕最喜欢的一句词,而他的确已步入这境界。

多年之前,有那么一大段时光他不快乐,后来想开看淡。如他在《观世音》一歌中所写:"听心跳放下静如禅,听法句经释然,道理深,道理浅,无常道都不可说,靠你解决。"

亦如在《再见二丁目》中所写:"原来我非不快乐,只我一人未发觉。"

而今他发觉了。

星梦缘：你的名字我的青春

鹿晗：你值得被爱

◎琦 惠

前段时间，我在为一本杂志做音乐推荐时，执意选择了你的最新专辑。旁人问我，为何弱水三千，独取你一瓢饮。

怎么说呢？

坦白讲，你的故事不足以煽情，曾几度我都觉得你完美得像是王子。

越是这样，我越不知道该如何描写你。看来歌里唱得不假，你若是很欣赏一个人，文字会突然失效。因为会瞬间变得害怕，怕会用苍白的文字覆盖了那个人的美好。

人人都说，眼睛是心灵的窗口，所以我即便看不到你的心也知道它亮如水晶。而这是因为，你有一双小鹿般的眼睛，虽知世故却不世故。正因此，你的姓氏"鹿"，我理解为是对你内在的折射。

至于"晗"，这个字象征了初升的太阳，代表了万丈光芒以及活力无限。那么我也就可以理解为，它代表了你的地位与你的外貌。

如此看来，你注定要做一个了不起的人物。然而从古至今，那些能成为传奇并被时光记得的人都会有一段神奇的经历，好像你也不曾跳出这个传承。

"鹿晗真幸运"，旁人总爱用这样的口气提及你，最初的时候，我也这么肤浅地认为。很抱歉，由于未经世事，就总以为白捡来的馅饼一定好

吃。所以当我知道你不过是在韩国的东大门溜了一圈就被星探发现时，我就如此天真地以为，你就是个捡了大便宜的人。

你太走运也太出众，我的眼光牵挂整片江南，却独独忘了你这朵桃花。该如何评判我这样的心理呢？可能每个人或多或少都会如此。

比起命运的宠儿，我们总喜欢把焦点放在不完美的人或事物上。因为我们本性善良，总是会同情弱者；也因为我们命中带贱，总想把多余的爱给命途多舛的人。

后来的我才发现，有些人看起来万千宠爱，实则他也会把脸躲在月亮后面哭，比如你。

我之所以会去翻你的CY（个人主页），全都拜我失恋所赐。在那场三个人的爱情里，我是气势如虹，应有尽有的恶毒公主，她是人生残缺、励志高歌的灰姑娘。结合一下上述理论，可想而知只能爱一人的他选择了谁。

也就是在这时，我想到了曾被我忽略的你。呵，鹿晗，你会不会有点儿生气？大概这就叫作——总要感同身受后，才可懂人事知情事。

反正不管怎样，我是把你的CY当成了一个橘子。剥开它，望着脉络分明的字眼，读懂了我们相似的心情。

你说，漫长的等待让人忘记了等待的初衷。

这条CY，是在你被星探发现后发表的。

原来，你是一颗珍珠，被人观赏了一下就又放回了贝壳。日升日落，你为了唱歌的梦想辗转反侧，等得有点儿绝望。可是很对不起，我们夸张了幸运，低估了你的忍耐。

也谢谢你，森林里奔跑的小麋鹿。你教会我的，不再是那些被写烂了的励志史诗，而是有关人心的认知。

几经波澜的人未必就自暴自弃，看似圆满、气势如虹的人也值得被爱。

欲买桂花同载酒，却还是少年游

倘若你不是艺人，也一定是一名出色的球星。每次看到你在赛场奔跑的时候，我都有种错觉，好像再次回到了双八年华。

阳光温暖地洒在我的身上，一颗心为场上眉目生花的少年小鹿乱撞。你回过身微微一笑，目光灼灼，水波粼粼的清澈瞬间涌进了灵魂深处。

有人说：每个人生命里都有一匹骏马，历经黑暗，它会踏着马蹄声缓缓走进你的人生。

你非马匹，是麋鹿，但你还是走进了我们的心里。你带来的是一整片湖泊，小鹿倾慕流水，我心却倾慕你。

喜欢在舞台上熠熠生辉的你，看到你的代价却是你需要一次次在舞台上跪地滑步；喜欢在足球场向着阳光的你，看到你的代价却是你需要在比赛过后默默捡起观众丢的水瓶；同样也喜欢那个对人和善温柔的你，看到你的代价却是你需要把苦和难都藏在自己的心窝儿。

所以，有的时候，我不喜欢这样的你。倘若我爱的你，总要委屈自己才能赢来爱慕，那么不如我不爱你，至少这样你会活得轻松。

我想，不只我自己有这样的心思，连同她们。看过有喜欢你的姑娘为你写的信，也见过她们写了一篇感人肺腑的文章——《写给鹿晗未来的妻子》。

她们爱得绝望，粉丝仰慕明星，注定爱而不得。所以当我写这篇文章时，就如同带着使命，我代表了一群喜欢你的女孩，写出我们共同的心声。

唯愿安好，多么简单的心愿。鹿晗，请你一定要为我们实现。

假设有天，你不再唱歌也没关系，跳舞跳不动了也不要紧。只要哪天阳光正好，我们还能一起去绿茵茵的草地踢踢球，如此便好。可能步子慢了，兴许跑不动了，但我们依然在一起。

阳光与你同在，便是我们的心之所向。

还记得，你仅有的五条微博，其中一条是这样说的："十年相依，终生红魔！"

身为曼彻斯特联队球迷的你是如此热爱足球，我相信你不会忘记最初的爱。我们也一样，不会忘记最初爱上你的理由。

其实爱一个人无须太多缘由，若非要找个说辞，就是你会发光啊。

你在发光，熠熠生辉，每一缕光彩似乎都在说着一句话：最怕就是，欲买桂花同载酒，终不似少年游。

还好你不是，爱着你的我们也不会是。

愿你岁月风平，衣襟带花

一个月总有那么几天想要无理取闹，我兴许是个小神经病。但没关系，当我心情不美丽的时候，还有你可以帮忙治愈。

鹿晗，听说你时常会在贴吧和微博潜水。那么热衷于当潜水大珊瑚的你，不知道最近有没有发现一个丧心病狂的话题。这个话题近乎让我笑cry（哭），那笑容不亚于你狂恋的鳄鱼笑。有时候，我甚至怀疑，我们是真的爱你吗？竟然会发起这样一个话题——记者朋友，请和鹿晗做好朋友。

最有才华的是，姑娘们把你的各种照片贴了出来。和组合内矮个一族站在一起，你每次都是"卑躬屈膝"，像个小媳妇；和组合内高个儿一族站在一起，你每次都踮起脚尖，像只白天鹅。唯一不变的是你的笑容，如同鳄鱼一样，没有偶像包袱般咧嘴大笑。难怪大家爱喊你"鹿十八"，次次像是要笑掉下巴的你，身上总充满着生机。

我特别崇拜你的这种乐观主义，不是每个人都能在鲜衣怒马的年华里，时刻保持着如同核桃般坚硬的心。

记者问你："鹿晗，想家的时候怎么办？"

你答："只能想啊。"

应答的同时，浅浅一笑，带着无奈，更多是坚强。

有人抨击你，谩骂你花瓶一个，没真本事。

你沉默不回应，乖乖玩着魔方。低头的瞬间动作轻巧，有点儿落寞，更多是勇敢。

每逢镜头转到你头顶，不管那一刻你在干吗，都是对着镜头甜甜地笑。你的话从来不多，笑起来却从不吝啬。

妈妈常对我说，能传递快乐的人，会被很多人爱。以前我从不相信，遇到挫折就爱掉眼泪。可自从遇见了你，我终于明白，笑容才是俘虏人心的必杀武器。

可这并不代表我会把你归为温顺，你的心是一颗小小的核桃，有着坚硬的部分，也有着软弱的部分。只不过是每一个部分都面对着快乐，仿佛只要手捧着这颗核桃，就能笑看尘世风起云涌。

鹿晗，我真心爱着你的笑容，并且把它们装进了左心房。喜欢炸鸡的少年，你知道吗？你的笑能抵过四海潮升，千军万马。所以比起盼着你大红大紫，席卷整个亚洲，我更希望你可以被时光善待。

我爱的你，愿你岁月风平，衣襟带花。

同心而离居，忧伤以终老

你的最新专辑里，我最爱的一首歌是《十二个月的奇迹》。它听起来很愉悦，像你的性格；它听起来很温暖，像你的笑容；它听起来很浪漫，像我对你的憧憬。

彼得·潘小王子，就算一辈子不能做你的公主，我还是会一如既往爱着你。至少音乐无国界，我还是可以侧耳倾听到你给的奇迹。

十二个月的奇迹就是，你还在，我还爱。

同心而离居，忧伤以终老。尽管这样，我还会爱你如初。并且不知道这份爱的终点在哪里。

鹿晗，我一直在，纵使寂寞开成花海。

邓紫棋：你把我们灌醉

◎晨 阳

《我是歌手》第二季，偌大的舞台中央，一个女孩，一头卷发，飘逸的白色上衣，优美的旋律中，她正投入地唱着："谁知道我们该去向何处，谁明白生命已变为何物，是否找个借口继续苟活，或是展翅高飞保持愤怒……"瘦瘦的她，声音却有如此巨大的力量，有如磁石般的感染力，唱罢台下是雷动的经久不息的掌声，很多人都不约而同地起立欢呼。

其实，在排练的时候，她很紧张，也很担忧，甚至感觉异常疲累，使她压力骤增，是否能把自己最好的状态展现给大家？她自己也不知道，但是她说：做自己，只要有进步就对得起自己。节目播出后，她却成为最大黑马，并凭借第一期的《泡沫》一夜爆红，第二期翻唱汪峰的《存在》，取得第二名的好成绩。于是微博粉丝陡增到260多万，人气直线飙升，很多人开始认识她，却意外发现她是"金鱼嘴"。

原来，她1991年生于上海，4岁移居香港定居，成长于音乐世家，小时候与外婆居住，在家人的熏陶下，自小便热爱音乐。虽然她是香港歌手，但口音倒是很像海外歌手。因为身体上有些"缺陷"：左边腭骨萎缩，令上下腭牙齿不能咬合，导致说话时会漏风，也因此成就了她独特的口音。

由于这个原因，小时候的她也曾经失望过，茫然过，甚至想过放弃，妈妈知道后，告诉她："有些缺陷是上帝送给你的礼物，善待它们，你将会有意外的收获。"于是，怀着那份对音乐的痴迷，也许是天赋，在2009年，她就在叱咤乐坛流行榜颁奖典礼上夺得女新人奖金奖，这是该奖项历年来最年轻及第一位未成年的得奖者。

然而，成长的路上，并不是一帆风顺的。2011年3月，从小引领她进入音乐世界的外婆因病去世，她备受打击，感觉天都塌下来了。5月，红馆演唱会又迫在眉睫，无形的压力，如一张网。她无法挣脱，也无法逃避，令她快要窒息。

偶然的时刻，她在《心经》中看到一则《我所鸟》的寓言，讲的是很久很久以前的大香山，有一种鸟名叫"我所鸟"。看到络绎不绝采果子的人，它总是悲鸣："这山是我所有！这药果是我所有啊！我的心实在痛苦，你们为什么要来夺取我的所有？"它昼夜频频呼唤，最终声嘶力竭，吐血身亡。看到这个故事，她想：如果盲目追逐着"我所有"，执着不已，一朝无常来到，我们究竟还剩下些什么呢？

在迷茫和痛苦的挣扎之后，她幡然醒悟，不能让父母和同事还有朋友们担心，她要调整心态，将每一道伤口，每一个心结，都借助音乐和大家分享，终于，有心人天不负，新专辑《Xposed》成为这一切生命的记录，她变得更加自信，更加成熟，也更加光彩夺目。2013年5月，她凭这张专辑获第24届金曲奖最佳女歌手提名。她就是香港红馆最年轻的登台歌手——邓紫棋，个人影音博客点击量超过6000万次，香港90后创作型"巨肺小天后"。

现在，她名气越来越大，有记者采访她，问她是如何成功的。她笑笑说："我每一天都会搜集新的歌，每一天都会不停地练习，每一次都会燃起唱歌的热情，我是歌手，我就做最好的歌手；我是自己，就做最好的自己。"

是的，如她所说，她是歌手，就尽心尽力，把自己交给舞台，做最好的歌手，她就会散发出不可替代的舞台魅力。

芸芸众生，每一朵花都会遇到狂风暴雨，但是，是花就要绽放，做最

美的花;每一棵树都会遇到风吹日晒,但是,是树就要茁壮,做最参天的树;每一颗星都会遇到凄凄黑夜,但是,是星就要发亮,做最亮的星。

所以,对于每一个人来说,无论是谁,都或多或少经历过岁月的洗礼,甚至生离死别的疼痛,或迷茫,或彷徨,或徘徊,但是这一切的一切都会过去,只要心中怀着信心之花,相信生命就会绽放,就会大放异彩——要做,就做最优秀和最努力的自己!

女生就是要外表像芭比娃娃，内心像变形金刚

◎陶妍妍

范冰冰说，自己最欣赏的女演员是意大利的莫妮卡·贝鲁奇，她有自己的韵味。

这位意大利名模兼女演员，在大银幕上的作品并不多，但有一部，足够被载入史册，那就是由吉赛·贝托纳多雷导演的时光三部曲之一《西西里的美丽传说》。贝鲁奇在片中饰演性感尤物玛琳娜，她的美丽、性感和时髦，搅动着战争阴影下的意大利小镇，也因过分美丽，将自己卷入一股夹杂情欲和激愤的风暴中。

范爷到底有没有演技这事儿，各人心中一杆秤。敢执着选她走演技派路线的，目前也只有导演李玉，这次她们四度联手，推出电影《万物生长》。

其实，起初投资人最担心的是男主角韩庚的演技，没想经过开机前一个月的表演训练，韩庚的表现可圈可点，角色完成度也很高。而范冰冰此次的角色，也是和本人贴合度最高的一次——风情魅惑的社会熟女柳青，表面风骚妖娆，内心渴望被爱，她奋力搅动着医学院学生秋水的青春，最终成了那个半熟男人掌心的一根玫瑰刺，拔出来会痛，紧握其中，日久天长成了一粒朱砂痣。

有时蛮心疼这个处女座的，她对自己有着强迫症般的高要求。像她这样无死角的美人，真心只要负责美艳就好，她偏不舍内心戏。或许也不是

她的演技不够好，只是因为生得太美，别的长处和这一特长相比，都显得稍短些了吧。

有人说，如果把范冰冰当成演员，能想起的角色只有刚出道时饰演的丫鬟"金锁"；但如果把她当"明星"，她是当之无愧的跨时代人物。

是从她开始，有了御用摄影师的概念，执着于各类美艳大片的拍摄；她是第一个积极出席各类电影节红毯的女星，衣不惊人死不休地在国外红毯上传播着东方符号……

在"扮美"这条路上，她靠着"够早"和"胆大"，把自己硬生生打造成了"爷"。她自创了一系列中国娱乐圈女明星上位的游戏规则，并且一直在创造和引领，至今无人超越。

很多人都知道，范冰冰工作之外的一大爱好是收藏芭比娃娃。2014年，芭比公司还曾根据她的龙袍造型，推出过"范冰冰"版芭比娃娃，她也成为首位入驻芭比全球名人堂的中国明星。在参加活动时，她现场爆出金句："女生就是脸要长得像芭比娃娃，内心强得像变形金刚！"

在我们这些看客眼中，范冰冰就是一个只有美貌没有内心的金刚芭比。所以柏邦妮写她，"她是这个时代被谈论得最多的人物，但是关于她的细节，却少得可怜，她无所不在，无处可寻"。或许这也不是真的小范，但她选择了用这个形象，作为时代的消费品。而最真的那个她，又何必摆在众人面前呢？

在我看来，相对于"演员"这个本行，范冰冰更是一个够厉害的生意人。刚刚过去的2014年，她最大的成就感，应该是《武媚娘传奇》频频创下收视新高。作为制片人，关于这部话题多多的古装剧，她公开说："赏心悦目，美轮美奂这八个字是我的要求。电视剧就是很快速的消费，故事好看，画面很美，服装服饰以前没见过，这些都能抓住观众眼球。"

这席话，不光是她作为制片人的心得，更是她作为明星的心得体会吧。

只是，再聊起这部数月前的电视剧，能让人想起的似乎只有"大头贴"

事件、与李晨的绯闻、武媚娘各时期的唇彩色号……谁还记得她从青丝到白发的角色演绎呢？

摄影中有个词叫"曝光过度"，指底片感光度过高或曝光时间过长，反而让影像失真，形象模糊。

当然，还有种玩法，叫"二次曝光"。那是纯艺术的回炉。范冰冰的人生，还有没有被艺术再创作的可能，则要看慧根和机缘了。

怀念神仙姐姐

◎ 梁 盼

近日看了《美丽上海》，王祖贤主演的电影，2005年上映的，我这还是第一次在电脑上看到，为的是怀念王祖贤。

十岁那会儿，在电影院，《倩女幽魂》中的魅影是我的童年最大的视觉盛宴。不记得当初为何要发了疯似的往电影院里钻，反正比我们大一点儿的孩子都说那个女演员长得漂亮。当年可没有"神仙姐姐"的说法。

"神仙姐姐"这个美誉，后来大都是指的各种版本《神雕侠侣》里的小龙女，如李若彤和刘亦菲。在金大侠的小说里，那个没怎么见过女人的杨过，惊呼小龙女为"神仙姐姐"。影视剧再跟进，将"神仙姐姐"立体化、视觉化。现在想来，电影《倩女幽魂》中的王祖贤，才是令我们这帮80后最为怦然心动的神仙姐姐。令人不可思议的是，聂小倩不是神仙，是女鬼，或者妖精。但电影的画面神韵十足，既在人间又在天上，既写实又写意，既魑魅魍魉又天然人性，既浓烈疯癫又不失脱俗的淡雅，至今鲜有电影能在我脑中留下如此复杂厚重的画面印象。

那时的王祖贤，给我的是审美的启蒙，是文艺的启蒙。

老实说，蒲松龄的原著《聂小倩》中，男女之间的情感充斥着极为世俗的考量与猜忌，尤其是男主人公宁采臣，说到底，他是一个机会主义者。但好在，看电影之前，我没拜读过原著。也正因为如此，当我多年之后看到蒲松龄的原著时，下意识地就拿王祖贤的电影与之做比较，那感觉就相当不自在了。甚至一瞬间，我还固执地认为原著有问题。

香港电影人按照自己对现实的体会，对古典爱情的追忆，弄出这些个来劲儿的情节。当然，他们或许只是灵感来了，就把聂小倩和宁采臣拍成这个样子了。而王祖贤生逢其时，20 世纪 80 年代末、90 年代初，中国内地的男人们渴望看到一种迥异于"现实主义"的文艺路数，而王祖贤就一身白衣地飘来了。

后来我看了《游园惊梦》。这部根据白先勇同名小说改编，同时由白先勇亲任编剧的电影，早在 2001 年就上映了。王祖贤的银幕形象，由此多样化了许多。民国年间，一个弥漫着浓烈昆曲味道的贵族大家庭里，有一个哀怨而执着的人，由王祖贤扮演。

白先勇是白崇禧的儿子，"七七事变"后第五天出生于广西桂林，童年在大陆最动荡的时期度过，跟着父亲白崇禧来到台湾。他不做纨绔子弟，偏偏走上了文学创作的坎坷之路。

白公子的《游园惊梦》，其实是他对自己在大陆时期梦幻般的贵族生活的一种追忆。而他选择让王祖贤来饰演其中的女主角，大概也是从神仙姐姐的脸上看到了风华绝代的沧桑。

本来王祖贤曾宣布，《游园惊梦》是她最后出演的电影，可惜四年之后，她就食言，再度出山，出演了《美丽上海》。她又成了新中国成立后，经历过"文革"与改革开放，然后留学美国的贵族后人"小妹"。《美丽上海》是她在银幕上最后的"美丽"。新时代的上海女人——"小妹"——其实只不过是《游园惊梦》中角色的延续，都是贵族的彷徨，都是没给自己一个法律上的婚姻，延续着那种没嫁出去的尴尬命运。

这似乎成了王祖贤的宿命，息影之后，她还是未能把自己嫁出去。不管是"游园惊梦"，还是"美丽上海"，皆幻化为神仙姐姐此生的伤痕和梦魇。

意林精品图书推荐

多味之恋 系列

《别来无恙，我的小初恋》

简介：销量超百万作家沈嘉柯暖心力作，陪你一起挥别青春，再出发。
定价：29.80元

《喜欢你这句话，我憋住了整个青春》

简介：数十篇青春伤感故事，带你领略成长、青春、爱恋的阴晴圆缺。
定价：29.80元

《遇见你，就是最对的时候》

简介：青罗扇子、周德东等作家用文字演绎纸上电影。时光远去，我们永远青春。
定价：29.80元

《我记得你说过的每句美好》

简介：独木舟、夏七夕、七微等名家用真挚的笔触探究青春的色彩。
定价：29.80元

深夜暖心 系列

《这世间所有的纸短情长》

简介：织梦人张芸欣在深夜为你点一炉青莲之香，寻找渐渐远去的青春与年少。
定价：29.80元

《世界那么大，命中注定遇见你》

简介：每个人都会接触形形色色的人，又会和一些人聚聚散散，马叛说：这些相遇都是命中注定。
定价：29.80元

《我不怀念你，我只怀念有你的往昔》

简介：继《左耳》之后深入骨髓的疼痛青春，每个人都可以在她的故事中找到最原始的自己。
定价：29.80元

《花与巡夜人》

简介：国内一本填色减压故事书，抚触你的心灵，治愈现代人的都市病症。
定价：36.90元

十八而志 系列

《少年从不等风来》

简介：关于年轻人的追梦故事，他们用自己的特立独行，创造属于自己的天地。
定价：29.80元

《你的人生不需要别人点赞》

简介：大人物从这里起步，成就了丰盈的人生。数百篇故事告诉你成功者的秘密。
定价：29.80元

《逆光飞翔，微芒盛放》

简介：名人的磨难被晾晒成坚强，带给你十八而志的青春励志的正能量。
定价：29.80元

《像明星一样去战斗》

简介：数十位明星的奋斗史。逆袭背后，都是平凡生活中的伟大梦想。
定价：29.80元

大阅读 系列

《脑洞君，请收下我的膝盖》

简介：理科的严谨与文科的情怀，二者你都能拥有。
定价：28.90元

《我心有猛虎，而你只要一枝蔷薇》

简介：量身为中学生打造的心灵读本！
定价：28.90元

《一生心事只得一人来解》

简介：与名家碰触思想上的火花，快乐成为阅读的领跑学霸。
定价：28.90元

《好男孩上天堂 坏男孩走四方》

简介：毕业于剑桥大学的才女陈叠邀您围观世界名校男神！
定价：29.80元